# 片見里、二代目坊主と草食男子の不器用リベンジ

小 野 寺 史 宜

幻冬舎文庫

# 片見里、二代目坊主と草食男子の不器用リベンジ

☽

☽

十七年半ぶりに訪れた片見里《かたみざと》は変わった。

と言えるほど、僕は片見里を知らない。

ただ、駅舎は造り直されてきれいになっていたし、駅前も整備されていた。特に、栄えている側は、個人経営の店が軒並み姿を消し、大型スーパーのほか全国チェーンのコンビニやらカフェやら居酒屋やらができている。つまり、同じ規模の町のそれとまるで見分けのつかない駅前になっている。その先にはいくつかマンションらしきものも見える。やはり変わったことは変わったのだろう。

そちら側を見るだけ見ると、駅の階段を上り下りして、栄えていない側にまわった。

その寄道がいけなかったのかもしれない。バスは出たばかりだった。次は三十分後だ。

こぢんまりとしたロータリーには、三台のタクシーが停まっていた。二台の運ちゃんが、車外でペットボトルのお茶を飲みながら雑談している。残る一台の運ちゃんは、エアコンを利かせた車内で、おそらくは寝ていた。

それらタクシーを利用するという選択肢はなかった。考えてもみれば、生まれてこのかた、タクシーにはかぞえるほどしか乗ったことがない。自分一人で乗ったことは、二十九歳にして一度もない。終電を逃したからタクシー。その発想が、まずないのだ。電車に乗るのは面倒だからタクシーで行っちゃおうよ。その発想は、到底ない。もし僕がタクシーに関わるとすれば、いずれ自分が運ちゃんになるとか、そのくらいだろう。

そんなわけで、次のバスを待たずに歩きだす。

まだ九月。ものの五分で、Tシャツに汗が滲《にじ》んだ。

暑い。駅前から離れると、田んぼがあり、畑があり、ところどころに家がある。遥か向こうには低い山並が見えるが、都市部とちがって高い建物はないので日陰ができない。だからなお暑い。

ゆるやかなカーブが多いとはいえ一本道、迷うことはない。だがそこに歩道やガードレールが設置されてはいない。一応、白線を引くことで路側帯が設けられてはいるものの、車道に少しもはみ出さないように歩くと田んぼに落ちかねない。それほど狭い。

夜は危険だろうな、と思う。街灯の数も少ないので、感覚的には真っ暗だろう。それでいて車は飛ばすだろうから、ただ歩いているだけではねられかねない。僕が小学校に通っていたころも、そこでの交通指導は徹底されていた。といって、小学生が一人で片見里駅まで行くこと自体、あまり現実的ではなかったが。

この片見里市には、四ヵ月しか住まなかった。短いといえば短い。だがそれを格別に短いとは感じなくなるほど、僕は何度も引っ越しをした。もちろん、そのたびに転校もした。隣町に移るといったレベルでなく、たいていは市や県をまたいでの引っ越しだったから、そうせざるを得なかったのだ。

小学校で五度、中学校で三度、僕は転校している。小学校低学年のころの記憶はあやふやだから、それが正確な数字かどうかもわからない。一つ二つ増えたところでどうということもないので、こんな話をするときは、その五と三という数で通すことにしている。

これはよく覚えているが、かつて通っていた学校に戻ったことも一度ある。小学生ながら、あのときは恥ずかしかった。出戻りという言葉はまだ知らなかったが、その気恥ずかしさだけは知った。クラスメイトたちは、たった二ヵ月前にお別れ会をやって送り出した僕を、怪訝《けげん》な顔をしつつも普通に受け入れてくれた。ものごとを深くは考えない小学生だったから、それができたのだろう。これが中学生だったら、ああはならなかったはずだ。

ともかく、片見里に住んだのは四ヵ月。小学校はここで卒業したが、たまたまそうであったというだけで、何の思い入れもない。それを言ったら、思い入れがある場所など僕にはない。場所とはそこからそこへ移るためのものであって、根を張るものではない。

父が亡くなったのは、僕が小学一年生のときだ。父はまだ三十代だったが、体があまり丈夫ではなかった。お父さんはニューインした、と母に聞かされ、それからいくらもしないうちに逝《い》った。ヨーダイがキューヘンしたのだ。

顔は今も覚えている。生で見た顔ではなく、写真で見た顔だ。その写真は、もうない。だから実際の父の顔と僕の記憶に残っている父の顔は、少しちがうかもしれない。

父の名前は、谷田《たにだ》一英。かずひでだ。そして僕が一時。かずときではない。いちとき。役所に届を出す直前、父が思いつきで読みを変えたらしい。初めはかずときのつもりだったが、いちときもいいな、と思ってしまったのだそうだ。あとで母からそう聞いた。父が亡くなった数年後、母がベロベロに酔っているときに。

早くに父を亡くしたことで、母は少し変わった。いや、かなり変わった。母は父より七歳下。父が亡くなったときで、まだ二十七だった。おそらく、特に弱かったわけではない。だが一般的に人は弱いものだと言われる程度には弱かった。そして父を亡くすと、その弱さが一気に顔を出した。

母の実家と父の実家。どちらにも頼れなかった。母のほうは両親が離婚していたし、父のほうは、父の父がすでに亡くなっていた。父の母とも、折合はよくなかった。

二十代、子持ち、夫と死別。ふんばりどころだったが、自ら望んでシングルになったわけではない母は、ふんばりきれなかった。その点に関して、母を責める気はない。成人となった僕がこうして生きているだけで、母は充分役目を果たしたと言えるのだろうから。

父が亡くなってから、何人かの新たな父候補と暮らしたことがあるが、実際に父となった者はいなかった。それら各候補と暮らしては、また母と二人の暮らしに戻る。そして転校歴が増えていく。そんなことが続いた。

その間、母はあちこちで仕事をした。化粧品や健康食品のセールスもしたし、スーパーやコンビニのパートもした。それがいつしか居酒屋の店員になり、パブのフロアレディになった。僕が高校受験のときは、私立には行けないからね、と言い、ランクの低い公立にどうにか受かったときは、部活はいいからバイトしてね、と言った。酒とタバコですっかり焼けた声でだ。

そんな母とも、今は別れている。高校を出てからなので、もう十年以上になる。どこで何をしているかは知らない。故郷を持たない僕らがこの先会うこともないだろう。

道路の右端を歩いている僕の左側を、後ろから来た路線バスが走り抜けていく。田んぼにはそぐわない排ガスの臭いを鼻がとらえる。

停留所と停留所のちょうど中間あたりなので、乗ることはできなかった。乗れたとしても、乗らなかっただろう。ただでさえ高いバス代を今さら払うのはもったいない。歩くのはいつものことなのだ。そう。一時間で行ける範囲なら、僕はいつも歩く。

それから五分ほどで、見覚えのある林道に差しかかった。できた日陰のおかげで、少し涼しくなる。蝉の鳴き声も聞こえる。まだ九月、だが蝉にとってはもう九月だからか、その声に八月の勢いはない。

その林を抜けてすぐのところにある二階建てのアパートに、僕と母は住んでいた。僕らの部屋は一階で、確か洗濯機は外置きだった。

そして今。予想したとおり、アパートはなくなっていた。そこには潰《つぶ》れたコンビニらしきものがある。すでに割られているのか、あるいは予防策なのか、窓という窓がすべて木の板でふさがれている。あのころでもうかなり古かったアパートを取り壊し、駐車場を整備してコンビニにしたのだろう。で、その店も潰れたわけだ。

アパートから学校までは、小学生の足だと二十分以上かかった。目的の場所はさらにその先だから、成人男性の足でも、三十分はかかるかもしれない。

次の停留所でバスに乗るか。いや、やはりバカらしい。ただし、帰りは乗ろう。早く駅に戻り、安く泊まれるサウナかネットカフェを探さなければならない。

そして明日からは、何か仕事も探さなければならない。といっても、どうせまたコンビニの深夜バイトになるのだろうが。

深夜に働く。働いてはやめる。どこにも居つかない。

結局、自分がかつての母と同じことをしているように思える。だが決定的にちがうことが一つ。それは、僕が一人だということ。

☀

☀

「二百年にも及ぶ歴史を誇る由緒正しきお寺のご住職に二十代でなる。そう決まったときの、正直なお気持ちはいかがでした？」

お気持ちはいかがでした？　って。決勝ホームランを打ったバッターへの質問かよ。

と思いながら、ユニフォーム姿ならぬ作務衣《さむえ》姿のおれが答える。

「それはもう、何と言いますか、身が引き締まる思いでしたね。代々受け継がれてきた伝統を保ち、地元の方々にも引き続き受け入れていただけるよう、すべてにおいて精進していかなければならないな、と」

受け継がれてきた伝統とは？　そうツッコまれたら困るな、と思っていたら、案の定、ツッコまれた。

「伝統、と言いますと？」

「えーと、そうですね、一言でこれと説明できるものではありませんが。昔から人間は、人間同士、さらには自然とも共存してきたわけです。自分一人ではとても存在し得ない。常にありがとうとおかげさまの心を持ち、そうすることで毎日を過ごしてきた。日々を積み重ねてきた。と、まあ、そういうようなことです。で、その精神を、自分も受け継いでいこうと」

「なるほど。先代のご住職は、徳親《とくしん》さん、ですよね？」

「はい」

「読みは合ってます？　とくしんさんで」

「ええ。もとはのりちかだったんですが、得度《とくど》して僧になったときに音読みのとくしんに変えたんです。まあ、初めからそれを見越して祖父がつけたんですけどね。音読みと訓読み、どちらでもいける名前ということで」

「では、徳弥《とくや》さんは」

「おれは、じゃなくてわたしは」と言ってから、あらためて言い直す。「すいません。おれは、はなしにしてください。わたしは、でお願いします」

「もちろんです」と相手は笑った。

地元新聞社の記者。もらった名刺によると、大浦兼雄《おおうらかねお》。今、三十三歳だという。以前、同じく取材に来た全国紙の記者ほどの押しの強さはない。平たく言うと、ガツガツしてない。

「たすかります。で、えーと、わたしはとくやのままですね。せっかく阿弥陀様の弥を頂いているので、とくみというのも考えたのですが、むしろ読みづらいだろうということで、そのままにしました」

「お寺の名前が善徳寺《ぜんとくじ》ということは、代々、お名前に徳という文字をつかわれているわけですか？」

「そうですが、ただ、代々というほどでもなくて。途中からだったらしいですね。たまたま徳という文字をつかわれたご先祖がいて、それからだと聞いてます」

「では徳弥さんも、ご長男がお生まれになったら、やはり徳の字を？」

「まだそこまでは考えてないですね」

考えてはいないが、そろそろ考えろと言われてはいる。誰にって、母ちゃんに。

「でも、音読みも訓読みもいけるのって、実はあまりないんですよ。だから思いきって、二つ続けてトクトクにしちゃうのはどうですかね」

「え？」

「トクトクって、お前パンダかよ」そして言う。「って、今のこれもなしでお願いします」

「あぁ。はい。わかりました」

マズいマズい。仕事の一環とも言える取材なのに、どうもくだけた方向に流れようとしてしまう。大浦も片見里の出身だと聞いて、気を許してしまったからだろう。

ICレコーダーで会話を録音するだけでなく、大浦は手書きのメモもとっていた。徳々と記された文字の上に、消去を意味する二重線が引かれる。それを見て、つい笑いそうになった。

取材が始まる前に母ちゃんが出したグラスの麦茶を、大浦が初めて飲む。

「あの、これはオフレコでかまわないんですが。先代は、ご病気でお亡くなりになられたんですよね？」

「まあ、そうですね。厳密には、事故なんですけど」

「事故？」

「ええ。駅の向こう側にエムザってありますよね？　大型スーパー」

「それは、えーと、雅屋《みやびや》、じゃなかったですか？」

「その雅屋が、カッコつけて横文字名前に変えたんですよ。そのエムザっていうのに。まあ、エムはミヤビのMで、ザは片見里のザらしいから、あんまりカッコついてないんですけど」

しかも、そのザはthat。正確に書けばM thatだというのだからおそれ入る。あんまりついてないどころか、カッコ、悪すぎる。

「で、そのエムザで買物をしてたときに心臓発作に見舞われて、下りのエスカレーターを転げ落ちて。だから直接の死因は首の骨折なんですよ」

だから今も、買物に訪れてそのエスカレーターに乗るたびに、おれは周りの人たちに気づかれないよう、こっそり手を合わせる。

「あぁ。そうなんですか」

「エスカレーターに乗ってる人がいなくてよかったですよ。いたら大変でした。下りだから、当然みんな、親父には背を向けてたはずだし。巻きこまれてケガをしてたでしょうね、たぶん」

でも誰かがいてくれたら、その人がクッションになって親父は首の骨を折らなかったかもしれない。そう考えたこともある。が、さすがにそれは言わなかった。

「下の階にいた人は驚いたと思いますよ。袈裟《けさ》に衣の坊さんが、いきなりエスカレーターを転げ落ちてくるんだから」

「袈裟に衣、だったんですか？」

「ですね。法要の帰りだったんで」

「あるんですね、そういうこと」

「まあ、坊主も死にますからね」

こんなふうに話せるようになるまでには、それなりに時間がかかった。

そして今、親父のことを話すとき、おれはわざと軽い調子で話す。ある意味では、教えを守っているとも言える。エスカレーターを転げ落ち、息絶えたその瞬間、親父は仏になった。それは喜ばしいことでもあるのだ。

「すいません、いやなことを思いださせてしまって。それは書きませんから。あくまでも取材の対象は徳弥さん。歴史あるお寺の若き住職を訪ねて、という企画ですので」

「そうですか」

「はい。ではそろそろこのあたりで。有意義なお話、どうもありがとうございました」

「いえ、こちらこそ。どうぞ、お菓子も食べちゃってください」

そう言って、おれは個別包装されたチョコパイを自ら一つ手にとる。

取材に訪れた新聞記者に、チョコパイ。このあたりが、やっぱ母ちゃんだ。ウチは寺なのだから、イメージどおりに羊羹《ようかん》だの饅頭《まんじゅう》だのを出せばいいのにこの手のものを出す。自分が好きだからだ。まあ、おれも好きだけど。

「どうぞ、足もくずしちゃってください」

そうも言って、おれは自らあぐらをかく。

「それでは」と大浦も同様に足をくずす。「アタタタタ。すいません。正座なんて普段しないもんだから、たまにすると、すぐに足がしびれて」

それには鷹揚《おうよう》に笑ってみせる。おれだって、決して足がしびれないわけではない。我慢しているだけの話だ。例えば外がどんなに寒くても女子はミニスカートを穿《は》く。それと同じ。おしゃれは我慢。坊主も我慢だ。

遠慮がちにチョコパイを袋から取りだしながら、大浦が言う。

「いやぁ、徳弥さん、お若いのにご立派ですよね。大変でしょう、正直」

「大変ですけど、立派ではないですよ、おれは。いえ、わたしは」

「もう、おれはでいいですよ」

「ここからはすべてオフレコ、ですかね？」

「ええ。そうしましょう」

「よかった。そんじゃ」と言い、片ひざを立てる座形に移行する。

ひざ関節が異様に硬いのか何なのか、おれはあぐらも得意ではないのだ。だから居酒屋なんかでも、席が掘りゴタツだとたすかる。ただの座敷の場合は、すぐに足をくずす。坊さん仲間には、昔サッカーをやっていたころの名残《なごり》で右ひざが悪いのだ、と説明している。サッカーは中学のときにかじっただけだが、実際、ひざは痛かった。なので、うそではない。そう。誇張はあくまでも誇張であって、うそではない。

「ほかのお坊さんからもよく地元ではヘタなことができない、なんて聞きますけど、やっぱりそうなんですか？」

「まあ、そうですね。といっても、地元以外でだって、別にヘタなことはしませんけど。そもそも、人間、そうはしないですよね？　ヘタなこと」

「まあ、それもそうですね」

「合コンくらいなら普通に行きますしね、地元でも」

「あ、そうですか」

「だって、結婚もしてないし。例えばそこで酔ってすっぱだかになるとか、ライバルの男に絡むとか、そんなことしなきゃ平気ですよ。あれもこれもヤバいって考えだしたら、何もできなくなっちゃう。そのあたりは記者さんだって同じですよね？　新聞社さんてことで普段の信用は高いけど、その代わり、何かしたらすぐに叩かれるんじゃないですか？　たとえその何かが立ちションでも」

「ですねぇ。叩かれるだろうなぁ。ケータイで写真を撮られて、それをアップされたりしたら、大騒ぎでしょうね」

「道の隅っこでしたとしても、公道で性器を露出させて放尿ってことになっちゃいますからね。それこそ新聞ふうに言うと」

「確かに。言葉のこわさですね。そう書かれたら、いかにも人前で故意にそうしたかのような印象になる」

「こわいっすねぇ」

「こわいです。だから書く側の僕らこそ気をつけないと」

「あ、別にそういう意味で言ったんじゃないですよ」

「ええ、わかってます」

新聞記者にしては感じのいい人だな、と思う。向こうも同じようなことを思ってくれてるといい。坊主にしては感じのいいやつだな、と。せめて、不作法《ぶさほう》だが感じは悪くないやつだな、と。

「大浦さんは、ここのお生まれでお勤めも日報さんだと、今もご実家にお住まいですか？」

「いえ。社の近くにアパートを借りてます」

「よく帰られたりは、します？」

「近いと逆にそうでもなくて。ウチは山のほうで、どこへの通り道ってわけでもないから、特別な用事でもないと帰らないんですよね」

「あぁ。そういうもんかもしれませんね」

これといった産業があるわけでもないこの片見里から出ていく者は多い。日報の本社や県庁がある隣の隣の市まで通勤するなら片道一時間は見なきゃいけないし、徒歩やチャリ圏内、またはバス路線の近くに住んでいるのでなければ、駅の近くに駐車場を借りなきゃいけない。だったら初めから東京に出てしまったほうがいい。というのが、この辺りに住む非自営業者たちの一般的な考え方だ。

家が寺。それも自営業のくくりに入れてしまっていいのかどうかはわからない。が、住職ともなれば、入れるしかないだろう。要するにおれは、ごく一般的な考え方をする側ではないほうの一人なわけだ。

この片見里市には、二十九年住んでいる。で、おれは今、二十九歳。つまり、生まれてからずっとだ。いや、大学の四年間は京都に行ってたから、それを引いて、二十五年。四半世紀。そしてこれからの半世紀も、ずっとこの片見里に住みつづけるだろう。親父の身に起きたようなことがなければ。

ガキのころから、片見里を出るという選択肢はなかった。当たり前に寺を継ぐもんだと思っていた。親父と母ちゃんに、うまく刷りこまれていたのだ。幸か不幸か、東京に出てバンドをやりたいとか役者をやりたいとか、そんな熱に浮かされることもなかった。天パーとはいかないまでも極端なクセ毛ではあるがゆえ、長髪に魅力を感じることもなかった。

　小学生のころ、親父に連れられて秋葉原へ行き、人混みのなかでインフルエンザウイルスをもらって帰ってきたことも、大きかったかもしれない。人が多いんだからウイルスも多いわよね。母ちゃんのそんな言葉に、簡単に納得した。よく考えれば、片見里駅からの帰りのバスのなかでウイルスをもらった可能性もあるのに。

　東京には、今も年に一、二度は行く。カノジョがいないここ数年はご無沙汰だが、いれば、東京を素通りしてディズニーランドにも行くだろう。そして東京に行くたびに、この程度で充分だな、と思う。東京は、行くため、観るための街であって、住むための町ではない。そこにある寺の知り合いを何度か訪ねたことがあるが、本堂のすぐ裏にビルが立っていて、何だか落ちつかなかった。街は街でも京都とはまたちがい、何というか、土地に溶けこんでいる感じがないのだ。

「徳弥さんは、結構行かれるんですか？」

「はい？」

「合コン」

「あぁ。最近は、そうでもないかなぁ。誘われれば行く、という感じですかね。周りに、結婚したやつが増えてきたし。副住職だったころ、というか二十代半ばのころは、よく行きましたけどね」

「そうですか。まあ、確かに周りが結婚したり三十が見えてきたりすると、減りますよね」

「大浦さんは、行きます?」

「それこそ誘われて時間が合えばたまに、ですかね」

「記者さんは、時間が不規則でしょうからね」

「毎日そうだというわけではないんですが」

「ご結婚は、されてないんですよね?」

「ええ。でも付き合う相手を探すためというよりは、いろいろな人に会ってあれこれ話を聞きたいから行きたいって感じかな。そういう機会って、あるようでないですからね。初めから取材ってことで話を聞くと、どうしても壁ができるし」

「例えば、歴史あるお寺の若き住職を訪ねて、みたいに」

「そうですね」と言いつつも、大浦は笑ってくれた。

よかった。今のを不快に感じるような相手とは、本音で話をすることはできない。そんな相手なら、親父のことも、たぶん、話さなかっただろう。エスカレーターのことまでは言わず、ただの病死で終わりにしていたはずだ。

「けど、新聞記者さんて、合コンではモテモテじゃないですか？　相手、選び放題でしょ」

「いえいえ。それを言ったら、お坊さんこそモテるんじゃないですか？　そうは巡り合えないですもんね、普通」

「よくそう思われるんですけど、これが全然です。まあ、興味は持たれるんですよ。確かにそうは巡り合えないから。その場の話題にはなりますよね。『霊っているんですか？』とか、『見えるんですか？』とか。『お寺はもうかるってほんとですか？』とか、『車はベンツですか？』とか。よく訊《き》かれますもん」

「どう答えるんですか？　そんな質問に」

「『霊はいるらしい』『おれには見えない』『もうかる寺もある』『ウチはベンツじゃない』ですかね。ひとしきり盛り上がると、あとはサ〜ッと引きますよ。むしろ真剣に相手を探しに来てる子たちとの合コンのほうが、そうなるかな。寺に嫁には行けないよ、と思うんでしょうね。なかには、『わたし、寺と相撲部屋だけは勘弁』なんてストレートに言う子もいますよ。まあ、そういう子は、ちょっとこっちも勘弁てタイプが多いけど」

「でも楽しそうじゃないですか、その合コン」

「と、よくそうも思われるみたいで。結構、声はかかるんですよね。話をしてみたいから呼んでってことで。で、実際に会って話をすると、言われるんですよ。『何だ、普通じゃん』

て。そりゃそうだろ、ですよ。だからおれ、こうやって髪剃ってんですよね。合コンで、『何でお坊さんなのにツルツルじゃないの？』とか言われたくないから」

「そんな理由ですか？」

「半分は。ほんとはここまで剃らなくてもよくて、それにはきちんとした理由があったりもするんですけど。そういう子たちにそういう場でいちいち説明するのがめんどくさいんですよ。説明したところで、理解はしてくんないですし」

「わかります。人に説明はさせるけど、それは自分が理解するためではない。多いです、そういう人」

大浦は二個めのチョコパイの最後の一切れを食べ、グラスの麦茶を飲み干した。

「ごちそうさまでした。ではそろそろ失礼します。本当にたすかりました。記事は日曜に載りますから。新聞なので、事前のチェックみたいなものはしていただけないと思いますが」

「いいですよ、そんなの。地元のことを悪く書いたりはしないですよね」

「うーん。新聞記者として、それは何とも言えませんけど。でも、今回に関してはだいじょうぶです。だって、おかしな話も出てないし。合コンの話はオフですし」

「何よりです」

「機会があったらしましょうよ、合コン。もっとくだけた話も聞きたいです。それに、女の子たちの反応も見てみたい」

「そうですね。もし機会があれば」

もちろん、そんな機会はない。あった例《ためし》がないのだ。でもそんなものだろう。こんなふうに縁とまではいかないゆるやかなつながりを広く保ってこそ、万事は平穏に流れていく。

一時間に二本しかないバスの時間に合わせて、日報の記者、大浦は帰っていった。

おれは母ちゃんと二人して、門の外まで見送りに出た。

大浦の後ろ姿が木々の向こうに消えるのを待って、母ちゃんが言う。

「あんた、またバカな話とかしてないでしょうね」

「してねえよ」

「くだけたお坊さんとバカ坊主はちがうんだからね。お坊さんてだけで厳しい目で見る人もたくさんいるんだし」

「あの人はだいじょうぶだろ。そんな感じじゃなかったよ。チョコパイも二個食ったし」

「あんたは三つ食べたじゃない」

「かぞえてんなよ。つーかさ、水羊羹とか出せよ。あのイチゴ味のやつ。あれはうまい」

「だから、あんたに出すわけじゃないのよ」

「おれが食わなかったら、向こうも食いづらいだろ」

「あんたがいっぱい食べるから、あちらは手を出しづらくなんのよ」

おっ、と思った。それは、まあ、言えてるかもしれない。逆の発想だ。坊主も所詮《しょせん》は人間。日々学ぶことは多い。

今でこそこうして立ち直っているが、というよりもむしろパワーアップしているが、親父が亡くなったとき、母ちゃんはかなり落ちこんだ。そんな母ちゃんを見るのは初めてだったから、おれもかなりうろたえた。

母ちゃんは、泣きに泣いた。三日三晩、泣いた。親父の親友である岩佐哲蔵《いわさてつぞう》さんが、見かねてあれこれ世話を焼いてくれた。葬儀のときだけでなく、その後もちょくちょくウチに寄り、声をかけてくれた。といっても、そこで長々と話しこんだりはしない。親父の思い出を語ったりもしない。来てもせいぜいお茶一杯。ただ、そのちょくちょく加減が絶妙だった。哲蔵さんには感謝している。門徒《もんと》さんというのはつくづくありがたいもんだと思う。

「それと、あんた最近、朝の掃除、手抜きしてない？　ほら、見なさいよ。あちこちに葉っぱが散らばってるじゃない」

確かに散らばっている。掃いても掃いてもきりがないのだ。門のすぐ前は林で、木木木木木木木と、文字どおり木だらけだから。この先、落葉シーズンはもっとひどくなる。時々、掃除がおれの仕事なのか？　と思うことがある。冗談でなく、それはまちがってない。掃除も、おれの仕事なのだ。あとは、裏に住む、ともに七十代の夫婦、若月《わかつき》さんとこの柴犬ふう雑種、柴太郎《しばたろう》の散歩も。

「これはウチの木の葉っぱじゃない。外の木の葉っぱだよ」

「そういうことじゃないでしょ。外の道も掃除するんだから、外の葉っぱが落ちてて当たり前。みっともないじゃない。記者さんも思ったよ。あれ、落葉が多いなって」

「午前中は風が強かったからしかたないだろ」

「だったらそのあとにもう一度掃く！」

「経を読んでたんだって」

「ずっと読んでたわけじゃないでしょうよ」

と、まあ、そんな言い合いをしながら戻ろうとしたとき、大浦が消えた木々の向こうから一人の男がこちらへ歩いてくるのが見えた。

男。見たところ、おれと同年輩。

大浦のほかに、今日は人と会う約束はしてない。とはいえ、たまにはふらりと寺を訪れる者もいる。神社を訪れるのと同じ感覚で。誰もが無許可で入っていいものと勘ちがいをして。ただ、おれと同年輩の男が一人でというのは珍しい。

男が近づいてくるのを、こちらも何となく待つ。

髪はやや長め。伸ばしているのでなく、伸びてしまった、という感じ。色は白め。日焼けを避けたりはしないが、好んで海に出かけたりもしない、という感じ。

ご用ですか？　とこちらが声をかける前に、向こうが言う。

「村岡《むらおか》徳弥さん、ですか？」

「はい」

「あの、お久しぶりです。初めましてではないんですが、わからないですよね？」

「えーと、わか、らないです。すいません」

「いえ。百パーセントわからないと思います。名前を聞いても、わかるかどうか。僕は、タニダイチトキといいます。普通の谷に田んぼの田に、午後一時の一時でイチトキです。谷田一時」

名字ではなく、やや珍しい名前のほうに、聞き覚えがあった。でもそれが、いつの誰、というところまでは結びつかない。

「ここの小学校で一緒でした。六年生のとき。最後の四ヵ月だけですけど」

「あっ」と思わず声が出る。「いた。いたわ、イチトキ」

「ちょっと、あんた。失礼でしょ」と横から母ちゃんにたしなめられる。

「何かおかしなときに引っ越してきて、またすぐに引っ越してったんだよな？　中学んときは、もういなかったんだ」

「そうですね。それだと思います」

「そう。それだ」

「だからあんた、『それ』って」

「いや、だからあれだよ。ほら、ウチがずっと親父さんの遺骨を預かってる、あれ」

「あぁ、あれ」そして母ちゃんがあわてて言い直す。「あら、ごめんなさい。『あれ』ってことないわね」

「いえ、そのあれです」と谷田一時が言う。「よかったです、思いだしてくれて」

「思いだすも何も、そもそも忘れてねえよ。遺骨を預けたまま、どっか行っちゃうんだから。あれから何年だ？　えーと、おれが小六んときで、今、二十九だから」

「十七年半、ですね」

「もうそんなか」

「ねぇ、トク。入ってもらったら？」

「そうだな。じゃ、こっちへ」

「いいんですか？」

「いいも悪いもない。入ってくんなきゃ困るよ」

というわけで、不意に訪れたかつてのクラスメイト、谷田一時を、ついさっきまで大浦がいた、本堂のわきの部屋に上げた。来客用としてつかっている、十二畳の和室だ。

母ちゃんは、またすぐにグラスの麦茶を出した。菓子器のチョコパイも補充した。同じものならもうおれが食べないと思ったのかもしれない。でも食べた。今度は軽めに二つ。出されたものは、心して食べるのだ。食べものという食べものは、動物なり植物なりの命をもとに供されているのだから。チョコパイで言うと、何の命だろう、カカオ豆か。

谷田一時は座布団に座り、落ちつきなく室内を見まわした。

「なあ、正座しなくていいよ。足はくずせ」

「いや、でも」

「元クラスメイトだからいいんだよ」理屈になってない、と思い、言い直す。「今は村岡徳弥個人として会ってるから、いいんだよ」

「僕は、お寺の人としての村岡くんに会いに来たんだけど」

「まあ、いいって。とにかく足をくずせ。お前がくずさないと、おれもくずしにくいから。つーか、もうくずしちゃってるけど」

「じゃあ」と言い、一時は足をくずしてあぐらをかく。

「チョコパイも食えよ。お前は三つ食ってくれ」

「どうして？」

「深い意味はない。バランスの問題だ。それにしてもさ、ほんと、久しぶりだな」

「僕のこと、覚えてる？」

「正直、よく覚えてない。ガキのころの顔はわかるけど、それが今の顔とまだ重ならない」

「運転免許証、見せようか」

「何でよ」

「本人確認のために。といっても、結局、今の顔と名前しかわからないけど」

「いいよ、そんなの。遺骨のことを知ってるだけで充分だ。こっちはそんなこと誰にも話してないし、仮にそっちがニセ者だとしても、こっちは遺骨を引きとってもらったほうがいい。そのために、来たんだよな？」

「そう、だね」

　よかった。今は忘れていたが、頭の隅に残ってはいたのだ。ほとんど付き合いがなかったクラスメイトのこととはいえ、自分絡みの話だから。

　あんなのは、初めてのことだった。

　年末だったか年始だったか、とにかく寒い時期だった。まあ、卒業までの四ヵ月しかここにいなかったというのだから、寒い時期でないはずもないだろう。

その寒い時期のある夜、寺に一組の親子がやってきた。谷田一時と、その母親だ。今と同じく、このときもいきなりだった。学校で一時に予告されてもいなかったし、事前に電話を受けてもいなかった。

母親までもが訪れたせいで、おれも親父に呼ばれた。谷田一時におれが何か悪さをしたと思ったらしい。

親父は早くも手を上げる気満々の目でおれを見た。

一時に何かしたろうか、とおれは考えてみた。してない、と結論した。何せ一緒に遊ぶどころか、ほとんどしゃべったことすらないやつなのだ。でもわからない。おれは調子に乗るほうだから、自分でも気づかないうちに何かやらかした可能性がある。無意識にひどいことを言ってしまったのかもしれないし、ふざけてブーメランのように投げた濡れ雑巾が、見えないところで一時を直撃してしまったのかもしれない。

一時には、ごめんな。その母親には、すいませんでした。親父には、もうしません。そんな三種の言葉を用意していたが、どれも口にする必要はなかった。

一時の母親は、意外なことを言った。

夫の遺骨をこちらで預かっていただくわけにはいかないでしょうか。

不思議に思いながらも、おれは密かにガッツポーズをしていた。よし、おれ、セーフ！

親父のほうが拍子ぬけした感じだった。正義の鉄槌《てっつい》を振り下ろせる場がなくなってしまったのだから、無理もない。

一時の母親は、来訪の理由を、おれにもわかるような言葉で説明した。

数年前に夫が亡くなり、一時と二人になった。以来、各地を転々としているが、正直に言えばお金がなく、お墓も買えない。だから転居のたびに骨壺も持ち歩いているのだが、それも心苦しい。そしてこの片見里で、一時からクラスメイトにお寺の息子さんがいることを聞いた。そこで、無理を承知のうえでお願いに来た。

ただし、仏教徒は仏教徒だが宗派はわからないという。それではちょっと、と親父は渋ったが、母親は深々と頭を下げ、隣の一時にも頭を下げさせて、懇願した。

生活が落ちついたら、必ず引きとりに来ますから。

そう言われ、親父は折れた。お預かりしたら、との母ちゃんの口添えもあり、さらにはおれの手前ということもあって、それ以上拒むことはできなかったのだろう。

大人たちの話が進むあいだ、一時は居心地が悪そうにしていた。おれの家が寺だと母親に話してしまったことを悔やんでいるようにも見えた。後日学校でおれに文句を言われるのをおそれたのかもしれない。実際、お前は谷田くんの力になってやるんだぞ、と親父に念押しされていなければ、おれはまちがいなく文句を言っていただろう。

で、その遺骨を引きとらないまま、谷田親子は逃げるようによそへ引っ越していった。中学に上がり、入学式から二、三日経って、おれはそのことを知った。三つあるどのクラスにも、谷田一時がいなかったからだ。行先は誰も知らなかった。中学の教師だけでなく、小学校の教師も。

すぐにあとを追うのもどうだろう、と先延ばしにした結果、遺骨は預かりっぱなしになった。一時の母親のあの言葉。生活が落ちついたら。いつ落ちつくんだよ、と思った。まさか十七年半かかるとは。

「母ちゃんは、元気?」と一時に尋ねてみた。

「知らない」と返事がくる。

「え?」

「知らないんだ。今どこにいて、どうしてるかも、知らない」

「何で?」

「何でってこともないけど。母親は母親で僕は僕、というか」

「あぁ。そうなんだ」と言うほかなかった。

いろいろあったんだろう。でなきゃ、本来あるべきものがなかったか。親子関係には、様々な形がある。そんな話は、門徒さんからよく聞く。

「で、お前は、今、何やってんの？」

「何も」

「何もって、何も？」

「うん。今は谷間かな。また何かするよ。どうせコンビニのバイトとか、そんなだろうけど」

「今、どこに住んでる？」

「一応、東京」

「家賃とか、高くねえ？」

「高いね。その代わりバイトの時給も高いけど。ただ、それでも家賃のほうが高いかな、ずっと」

「だろうな」

　谷間という言葉に引っかかった。おれなんかは一度も経験したことがない状態だ。これからもこのままおとなしく、というか普通にしていれば、一度も経験することはないだろう。その意味で、宗教法人は強い。広く見れば、公務員みたいなもんだ。

　一方で、東京には、この一時のような者たちが無数にいる。この片見里にだっているのだから、東京なら無数だろう。

とはいえ。まさか自分の母親の消息さえ知らないとは。

お菓子なんて久しぶりだよ、と言いながら、一時はチョコパイを食べ、麦茶を飲んだ。

「あのさ、おれ、お前のこと、何て呼んでた？ 谷田だっけ」

「うーん。どうだったろう。一時かな。すぐに転校するからさ、決まったあだ名を付けられたことはないんだ。だから、たいていは谷田か一時だった。どちらかといえば、一時のほうが多かったかな。みんな、やっぱり珍しいほうを口にしたがるから」

「そっか。そう言われると、一時と呼んでたような気もするな。うん、たぶん、そうだ。谷田よりは一時だ。一時でいこう」

「それで、父親の遺骨なんだけど」

「ああ」

「お寺さんに預かってもらってたんだから、その保管料みたいなものが、かかってたはずだよね？」

「まあ、かかってんのかな」

「しかも、十七年半分だ」

「だな」

「いくら？」

「これはちょっと極端な例だから、すぐには何とも言えないな。おれにもよくわかんねえわ。母ちゃんに計算してもらわねえと」

「正直、あんまり手持ちがないんだ。今払える分だけ払って、残りは後払いってわけにいかないかな」

「額もはっきりしてないから、どうとも言えないけど」

「その前にまず、連絡もしないで預けっぱなしにしてたことを謝んなきゃね」

そう言うと、一時は手にしていたチョコパイを置き、あぐらを素早く正座に変えて、頭を下げた。

「ご迷惑をかけて、すいませんでした」

「いやいやいやいや。よせよ。いいよ、そんなの。保管つったって、納骨堂にただ置いといただけみたいなもんだから」

「でもコインロッカーだって、一日三百円はとるよ」

「コインロッカーと一緒にすんなって」

「ごめん」

「いや、寺を安く見んなってことじゃなくて。遺骨をコインロッカーには入れないだろってこと」

「それに、ほら、元クラスメイト割引っていうのも、あるだろうし」

「あるの？」

「あるというか、それは、まあ、おれのさじ加減だな」

「村岡くんが決められるわけ？」

「そりゃ、決められるよ。一応、住職だからな」

「え？　住職なの？」

「そう。三年前に副住職の副がとれて、住職になった。親父が死んだんだ」

そしておれはついさっき日報の大浦に聞かせた話を、今度はこの一時に聞かせた。エムザのエスカレーターのことも、隠さずに話した。あの店、そんな名前だった？　と一時が言うので、雅屋がカッコをつけてエムザになったのだと説明した。

「二十代で住職か。すごいね」

「すごくねえよ。二十代で親父が死んだ。それだけのことだ。一時には負けるよ。そっちはまだ一ケタ代のときだろ？　親父さんが亡くなったの」

「うん。だからなのかな、父親のことはほとんど何も覚えてないよ。でも今はむしろそれでよかったと思ってる。いい印象はないけど、悪い印象もないから」

「あぁ。うん」

母親のことを念頭に言ってるんだろうか、と思った。今も生きている母親には悪い印象しかないという意味だろうか、と。

そうやって話をしているうちに、おれは谷田一時のことを少しずつ思いだしてきた。

こいつは確か、小学六年の二学期も終わりに近い、十一月末だか十二月初めだかに転校してきたはずだ。

今日からこのクラスに加わることになった谷田くんです、と担任の増沢《ますざわ》先生がその日の朝に言った。今？　と自分が教室で声を上げたような気がする。もう卒業じゃん、とクラス委員の堀川丈章《ほりかわたけあき》が続いたような気もする。

年が明けた三学期には、あいつ給食費払ってないらしいぜ、とやはり丈章が言っていた。そのまま卒業して逃げちゃうつもりだろ。食い逃げだよ、食い逃げ。これは気がするだけではない。丈章は確かにそう言った。そう。確かだ。そのころに、クラスでちょっといやな事件があったから覚えてる。

「保管料とかは、やっぱいらねえよ」とおれは一時に言う。「料金の話はしないで、ただ預かっただけだし」

「いや、そういうわけには」

「もらうにしても、今じゃなくていい。すぐには計算できねえし。そういう事務のあれこれは母ちゃんがやってんだ」

だからこそ、すぐに計算できないことはない。十分もあれば、計算してしまうだろう。母ちゃんは、何でもちゃちゃちゃっとやるほうなのだ。頼めば、請求書も領収書も即座に出てくるにちがいない。

「なあ。今日、木曜？」とおれが言い、

「えーと、そうだね」と一時が言う。

「で、お前、今、ヒマなんだよな？ ヒマというか、何もしてないんだよな？」

「まあね。仕事を探そうとは、思ってるけど」

「じゃあ、土曜までウチに泊まってけよ」

「え？」

「いや、その土曜日にさ、中学の同窓会があんのよ」

「中学って。行ってないよ、僕は」

「そうだけど。でもウチはよその小学校と一緒にならないから、中学の同窓会はそれすなわち小学校の同窓会なんだよ。そんなら該当するだろ？ お前、ここで卒業してるわけだから。むしろ、出なきゃなんないよな」

「出なきゃなんないってことは、ないでしょ」

「ないけど。でも出ろよ。そんな偶然、ないだろ。十七年半ぶりに来た町で、同窓会にぶち当たるなんて」

「誰も覚えてないよ、僕のことなんて」

「そんなことないって」と、つい勢いで言ってしまったが。

微妙だ。そんなことなくはない。会の参加者の多くが一時のことを覚えてない。その可能性のほうが高い。覚えてたとしても、それはあまりいい部類の記憶ではないかもしれない。ただ、もしそうなら。その記憶をいい部類に変えてやるべきだろう。母親はもしかすると給食費を払おうとしなかったかもしれないが、息子は遺骨の保管料を律儀に払おうとするやつなんだから。

☽

☽

知っている顔はほとんどない。

それも当然だろう。ほぼ四ヵ月、冬休みや卒業後の春休みを除けば実質三ヵ月一緒にいただけのクラスメイト。その十七年半後の顔など、知っているわけがないのだ。しかも、一度も転校をしたことがない人の約八倍もの元クラスメイトを持つこの僕が。

それにしても。まさか同窓会に出る羽目になるとは思わなかった。同窓会というものに出ること自体、初めてだ。

村岡徳弥がどこまで僕のことを覚えていたのかはわからない。ほとんど覚えていなかったというのが実際のところだろう。母が父の遺骨を預けたりしていなければ、完全に忘れ去っていたにちがいない。

その徳弥が、同窓会があるから出ろ、と言ってきた。泊めてやるから出ろ、とまで言ってきた。

もちろん、遠慮した。遠慮を前面に押し出して、辞退した。その遠慮を徳弥はまさに遠慮ととらえ、このままお前を追い返すわけにはいかねえよ、と言った。ただ帰るだけであって、追い返されるわけじゃないよ、と言ってみたが、無駄だった。次いで徳弥は、じゃあ、お前が同窓会に出て参加費を払うことで遺骨の保管料とチャラにしよう、と言った。

あきれた。わけのわからない理屈だ。お寺の実入りはゼロじゃん。そう言うと、それもそうだな、と徳弥は笑った。だが取り消さなかった。

結局、押しきられた。とはいえ。サウナやネットカフェでの宿泊費が浮くことを考えれば、決して悪い話でもない。僕のほうにそんな打算が働いたことも確かだ。

本堂とつながった造りになっている村岡宅の客間が僕に用意された。洋間もソファもあるごく普通の一戸建てだ、フロのお湯張りも追い焚きもボタン一つでできるという。

泊めてもらったこの二日間でわかったことだが、僧の徳弥が朝三時四時に起きるようなことはなかった。定時に鐘を鳴らすようなこともなかった。大きなお寺ではないせいか、鐘楼そのものがないのだ。

同窓会の集まりは、全体の半分。具体的には、十九人。東京や名古屋に出ていった者の数を思えば上出来とのことだった。

会場は、片見里駅の栄えている側、つまり善徳寺がある山側ではない側にある居酒屋『月《つき》見里《みざと》』。店は雑居ビルの五階にあり、乗っているだけで息苦しくなるほど狭いエレベーターで上る仕組みになっていた。

カウンターとテーブル席には一般客がいたが、座敷は貸切りだった。四人掛けと六人掛けの掘りゴタツがそれぞれ二つずつある、こぢんまりとした座敷だ。座敷なら掘りゴタツがある店にしてくれ、と徳弥が幹事に頼んだのだという。酒飲むときまで正座とかしたくねえから、と。

会には、僕が知らない中三のときの担任のほか、増沢節子《せつこ》先生という、小六のときの担任も来ていた。顔も名前も忘れていたが、見て思いだした。ある意味、十七年半で最も変わっていないのがこの人だった。あのころですでにおばあちゃんのように見えたが、今も変わらずおばあちゃんだった。そのおばあちゃん先生は、二十九歳もしくは三十歳の、これまた顔も名前もわからない女子たちに囲まれて、にこやかにウーロン茶らしきものを飲んでいた。

僕は六人掛けの掘りゴタツの一番奥に座った。それとなく、だが意図してそこを選んだ。見た感じ、最も邪魔にならないのがその位置だったからだ。その意図を察したのかどうかは知らないが、話し相手がいなきゃツラかろうとのわかりやすい配慮を見せて、徳弥が隣に座った。

ただそれも、乾杯がすみ、近くにいた者たちとの会話をひととおり終えるまでだった。三十分もしないうちに、皆が自分のグラスを手にあちこち移動しだし、席はあってないようなものになった。

当然、僕は動かず、与えられた中ジョッキの生ビールをチビチビ飲んだ。チビチビ飲んでいることが知られないよう、ジョッキに口をつけている時間は長めにした。時おり戻ってくる徳弥には、中身減ってねえよ、だの、お前ホステスかよ、だのと言われた。

四ヵ月同じ教室にいただけの者たちとこうして同窓会の場で同席するのは、何とも妙な感じだった。稀《まれ》に、アルコールの作用でおそらくはいつも以上に大らかになった女子たちが僕の隣や向かいに座り、「谷田くんて引っ越してきてまたすぐに引っ越しちゃったよね」「谷田くんて村岡くんと仲よかったんだ？」などと言った。だが話は続かなかった。「今何やってるの？」と訊かれ、「何も。バイトやめたばかり」と答えると、もうそれで終わりだった。

　ほとんど知らない者たちばかりではあったが、座敷全体を眺めているうちに、少しは思いだしたこともあった。

　子どものころに築いた人間の関係性は、大人になってもそうは変わらない。言い換えれば、一度築かれてしまった関係性を覆すのは容易ではない。クラスの中心人物は、村岡徳弥と、もう一人、僕がいたときに委員長を務めていた堀川丈章だった。それはやはり今も変わっていないことが、傍《はた》から見ているだけでわかった。

　その二人のことは、今回片見里に来る前から覚えていた。さすがに、お寺の住職の息子や警察官の息子のことは覚えているものだ。

　転校することに慣れると、転入したクラスの勢力図のようなものに敏感になる。うまく立ちまわるために、というよりはヘタなことをしでかさないために、いやでも敏感にならざるを得ないのだ。小六の二学期、片見里に来たころにはもう、僕は転校初日でそれを正確に見極められるようになっていた。

　そんな僕の見極めでは、村岡徳弥と堀川丈章の関係も、昔とそう変わってはいないらしい。

いがみ合ってはいないが認め合ってもいない二人。いや。認め合ってはいるが交わったりはしない二人、と言うべきか。

事実、二人は短い会話を交わしたりはするものの、同じ卓に着いたりはしなかった。徳弥のほうはそうでもないが、丈章の徳弥に対する意識が強すぎるのだろう。ある一定のところまでしか、徳弥を近づけないのだ。おそらくは、自分のほうが格上であることを周囲にアピールするためにも。

ビールを飲む。チビチビ飲む。

さて明日からはどうするか、と僕は考える。

西へ行くか、東へ行くか。やはり東へ行くのだろう。こんなとき、僕は決まって東を選んでしまう。西には、何となく苦手意識がある。人と人の距離が、僕の望むそれよりも近すぎるような気がするのだ。それにはプラス面もあるはずなのだが、人を避けてきた僕はその活かし方を知らない。

まあ、そんなことよりもまずは。

父の遺骨を処分するのが先だが。

そう。処分。処置ではない。まさに処分。

やってはいけないことなのだろう。それはわかっている。だがやるつもりでいた。父の遺骨を、ひどい言い方なのを承知のうえで言うが、捨ててしまうつもりだった。

ごみとして出したものが見つかって問題になってはいけないから、埋めてしまうべきなのだろう。そうやって、捨てるのだ。手放すのだ。

片見里駅からの途中にあったあの林に埋めてしまうのがいいかもしれない。夜なら車はともかく人は通らないだろうから、埋めるところを見られることもないだろう。

つまり僕は、父の遺骨を捨てるために、片見里の善徳寺へやってきたのだ。引きとったうえで、捨てるために。

そのままにしておいても害はない。いずれ無縁仏として葬られるだけだろう。あるいはすでに葬られたかもしれない。そう思っていた。それならそれでよかったし、むしろそうであってほしいとの期待もあった。だがあれはあれで律儀らしい徳弥は、遺骨をきちんと保管していた。

そんなふうに人を関わらせるのが、いやだった。人を頼りにするのがいやだった。

高卒で、安定した職に就けたわけでもなく、何の資格も取柄もない自分は、この先もどうにもならないだろう。

二十五を過ぎて、そう自覚したあたりから、そんな意識をも持つようになった。そして三十歳を間近に控えた今、これからも一人で生きる覚悟を決めるべく、父の遺骨を処分することも決めた。いわば根っこを断ち、漂っていくことを決めた。最後まで漂いきるしかないのだ、僕のような者は。

　どこへでも行けるというのはどこへも行けないのと同じだ。というようなことを、誰かがどこかで言っていた。それは漠然と正しい。要するに誰もがどこへも行けないのだと、僕はそう解釈している。その解釈はおそらくまちがっているが、そのまちがいを正すつもりはない。

　よその卓で女子たちと話をしていた徳弥が戻ってきて、隣にドサリと座る。

「イチ、飲んでるか？」

「飲んでるよ」

「うそつけ。まだ一杯めだろ。飲み放題なんだから飲めよ。ビールならいくら飲んだって料金は変わらねえんだから。どうする？　次もビールでいいか？」

「うん」

「お姉さん、生一つ！　じゃなくて、おれもだから、生二つ！」

　そう言って、徳弥はまだ半分近くもジョッキに残っていたビールを一気に飲み干した。

「徳弥は飲むね」と感心する。

「ああ。門徒さんと飲むこともあるからな。早いうちに鍛えられたよ。注がれて飲まないわけにもいかないから。まあ、それはそれでホステスみたいなもんだな」

すぐに手もとに届けられた中ジョッキの一つを僕にまわし、徳弥は自身、新たな一口をゴクリと飲んだ。

「どうだ？　楽しんでる？」

「まあね」

「どう見ても楽しんでる顔じゃないだろ、それ」と徳弥は笑った。

そんなことを笑顔で言えるのが徳弥のいいところだと思う。この二日でそれがわかった。

「いや。それなりに楽しんではいるよ。顔に出ないだけで」

「出せよ、顔に」と徳弥はなおも笑う。「お前は後腐れを残す心配がないんだから、楽しんじゃえばいいんだよ。同窓会とはいえ、それこそ合コンにでも来たつもりで」

「合コンには行ったことがないからわからないよ。そのつもりになれない」

「マジで？　お前、合コン童貞？」

「うん」

「キャバクラは？」

「ない」

「何でよ」

「何でって。別に、行くのが普通でもないでしょ」

「そうかなぁ」

「ああいうとこは、かえって疲れそうだよ。女の子に気をつかって」

「客なのに？」

「うん。つまんないと思ってないかな、とか考えちゃいそうで」

「自分が楽しませるのがキャバクラ嬢の務めだろうよ」

「それはそうだろうけど」

「まあ、わからんでもないけどな、言わんとしてることは。確かに、なかには微妙に上からくるやつもいるから」

「そんなとき、徳弥はどうするわけ？　上からこられたとき」

「その上を行くよ。さらに上から見下《みお》ろしてやる。見下《みくだ》しはしないけど、見下ろす。坊主をなめんなよって。といっても、これはよその町のキャバクラでの話な」

「お坊さんだって、明かすの？」

「明かすよ。でないと、こわがられるから。頭で。前に一度、明かさないでいたら、キャバ嬢にそれとなく訊かれたことがあるよ。クスリを扱ってないかって」

「どう答えた？」

「漢方薬ならって。門徒さんにさ、薬局の人がいるんだ。スゲえ苦いけど効くぜって、その女に言っといた」

そんなことを言いながらつまみの唐揚げやソーセージをパクついている徳弥を見て、密かに感心した。徳弥は、このちっぽけな片見里市の土の下に、今さら刈りようもないくらい頑丈な根を張りめぐらしている。それなのに、僕よりもずっと自由であるように見える。

自由。つい苦笑する。二十九歳にもなってつかう言葉ではない。というよりも、今この時代を生きる人間がつかう言葉ではない。

あまりにも見事なタイミングで、徳弥がぽつりと言った。

「けどいいよなぁ。お前は自由で」

驚いた。徳弥にしてみれば、そうなのだろう。一月《ひとつき》後どころか、明日どこで何をしているかもわからない僕の如き者たちは、徳弥から見れば自由なのだ。落葉の掃除をしなくてもいい。人の死に関わらなくてもいい。仕事がいやになったらやめてもいい。その土地がいやになったら引っ越してもいい。自由だ。

だが。落葉の掃除のようなことを、仕事にしなければならない。自分の死を、常に身近に意識しなければならない。やりたそうな職には就けない。住みたそうな町には住めない。自由か？

そんなことを考えて、僕は実際に苦笑いを浮かべていたらしい。

「ん?」と徳弥が言う。「どうした?」

「いや、楽しいなぁ、と思って」とごまかした。

「一人で考えて楽しむなよ。楽しみは分かち合え。せっかく周りに人がいるんだから」

「それは、仏教の教え?」

「じゃねえけど。いや、そんなことも、もしかしたらお釈迦様はどこかでおっしゃってるかもしんないけど。でも今のこれは、おれの考えだよ」

「僧徳弥の教えか」

「教えではない。ただの考えだ。おれは自分が人にものを教えられるなんて思ってない」

そう言いきれてしまうところが徳弥のすごさかもな、と今度は思う。謙遜《けんそん》とかそんなふうには感じさせない。感じさせないだけでなく、本当にそう思っているのだろうと思わせる。

これはすごいことだ、実は。

「イチさ、ずっと一人で暮らしてきたって言ってたじゃん」

「うん」

「合コンも行かない。キャバクラも行かない」

「うん」

「カノジョとかいたこと、あんの？」

「うん」

「何だ。そこも『うん』なのかよ。『ない』かと思ってたのに」

「合コンとキャバクラに行かなくても、カノジョはできるよ」

「できっかなぁ」

「できても続かないけどね、僕の場合」

「何で？」

「付き合うと、やっぱり先を見るでしょ。その先が、見えないんだと思うよ、僕とじゃ」

「で、別れるわけ？」

「別れるというか、自然消滅だね」

「女のあととか追わなそうだもんな、お前」

「うん。追わない」

一度も追ったことはない。追ってどうにかなるとも思えない。

「けど、逆に追われることは、あるよな？」

「引っ越し先まで追いかけてはこないよ」

「それは、その引っ越し先を言わないからだろ？」

「そう。でも、わざわざ調べて押しかけてきたりする子はいない」

「想像できるよ。そのカノジョも、お前っぽい感じなんだろうな」

「僕っぽいって？」

「何か、薄いっていうかさ」

「薄い」

「誤解すんなよ。薄っぺらとかいう意味じゃなくて、濃くないって意味だからな。気持ちとかそういうのが」

「別にいいよ、薄っぺらでも」

むしろ薄っぺらのほうがいい。そのほうが、動きやすい。

「けどさ、何かスゲえな、お前。死語になって久しい風来坊《ふうらいぼう》って言葉を復活させたいくらいだよ」

「すごくないよ。僕に言わせれば、徳弥のほうがずっとすごい」

「立場、代わってほしいか？」

「それはない」

「即答かよ」

「だって無理だよ、僕に僧は」

「それはおれだって同じだよ。つーか、お前のほうがずっと僧っぽいよ。禁欲的だし」

「求められてないからそうできるんだと思うよ。そうであることを求められたら、きっとどこかでおかしくなる」

「おぉ。言うことが深いな、お前。今度ウチで法話《ほうわ》しろよ」

「いやだよ」

「だから即答すんなって。迷え。ちょっとは」

徳弥は楽しそうに笑ってビールをグビグビ飲む。

それにしても、うまそうにビールを飲むお坊さんだ。テレビのCMに出てきても違和感はないだろう。クゥ〜ッ、うまい！　やっぱお経のあとはこれ！

「そういや、お前さ、酒も一人で飲むわけ？」

「そもそもあんまり飲まないけど、飲むときは一人かな」

「行きつけの店があるとか？」

「ないよ。行きつけができるほど一ヵ所に長くいないし」

「そっか。じゃあ、アパートで一人で飲むわけだ」

「たまにね」

「うまいか？　それ」

「どこで飲んでもビールの味は同じだよ。といっても、僕の場合はビールじゃなく、もっと安い新ジャンルってやつだけど」

一人で生きるというのは、そういうことだ。逆説的だが、そう思えるようになった。そんな生活に慣れれば、どこで飲んでもビールの味は同じになる。新ジャンルで満足できるようにもなる。

「けどさ、最後まで一人ってわけにはいかないだろ」

最後。正しく文字をあてれば、最期。

「最期こそ、人は一人でしょ」

「まあなぁ」徳弥が中ジョッキを置き、大皿に残っていた唐揚げを手づかみで口にほうりこむ。「つーかさ、ほんと、完全にイチのほうが坊主じゃん。だいじょうぶか？　おれ」

「ただ、一人で生きられたとしても、死んだあとの処置だけは自分ではできないから、徳弥、頼むよ。どこかに撒くか埋めるかして。無縁は無縁でいいから」

「それは無理だ」

不心得なことを言われてさすがに気分を害したのだろうと思ったが、ちがった。

「だって、同い歳《どし》だろ、おれら。おれのほうが先に死ぬかもしんない。いや、まちがいなく、不摂生なおれのほうが先に死ぬ」

「本気で言ったわけじゃないよ。ふざけたんだ」

「わかりづれえよ。ふざけんなら、もっとはじけてふざけろよ。お前、そんなんじゃ、モテちゃうぞ」

「は？『モテないぞ』でしょ」

「いやいや。何か知んないけど、お前みたいなのが、合コンとかキャバクラではモテちゃうんだよ。お前みたいに、ちょっとミステリアスなやつが。おれなんかがどんなにがんばってもダメ。女は、ちょっとだけ変わったやつに惹《ひ》かれんだ。変わりすぎてはいなくて、許せる程度に変わったやつに」

「徳弥も、変わってると思うけどね」

「おれは変わってねえよ。言ってみりゃ、なまぐさ坊主の王道だろ」

そこで、ひときわ盛り上がっている左ななめの卓の男子たちから無邪気な声がかかった。

「なああ、徳弥。坊さんて、同性愛ありなの？」

「坊主ラブだ、坊主ラブ」

「ボーイズラブじゃなくて」

「うるせえな」と徳弥が応える。「お前ら、ウチの墓に埋めんぞ。まだちょっと空きがあるから」

「で、ありなの？　同性愛」

「知らねえよ。一般の社会でありなら、ありなんだろ。変わんねえよ、そこは」

「ゲゲッ」「マジか」「あるってことかよ」と感嘆の声が上がる。

　徳弥がふざけて僕に言う。

「まったく。これだから民衆は困るよ」

「ほんとにありなの？」

「さあ。けど、そういうことに、ありもなしもないだろ。あるもんはあるんだから。で、そうそう、そこのツヨシともさっき話したんだけど、おれ、イチのこと、だいぶ思いだしたよ。お前さ、ウチの裏を流れてる片見川《かたみがわ》を、棒高跳びで越えてたろ？　あれ、お前だよな？」

「あぁ。そうかも」

そうだ。僕だろう。確かに、川の岸から向こう岸へと長い棒をつかって跳んでいた。棒高跳びというよりは、棒幅跳び。善徳寺の裏手を少し歩いていくと、川幅が四、五メートルと狭くなっているところがある。そこを、跳んでいたのだ。近道をするためなどでなく、単なる遊びで。つまり一人遊びで。

　小学六年生が走り幅跳びで出せる記録は、せいぜい三メートル強。だが道具を用いればより長い距離を跳べる、というところに魅力を感じた。用いた棒は近くの工事現場に落ちていたもので、金属製にしては軽かったから、僕でも扱うことができた。足場を組むのにつかわれていたパイプだったのかもしれない。

だから、実際の棒高跳びの棒のようにクニャリとしなったりはしなかった。しなるどころか、ほんの少しのカーブを描くこともなかった。が、長さがちょうどよかった。川の真ん中に棒の先を突き入れると、ちょうど向こう岸に着地することができたのだ。

棒が垂直になる瞬間、すなわち川の真ん中をまさに跳んでいるその瞬間は、空中、かなりの高さに身を置くことになる。棒がななめに倒れ、浅い川底に叩きつけられていたら、きっと大ケガをしていただろう。だがそこまでの失敗は一度もなかった。せいぜい、岸まで届かず川に足を踏み入れてしまい、くつがグショグショになった程度だ。僕は運動神経がよかったわけではないが、何故かそれだけはできた。

あのころは、ヒマになるとあの場所に行って跳んでいた。ほかの者たちとちがい、塾になど通っていなかった僕には溢《あふ》れるほどヒマがあったから、それこそ毎日のように跳んでいた。

あの遊びの何に惹かれたのだろう。棒に体を乗せる感じ、うまく身を預ける感じがおもしろかった。そこに惹かれたのはまちがいない。だがおそらく、僕は命を無防備にさらすその感じにこそ、惹かれていた。

あのころはそんなふうに考えたことはなかったが、今になればそう思う。死に対する恐怖がなかったというのではない。あったからこそ、それは真剣な遊びとして成立したのだ。

「おれ、何度か見かけたことがあんだけど、まさかお前だとは思わなかったんだよな。見たのは遠くからだったし。あとで女子に言われて、知ったんだ。あれはお前だったって」

「女子？」

「ああ。えーと、クラウチなんかが見たらしい。『カッコよかった』って言ってたよ。『だけど先生に見つかったら怒られちゃう』とも。怒られるよなぁ、確かに。だって死ぬもんな、川底の石に頭を打ったりしたら。それで死ななくても、そのまま動けなかったら溺《おぼ》れるし。おれの親父みたいになるよ、心臓発作を起こしたけど死因は首の骨折ってな」

そう言われたところでどう返せばいいかわからなかったが、徳弥は徳弥らしく、事実を口にしただけで、安い慰めの言葉を僕に期待したわけではなかった。その証拠に、こんなことを言ってくる。

「で、そう、親父だよ」

「ん？」

「お前がいなくなったあと、おれも何度かあれに挑戦してさ、そのたびに失敗してたんだよな。小六にできて中一にできないのはマズいだろってことで、練習したんだ。川幅は狭いけど底は深めってとこを探して。そんじゃねえと、あぶねえから。で、台風が来かけてたときの川に落っこちて、そのまま流されたことがあるんだ。あれはマジであせった。そこそこの騒ぎになって、日報にも載ったよ」

「ほんとに？」

「ああ。人が流されてるっていうんで、近所の人たちは、もう、総出。当然といえば当然だけど、消防まで出動しちゃってさ。どうにかこうにか、岸に引きあげられたんだ。そんで、集まった人たちの前で親父に思いっきりぶん殴られたよ。『自分で責任をとれないことはするな！』って怒鳴られて。で、殴られたその勢いで、また川に落ちて。またみんなにたすけられて。川を背にする側に立ち位置を変えた親父に、またぶん殴られて。あのときの殴られ方が、おれ史上、一番ひどかったな。せっかくたすけられたのに、殴られて死ぬんじゃねえかと思ったよ」

「そんなことが、あったんだ？」

「あった。もとをたどれば、原因はイチだったんだな。今日になって気づいたよ」

「結局、川は跳べたの？」

「跳べた。けど、高校生になってからだな」

「高校生になってもやってたわけ？　あんなことを」

「中学んときは、次同じことになったらマジで親父に殺されるっていうんで、自粛してたからな。高校生になって、思いつきで解禁にしたんだ。陸上部で棒高跳びをやってるやつにコツを聞いてさ、そんで、やってみようと思った」

「うん。ハードルなんかと同じで、あれはコツなんだよね。棒と一体になりつつ乗る感じ。それがわからないと、何度やってもダメなんだ。スケートみたいなもんだね。滑る感覚をつかめなきゃ無理っていうさ」

「あぁ。そうかもな」

「でも普通、何度か川に落ちた時点でやめると思うけどね。台風のときに、やらないでしょ」

「水嵩《みずかさ》が増してるときのほうが安全だと思ったんだよ。自然を甘く見た。またそこを、親父は怒ったんだろうな。『自然を敬え』って、いつも言ってたから」

「親父さんに、よく殴られたんだ？」

「殴られたねぇ。けど、虐待とかそういうんじゃないぜ。自分の機嫌が悪いから殴ったりってのは一度もなかったよ。おれはアホだからよくないことをする。で、よくないことをしたら殴られる。そういうもんだと思ってた。親父も親父で、人前だから殴らないってことはなかったし。中学の三者面談のときにさ、『ウチのトクは体罰オーケーですから』なんて言ってたよ。あれはおかしかった。言われた先生のほうが困ってたよ。まあ、あれだ、跡継ぎを甘やかす坊主だとか、そんなふうに見られたくなかったのかもな」

「自分に跡継ぎができたら、どうする？」

「どうするって？」

「殴る？」

「殴んねえよ。今そんなことしたら、通報されちゃうからな。虐待坊主、逮捕！　なんてことになりかねない。また日報に載っちゃうよ」

そう言って、徳弥がグビッとビールを飲んだので、僕もビールを飲んだ。チビッとよりは少し上の感じで、ゴクッと。

今度は左隣の卓から、大きな笑い声が聞こえてきた。どうにか名字まで思いだした丸尾強《まるおつよし》がいる卓の、向かいの卓だ。

中心になっているのは、堀川丈章だった。男子だけでなく、女子もいる。何というか、偏差値の高そうなグループだ。実際に大卒者が多いのだろう。

丈章が何か話し、ほかの者たちが笑う。徳弥の場合とちがい、この丈章の周りに集まる者たちは皆、取巻きに見えてしまうのが不思議だった。不思議だが、よくある光景だ。

「なあ、村岡」と、自分の席に座ったまま、丈章が言う。「鍋島《なべしま》医院の先生って、お前んとこの檀家？」

「ああ。そう」と徳弥が応える。「門徒さんだよ」

「息子は、大学病院だっけ？」

「確か」

「跡、継ぐのかな」

「さあ」

「まあ、継ぐよな」

周りに聞かせるための会話だった。内容を聞かせるためではなく、二人が会話をしたことを伝えるための会話だ。同窓会の初めから見ていてわかったことだが、丈章と徳弥の会話はこの感じになることが多い。

ちなみに、丈章と僕はまだ一度も会話をしていない。丈章が僕と会話をする必要性を感じていないからだ。彼の目に、この僕は映ってさえいないかもしれない。

どこか妙なやりとりだったので、徳弥に尋ねてみた。

「何？」

アバウトな質問だったが、徳弥は意味を理解し、的確な答を返してくる。

「丈章は、次の市議選に出るんだよ」

「市議選」

「そう。片見里市議会議員選挙」

「へぇ」

「だから、事前のあいさつまわりとか、いろいろあるんだろうな。医者の先生なら、地元の知り合いも多いだろうし」

　つまりそういうことだった。この場に居合わせた者たちに、今の会話であらためて知らしめたわけだ。自分が選挙に出ることを。

「彼は、何してるの？　仕事」

「何もしてないよ。今はイチと同じ。県庁に勤めてたけど、選挙に出るっていうんで、やめたんだ。ほら、公務員は、やめなきゃ出られないから」

「政治家か。すごいね」

「あぁ。スゲえな。デカいよ、志が」

「でも、受かるわけ？」

「受かるだろ。地元警察署長の息子なんだから」

「そうなの？」

「そう。親父さん、今は片見里警察署の署長だよ」

「警察官だってことは覚えてたけど。署長か」

「まあ、ちっぽけな市の署長だから、警察のなかでどんだけ偉いのかは知らないけど。でもちっぽけな市だけに、そこでの力は絶対だよな。それに、署長は今の土井《どい》市長とも懇意だし」

「市長って、片見里市長?」

「ああ。確か同級生だったとか、そんなんじゃなかったかな。堀川署長と土井市長。だから今ここにいるおれらは、みんな、その二人の後輩ってわけ。四ヵ月しかいなかったとはいえ、お前もだぜ。だから市長の後輩ヅラしていいんだ、お前も」

「うれしくないよ、別に」

「まあな」

そして空いていた僕らの前の席に、それぞれサワーのグラスを手にした二人の女子がやってきた。やはりまるで見覚えがない女子たちだ。

「ねぇねぇ、村岡くん。お坊さんになった今でも、スカートめくりとかしてんの?」

「は? してねえよ。おれはなまぐさ坊主だけど、ハレンチ坊主ではない」

「でも昔はよくやってたよね。わたし、毎日のようにめくられたもん」

「わたしは毎時間のようにめくられた。休み時間のたびに」

「大げさだよ。そこまではしてねえって」

いや、してた。

そう、思いだした。徳弥はよくスカートめくりをしていた。それも、集団でではない。あくまでも一人でだ。ほかの男子たちはやらなかった。皆、おもしろがって、徳弥がやるのをただ見ていた。やるのが徳弥だから許されていたと言っていいだろう。

スカートめくり。これぞまさにのハレンチ行為だ。今二十九歳という僕の世代で、それを日常的にやっていた者はまずいない。言葉として知ってはいても、実際にやったことはない。それが僕らの感覚だ。

地域的にそれが根づいていたわけでもないし、リバイバル的に流行《はや》っていたわけでもない。本当に徳弥一人がやっていた。それには僕も感銘を受けたものだ。よりにもよってお坊さんの息子がやっちゃうのか、と。

パンツが見たいからというよりは、女子当人や周りの者たちを驚かせたいから、の行為ではあった。僕も一度やられたことがある。自分の前を歩いていた女子のスカートを、横からスルスルッと忍び寄った徳弥が素早くめくり、逃げていったのだ。

めくられた女子は驚き、スカートを押さえながら後ろを見る。そこには僕がいる。逃げていく徳弥がめくったのだとわかってはいるが、僕に見られたこともわかっている。見た？　と女子が僕に訊く。見たとも見てないとも言えず、僕はうろたえる。

そんな一連の反応を、徳弥は少し離れたところから楽しむのだ。見たよな？　白に青の水玉だった。などと言って。

両手で大げさにやるのでなく、手首の返しの強さで一気にめくる。それが徳弥式だった。おそらく手首が頑丈で、力が強いのだ。その力を、スカートめくりではなしに、例えばテニスなどに活用していれば、いい選手になれたかもしれない。

「村岡くん、中学でもやってたよね」

「うそだよ。中学ではやってねえよ」

「やってたよ。だから女子はスカートの下にジャージを穿くようになったんだもん」

「それはただの流行だろ」

「その流行の仕掛け人が、ウチらの場合は村岡くんなんだって」

「うーん。そう言うと、ちょっとカッコいいな」

「カッコよくないよ。ただのエロ小坊主じゃん」

そしてもう片方の女子が言い足す。

「だけどそのエロ小坊主が、今じゃ、立派なお寺の住職さんだもんね」

「その立派なって言葉は、お寺にかかんのか？　それとも住職さんにかかんのか？」

「もちろん、お寺でしょ。立派な、お寺の住職さん、ではなくて、立派なお寺の、住職さん」

「何だ。やっぱそうか」

「でもこないだウチの法事に来てくれたとき、わたしのお母さん、ほめてたよ。『あの子、お経読めるんだねぇ』って」

「ほめてないだろ、それ」

　そんな具合に、徳弥と女子たちの話は続いた。

　元クラスメイトがお坊さん。そのことは、こんな場での絶好の話題になるようだった。だがそれは、そのお坊さんが徳弥だからでもあるだろう。いくら元クラスメイトとはいえ、普通、二十九歳の女性が二十九歳の男性住職にエロ小坊主とは言わない。

　そんな楽しい話を、僕は徳弥の横で黙って聞いていた。サクラにタカコというその女子たちも、変に僕に話を振ったりはしなかった。といって、無視するのでもなく、これ谷田くん知ってるかな、などとさりげない一言を添えてくれたりした。

　それでもやはり邪魔になっているような気がしたので、僕は途中で、ちょっとトイレ、と立ち上がり、一人、座敷を出た。

　会場は居酒屋らしく禁煙ではなかったが、仲間に配慮してか、あるいは初めからそう決めていたのか、座敷でタバコを吸う者はいなかった。店のわきの階段を上ればビルの屋上に出られると徳弥に聞いていたので、トイレを出ると、そのまま店も出て、わきの階段を上った。僕はタバコを吸わないが、外の空気を吸おうと思ったのだ。

屋上には塔屋やら複数の物置やらがあり、動きまわれるスペースはそう広くなかった。そこに古びたベンチと縦長の吸殻入れが置かれているが、人は一人もいない。あとから来た誰かと同席するのも気が引けたので、物置の裏のすき間へと入りこみ、建物の縁に両ひじを乗せて、そこからの風景を眺めた。

五階建ての雑居ビル。その屋上。しかも夜。大した風景ではない。すぐのところに線路が見え、その右方に片見里駅が見えた。その線路のずっと向こうに、善徳寺や、今ここに集っている者たちが出た小学校や中学校がある。

線路と駅の周辺だけは明るいが、その先はもう暗い。その暗さが、静けさをも思わせる。今僕がいるこの辺りはまだにぎわっているが、そのにぎわいも、東京のそれとはちがい、断片的なものだ。音の一つ一つが途切れ途切れにはっきり聞こえ、塊《かたまり》としてのざわめきにならない。

このままここに居たいとは思わないが、東京に居つきたいとも思わない。動きたいから動いているわけではないのに、とどまりたくもない。おそらく僕は、動くことで何かをやり過ごしているのだ。何かを。本来なら生活の核となるようなものを。

重い金属製のドアが開く音が聞こえ、次いで話し声が聞こえてきた。タバコを吸うために、誰かが上がってきたらしい。油圧式でないドアが、ダン！　と音を立てて閉まる。そしてベンチに座るドスンという音も響く。

「もう九時かよ。そろそろ出なきゃなんないとか？」

「三時間のコースで予約したって話だけど」

「十時からじゃ、二次会も微妙だな。場所、どこも押さえてないんだろ？」

「たぶん。何人になるかわかんないって言ってたから」

声が思いのほかはっきり聞こえてくる。二人が二つあるベンチのそれぞれに座っているから、大きな声を出さざるを得ないのだろう。酔っているからということでも、あるのかもしれない。

こちらからベンチは見えないので、あちらからもこちらは見えないだろう。だがベンチの端に座って身を反らせば、見えてしまう可能性もある。別に隠れるつもりでもなかったが、奥まった側に二歩移動した。タバコを吸うでもないのに何故こんなところにいるのかと、訝《いぶか》しがられるような気がしたのだ。

声から判断して、二人のうちの一人は堀川丈章だった。彼だから、そうとわかった。彼と徳弥以外なら、わからなかったはずだ。そして一人が丈章ならもう一人はあの男だろうと僕は推測した。後藤房直《ごとうふさなお》。丈章の取巻きの一人だ。

タバコを一本吸ったらすぐに戻るだろうと思い、そのままそこにいることにした。もし途中で気づかれたとしても、こちらのほうが先にいたのだから不審に思われることもないだろう。今出ていって二人のわきをすり抜け、求められてもいないのに、酔いを醒ましてたんだ、などと妙な言い訳を自分からするほうが不審だ。

「やっぱ誰も口にしねえな」

「うん」

「できねえか、まだ」

「だろうね」

「せっかくの同窓会で、そんな話題、出さねえよな」

「うん」

タバコを吸う合間に、そんな会話がかわされる。

会話をするためにわざわざ出てきたということではなさそうだった。二人でいるからしゃべる。そんな感じだ。それでいて後藤のほうはその話題にあまり触れたくない。そんな感じでもある。

何も知らない僕でさえそう感じたくらいだから、丈章はより強くそう感じたのだろう。軽い調子で、後藤にこんなことを言う。

「ビクビクすんなよ。あれは、手ちがいといえば手ちがいなんだしよ。結果オーライの、手ちがいだな」

話が長引くようなら出ていくつもりでいたが、それで出づらくなった。ここにいるのを気づかれたらマズいとさえ、思うようになった。転校生の勘だ。

「写真、消した？」

そう言ったのは、後藤だった。

「いや」

「もう消したほうが、いいんじゃないかな」

「バカ言うなよ。いざってときの保険なんだぞ」

「いざって？」

「家族が気づいて騒ぎだす、とか。まあ、今さらそんなこと、あるはずねえけど。ただ、あいつがそのことを誰にも話してないとは言えないからな。こっちだって、脅しの材料くらいは持っとかねえと」

そして沈黙が訪れる。二人が同時にタバコを吸うことでできてしまう沈黙ではない。おそらくは、会話が途切れたことで生じてしまった沈黙だ。

僕は意図して自分の気配を消す。緊張して身を硬くするのではない。むしろ筋肉を弛緩させ、ダラリとするのだ。体の細胞を空気に同化させるように。そして意識を内へ内へと滑りこませ、一切の動きを止める。肉体活動のヴォリュームを極限まで絞る、という感じだろうか。そんなことできるはずがないと理屈ではわかっているのだが、それでもできているような気がする。実際に気配を消せていると思う。

昔からこんなことはよくあった。転校を重ねるうちに身についた。転校生として目立つ必要はなかったので、いや、むしろ目立たない必要があったので、自然と身についたのだ。

中学のころは、例えばトイレの個室や廊下の隅で今と似たような状況になり、不穏な情報を耳にしてしまったこともある。教師の車のタイヤに釘を刺してやったとか、明日の放課後に潰れたガソリンスタンドで誰それをリンチするとか。期せずして、そんな話を聞いてしまうのだ。どうせすぐに転校する身なので、聞いてしまったところで何か行動を起こすようなこともなかったが。

ただ、車の持ち主である教師からは距離を置いたり、潰れたガソリンスタンドには足を向けないようにすることができたという意味では、大いにたすかった。僕はそんなふうにして、情報は大事だということを学んだ。独学といえば独学だ。

「後藤さ、お前、ビビって余計なこと言うなよ」

「言わないよ。だけど、もしほんとにクラウチの家族が」

「だからそうやって簡単に名前を出すなっていうんだよ」

「あぁ。ごめん。わかったよ」

「もう二年になんだから平気だって。今さら騒ぎ立てようなんて思わねえだろ、家族なら」

「うん」

「さてと、そんじゃ、戻ろうぜ。せっかくの場なんだから、もっと選挙運動しとかねえと。『君たちの市は僕が守ります』『市議選だからって軽く見ないで投票所に行ってよね』って」

そして二人はバタバタと音を立てて屋上をあとにした。

ダン！　というドアが閉まる音を最後に、静寂が戻る。地方都市、とまでもいかない田舎町、の駅前。その途切れ途切れの雑音込みの静寂だ。

水面《みなも》に顔を出すようにして、内に潜めていた意識を戻す。戻ったかを確認するために手足を揺らし、ゆっくりと少しずつ息を吐く。どうにかやり過ごせたことに安堵する。

そして考え、思いだす。

クラウチ。漢字にすると、倉内だ。先ほど徳弥の口からも一度だけその名が出た。クラウチなんかが見たらしい。僕が棒を用いて川を跳び越えるのをクラウチが見たという、あれだ。

今日のこの同窓会に、倉内美和《みわ》は来ていない。そのことは不自然ではない。元クラスメイトの半分は来ていないのだから、その半分に美和が含まれていてもおかしくはない。

ただ、この二時間で、僕は三度しかその名を耳にしていない。一度めを口にした徳弥も、どこかさらりと流した感じがあった。あ、言っちった、という感じだ。そして二度めがおばあちゃん先生で、三度めがつい今しがたの後藤。

たったの三度。美和が僕のように存在感のない人間だったというならわかる。が、彼女はそうではなかった。ありきたりな言い方だが、美和は、とてもきれいで、性格もよかった。クラスのなかでは、かなり目立つ存在だったのだ。男子で言う丈章のように。

だから、その名前がほとんど出なかったことのほうが不自然に思える。それだけにかえって、後藤の口からぽろっと出たときに、その名前は重みを持った。だからこそ、僕でさえ、美和の人となりをすぐに思いだせたのかもしれない。ほかの元クラスメイトたち同様、ロクに口をきいたこともない人なのに。

☀　　☀

経を読んでいる。

読みながら、昨日の今日でなくてもなぁ、と思う。何もこれが同窓会の翌日でなくてもなぁ、と。

昨夜、居酒屋『月見里』で、明日倉内んとこで三回忌なんだよ、とは誰にも言わなかった。できれば言わないでほしい、と、美和の母親の久子《ひさこ》さんに言われていたからだ。

亡くなり方が亡くなり方なので、あまり大げさにはしたくないのだろう。そんな話が伝われば、元クラスメイトなんだからわたしも行かなきゃ、おれも行かなきゃ、というような空気が生まれる。妙な義務感が生じる。ヘタをすれば、じゃあ、みんなで行こうよ、と言いだすやつが現れる。それはやっぱり避けたいはずだ。

この日でなくても、仲のよかった友だちが自発的に来てくれるなら、それは受け入れる。その程度でいい。倉内美和の遺族三人からは、そんな思いが透けて見えた。

実のところ、おれに経を読ませるのも、いやだったかもしれない。善徳寺の門徒なのだからしかたがない。何の因果か、この坊主がそこの住職になってしまったのだからしかたがない。と、本音はそうかもしれない。

決して広くはないこの町で、美和の死が自殺によるものだったことは、元クラスメイトなら誰でも知っている。美和が一時期堀川丈章と付き合い、その後別れたことも知っている。

でもそこまでだ。皆、余計な詮索はしない。死者への敬意もあって。それから、警察署長の息子である丈章への遠慮、というかおそれもあって。

まあ、それはわからないでもない。あの丈章なら、おかしな噂を流された場合、誰が流したかを徹底的に調べて突きとめ、そいつに仕返しをするくらいのことはやりかねないから。

とはいえ、遺族の次に傷ついているのが、元カノジョを失ったその丈章であることも事実だろうが。

何にせよ。

昨日はちょっと飲みすぎた。

今日のこれが午後一時からなので、余裕余裕、と思っていた。結果、まだ体にアルコールが残っている。さすがにヤバいということで、午前中に二日酔い用のドリンク剤を飲んだ。そのドリンク剤がまた、漢方薬をドブの水で薄めたようないやな味で、それが気持ち悪くてゲロを吐いた。おかげで、どうにかもち直した。そんなひねりの利いたやり方で、ドリンク剤は効いたわけだ。

途中で停められて検査をされたらアルコール反応が出てしまいそうだったので、昨日はそんなに飲まなかった一時に車を運転してもらった。おれのインプレッサをだ。

「門徒さんの三回忌なんだ。頼むから運転してくれ。で、もう一泊していけ」「何年も運転してないから、こわいよ」「だいじょうぶ。近くだし、混む道もねえから」「混まない道のほうが、みんな、飛ばすんじゃないの？」

そのまま昼をお呼ばれすっから、そのあいだにイチはファミレスかどっかでメシを食っといてくれよ、と言って、二千円を渡した。いらないよ、と一時は言ったが、運転代と込みだから、と受けとらせた。ヤラしい話、どうせお車代ももらえるから、と。

一時の運転でここまで来たことは、美和の妹の多美《たみ》にだけ話した。軽く。昔この町に住んでて、おれと美和と同じクラスだったやつだよ、と。

三回忌は美和の自宅で、父の進《すすむ》さんと久子さんと多美とおれ、その四人だけで行われた。親類もいなかったし、近所の人たちもいなかった。知らせてないのだ。たぶん。

ということは、読経の声が外に洩《も》れたらマズいんじゃないか？　と思ったが、部屋の窓を閉め、エアコンを利かすことで、対処はされていた。それでもまったく洩れないとは言いきれないが、まあ、完璧に隠しとおすつもりもないのだろうと判断し、おれは普通に読経した。

いや。普通にとはいっても、故人は元クラスメイトなのだから、やはり気持ちはいつも以上に高まった。高めようとしなくても高まった。でも一人勝手に昂《たかぶ》っているようではプロ坊主とは言えないから、努めて平静を装った。

美和は、かわいかった。というよりは、きれいだった。小学生のころから、かわいいよりきれいのほうがしっくりきた。芯の強さを感じさせるところが多分にあり、それがそんな印象につながっていたのかもしれない。

丈章がクラス委員をやる前、つまり小六の一学期のクラス委員を務めていたのがこの美和だった。あのころはまだ女子は副委員長をやることが多かったが、美和は副でない委員長になった。立候補したのではない。推薦されたのだ。誰に？　おれに。

ふざけ半分のように見せてはいたが、真剣だった。わたしせめて副委員でいいよ、と美和は言ったが、どうせなら女王になれよ、と言った。誰が？　おれが。

三十分ほどの読経を終えると、少しだけ法話をした。ほとんど雑談レベルの法話だ。それとなく、自死を罪ととらえる必要はない、自死者をほかの死者と分ける必要もない、というようなことを話した。伝わるかどうかもわからないくらい、遠まわしにだ。

「ありがとうございました」と三人に頭を下げられ、こちらも頭を下げた。

ちょうどそのとき、インタホンのチャイムが鳴り、『とよ寿司』から出前が届けられた。外で待機していた出前持ちが演出家の合図でボタンを押したかのような、見事なタイミングだった。

仏間の卓に、料理やビールが並べられた。ナントカ吟醸《ぎんじょう》という日本酒の瓶まで並べられた。マズい。自分が運転してこなかったことで、飲む気満々と思われたかもしれない。

にぎり寿司は、おれのだけが特上だった。明らかに一つだけ器がちがうので、そのことがわかった。こんなときは、いつも複雑な気分になる。いいのかよ。おれだぞ。たまたま寺の息子に生まれただけの、おれだぞ。

ただ、じき三十のいい大人ということで、考えすぎないようにもしている。というか、割りきって考えるようにしている。要するに、おれ個人が重要なのではなくて、おれが坊さんであることが重要なのだ。誰かが坊さんとしてこの場にいなければならない。それがたまたまおれなのだ。

特上だけあって、寿司はうまかった。プレミアムモノだけあって、ビールもうまかった。午前中にゲロを吐いたことも忘れて、おれは飲み食いした。いただくものは、心して、きちんといただかなければいけないのだ。とはいえ、ナントカ吟醸は遠慮した。遠慮しつつも無遠慮に、ビールのほうが好きなので、と言って。

読経時には涙を見せていた美和の両親も、そのころはもう素《す》に戻っていた。

「徳弥くん、立派になったね」と進さんが言い、

「お母さんもお喜びでしょ」と久子さんが言った。

同窓会でも言われた、立派。昨日言われたのは寺についてだったが、今日はおれ。うれしくないことはないが、こそばゆい。親父の死が、ある意味でおれの免罪符になっている。早

い話、ちょっと甘く見てもらえるのだ。急遽《きゅうきょ》住職になった坊主として。それから、早くに父親を亡くした息子として。

「ほんと、徳弥くん、立派になったよね」と、これは多美。「昔はよくお姉ちゃんのスカートをめくったりしてたのに」

おいおい、両親の前でいったい何を、とさすがにあせり、控えめに反論した。

「いやいや。何をおっしゃる。『よく』はしてませんよ」

「そうかなぁ。わたしには、いつもしてたっていう印象があるけど。お姉ちゃんに代わって、住職さんに言いつけてやろうかと思ったもん」

「それはそれは。あぶないあぶない」

おれは寿司をつまむ手を止め、何とまあ、という感じに、首を横に振った。

進さんと久子さんがそれを見て笑う。

二人を見て、多美も笑う。

笑ってくれていいのだ、と思う。三回忌。丸二年。娘を失った悲しみは消えない。でも悲しみを受け入れたうえで、笑ってもいい。美和はもう、救われてるんだから。

それにしても。

本当に、あぶない。もし多美にスカートめくりの件を言いつけられていたら、まちがいなく、親父にぶん殴られていたはずだ。しかも平手ですらなく、拳《こぶし》で。川で流されたときと同等、もしくはそれ以上の激しさをもって。いやぁ。あぶない。

中学のころまで、おれはスカートめくりをしていた。今思えば、大胆なガキだ。ただし、相手は選んでいた。めくっても大目に見てくれそうな女子。それでいて、おれが好きな女子だ。いやなやつだと思われるかもしれない。でもそれはそうだろう。すごく怒りそうで、自分がきらいな女子のスカートをめくるほど、おれは屈折してない。

小学校低学年のときは、女子のほぼ全員が好きだったので、あらゆるスカートをめくった。高学年のときは、厳選した数人のスカートをめくった。中学生になると、さらに厳選した数人のスカートをめくった。そこに美和は含まれなかった。何故か。一番好きだったからだ。ほんとに好きな子のスカートはめくれない。いやぁ。懐かしい。でもって、恥ずかしい。

食事の礼を述べ、最後にもう一度美和に手を合わせると、おれは倉内家をあとにした。

お布施《ふせ》は、仏間から出る際、進さんに渡された。結構です、本当に要りません、と言いたくなった。それこそ、元クラスメイト割引で百パーセントオフです、と。

でも僧としてそんなことは言えなかった。金が惜しいからではない。お布施は読経代ではないからだ。それは他人に財を施す修行であり、施す側が自分のためにすることなのだ。だから本来は僧の側もありがとうを言うべきではない、むしろ険しい顔で受けとるべきだ、と指南する人もいる。とはいえ、たいていの僧が言ってしまうが。

もちろん、おれだって言う。高額なお布施をしてくれる門徒さんには、すいません、こんなに、なんてことまで言ってしまう。帳簿をつける母ちゃんの笑顔を思い浮かべたりもして。

十分ほど前にケータイで一時に電話をしておいたので、インプレッサはすでに門のわきに着けられていた。駐《と》め方がヘタなので、いくらかななめにだ。

そのせいで、助手席のドアを開けるのに苦労した。塀越しに突き出た木の枝に衣が引っ掻《か》かれないよう、えらく慎重になった。まったく。切り返しでも何でもして、きちんと駐めとけよ。意外に高《たけ》ぇんだぞ、衣。

一時が車を出し、こわごわ運転する。

しばらくはともに無言だった。

美和の思い出に浸るべく、もっと無言でいたかったが、そうもいかなかった。しかたなく、自分から言う。

「イチ」

「何?」

「マジでヘタだな、運転。ブレーキを踏むのが遅すぎる。だから停まるたびに前のめりになって、シートに叩きつけられるんだ。酔うよ、これじゃ」

「しかたないよ。慣れてないんだから」

まあ、慣れたとしても、こうなんだろう。何でも一人でするというからには、車に人を乗せることもないんだろうし。

「でもこれじゃタクシーの運ちゃんになれないぞ。まず、二種免許がとれない」

「すぐになる気はないからいいよ」

そしてともに、またしばらく黙った。

車が赤信号で停まる。

「今のは？」と一時が言う。

「ん？」

「ブレーキ」

「あぁ。今は、よかったかな」

「早めに踏めばいいんだね？」

「そう。えーと、ほら、ポンピングブレーキだ。教習所で習ったろ？」

「覚えてない」

「何回かに分けて踏むってやつだよ」

「そんな器用なことはできないよ、まだ」

「棒高跳びはできんのにな」

「別ものでしょ、その二つは」

確かに別ものかもしれない。おれも試してみてわかった。棒高跳びをやるときに踏むのはブレーキではない。アクセルだ。それを、こわがらずに踏みつづけなければならない。

「そういや、お前、メシ食った？」

「食べた。ドリア」

「へぇ。好きなんだ？」

「いや。一番安かったから。何ならお釣りは返すけど」

「いいよ。言ったろ？　運転代込みだって。それに、返したら、安いもんを食った意味がないだろ」

「あぁ。そうは考えなかったな。とにかくさ、メニューのなかで一番安いものを頼むクセがついてるんだ」

「うーん」

「そっちは、何食べた？」

「寿司。とビール」

「寿司か。何年も食べてないな。というか、食べたこと、あるかな」

「おい、よせよ。何だか自分が悪いことをしたような気分になる」

「あ、最近食べたわ。いなり寿司」

「お前は、ほんと、わかんねえな。マジで言ってんのかどうか」

「ねぇ、あのさ、このまま少し走っていいかな」

「走るって、何のために？」

「運転の練習のために」

「あぁ。かまわねえよ。このあとは用事もないし」

「その格好で店に入ったりするよりは、こうして走ってるほうがいいよね？」

「まあ、そうかな。格好を見られんのは別にいいけど、飲みものをこぼしたりしたくない」

「じゃあ、このままで」

　何か話でもあるんだろう、と思った。もしあるなら、それは、十七年半ウチが遺骨を預かってきた父親のことかもしれない。そう。今ここで、思いもよらない告白をされるのだ。実は母親が父親を殺したんだ、とか。

　ちがった。思いもよらない告白ではあったが、ベクトルがちがった。矢はこちらを向いていたのだ。こちらを。片見里を。

「倉内美和さんて、いたよね？」

「え？」

「クラスに」

「あぁ。いたな」

「今の倉内さんて、その家？」

車を運転してもらうのだから、行先は告げていた。でもそこまでにした。気づかなければそのままでいいだろうと思ったのだ。倉内家からの要請もあるし。それに、一時は気づかないだろうとも思ったのだ。昨夜も、元クラスメイトたちのことを覚えている様子はなかったので。読みが甘かったらしい。

「ああ」と返事をした。訊かれたのだから、答えてもいいだろう。

「もしかして、本人？」

「だな」

「その三回忌ってこと？」

「そう」

「病気とかじゃ、ないんだよね？」

「ああ。病気とか事故じゃない」

そう。心臓発作に見舞われたのでも、エスカレーターを転げ落ちたのでもない。美和は首を吊《つ》ったのだ。あの自宅で。家でこんなことをしてごめんなさい、とのメモ書きのような遺書を残して。

「葬儀も、徳弥がやった？」

「やったよ。ウチの門徒さんだからな」

「そのときにはもう、住職になってた？」

「ああ。なりたてだった。親父が死んで、まだあんまり時間が経ってなかったんだ。キツかったな、だから。正直、パニくったよ。逃げちゃおうかと思った」

「僕なら本当に逃げてたかもね。逃げるのは得意だから」

「おれがそんなことしたら、寺がマジでヤバいからな。どうにか乗りきったよ」

美和の葬儀。あのときの遺族三人の様子を思いだす。

家族を失った。誰かや何かを責められない。止められなかった自分たちを責めるしかない。泣くに泣けない。でも泣かずにもいられない。悲しみ。苦しみ。痛み。怒り。そこに、果たして来てよかったのかという弔問客のとまどいも加わり、自死者の葬儀は、やはり独特の空気に包まれる。

「原因は、はっきりしてるの？」

「さあ。どうだろう。はっきりこうと言えるようなものでもないんだろ、たぶん」

「まあ、そうなんだろうね、普通は」

「普通は、か」

「訂正。普通なんてないよね、そういうことに。百人いたら百とおりの理由があるはずだし」

「ああ」

「だから誰も倉内さんのことに触れなかったんだね、昨日」

「だから同窓会自体、久しぶりだったんだよ。去年やろうかって話もあったんだけど、流れたんだ。何となくまだ早いだろうって感じで。でも今年は、もういいだろうってことになったのかな。二年近く経って、喪は明けたってことで。それに、丈章の選挙もあるしな」

「そういう理由でもあったんだ」

「あった。でもそれほど大っぴらにはアピールしなかったな。丈章なら、乾杯の前に演説でも始めるかと思ったけど。まあ、そんなことしたら、逆にみんな引くだろうしな。ただ、個別にならあちこちで言ってたろ?」

「僕は言われてないけどね」

「それはイチがここの住人じゃないからだよ。あいつは無関係な人間に頭を下げるやつじゃない。って、おれがこんなこと言ったのは、ナイショな」

「ナイショも何も、言う相手がいないよ」

この辺りなら、一時も道がわかるのだろう。車は小学校のすぐ前を通った。

何年か前に耐震工事をすませた古びた校舎が、無駄に広いグラウンドの隅にぽつんと立っている。工事はすんだものの、このところ毎年のように、廃校の話が出る。そうなると、児童の通学が大変になるから、反対の声も出ているらしい。

丈章が市議になったら、その手の問題も扱うんだろうか。丈章なら、少々の無理を通して母校を残しそうな気もする。でも反対に、無駄なもんは無駄だからと、あっけなく切り捨ててしまいそうな気もする。

あらためて小学校のちっぽけな校舎を眺め、美和のスカートをめくったことを思いだす。

中学ではめくらなかったが、小学校ではめくった。その何度めかのときに、ねぇ、何が楽しいの？　と言われた。責めているのではなく、本当に疑問に思ったから訊いている、という感じだった。理屈じゃねえんだよ、とおれは返した。アホだ。そこでカッコをつけるところが、最高にカッコ悪い。

「時々さ」とおれは言う。「思うことがあるよ。倉内なんかも、ちゃんと仏になってくれてんのかなって。教えどおりなら、もちろん、なってるはずなんだけど」

一時が何も言わないので、こう付け足す。

「って、今のもナイショな。坊主が言うべきことじゃないから」

「だから言う相手がいないって」

「言う相手、探しゃいいのに」

「え?」

「昨日のさくらとか貴子《たかこ》とか、どうだ?」

「何それ」

「合コンのつもりでいればいいって言ったろ? 何なら紹介してやんぞ」

「いいよ」

「出たよ、即答。ちょっとは考えろって。せめて、考えるふりはしろよ」

「お坊さんて、そういう斡旋《あっせん》もするわけ?」

「斡旋て言うな。人と人の縁をつなぐと言え」

「縁ね」

「そう。縁」

「じゃあ、僕がこのタイミングでここへ来たのも、縁なのかな」

「まあ、そういうことだな」とおれは言った。

で、思った。ほんと、テキトーな坊主だよ。

☽

☽

「乾杯」と彼女が言い、

「あぁ。乾杯」と僕が言う。

カクテルのグラスとビールのショットボトルが触れ合い、カスン、と音を立てる。カチン、ではなく、カスン、だ。がっしりしたショットボトルを華奢《きゃしゃ》なカクテルグラスに当てにいくわけにもいかないから、彼女が当てにくるのを待った。結果、そんな音。カスン。僕らの薄い関係性を表しているように聞こえないでもない。

「まさかこんなことになるとはって顔してるね。谷田くん」と言われ、

「うん」と素直にうなずく。

まさかこんなことになるとは。

「このお店ね、地元民はあまり来ないの。ほら、カウンター席しかなくて、何人かで集まることができないから」

バー『トリノス』。イタリアっぽい名前をつけて気どっているのかと思ったら、そうではなかった。鳥の巣、ということらしい。それはそれで気どっているが、無意味なイタリアふうよりはいい。

店は、片見里駅から線路に沿って上り方面に少し歩いたところにある。昨夜、居酒屋『月見里』が入っている雑居ビルの屋上から風景を眺めていたときに、気づいてはいた。ＢＡＲという緑の文字が弱々しく光っていたからだ。

「ほら、この辺て、東京とちがって、気の利いたお店が全然ないじゃない。だからこんなときに苦労するのよね」

「こんなときって？」

「えーと、落ちついて飲みたいとき」

そう言って、彼女は照れくさそうに笑い、そのマティーニなるカクテルを飲む。

僕はハイネケンだ。別に決めているわけではないが、この手の店にはそれが置かれていることが多いので、いつも何となくそうなる。要するに、ビール。ビールなら何でもいいのだ。少なくとも、カクテルよりは安い。

「東京の人って聞くと、つい一緒に飲みたくなっちゃうの」

「僕は東京の人じゃないよ。今はたまたま東京に住んでるけど、それまではあちこちにいたし」

「いいのよ、地元民でなければ」と彼女が笑う。

彼女。昼間、徳弥が、昨日のさくらとか貴子とか、どうだ？　と言っていた、その菅沼《すがぬま》さくらや馬場《ばば》貴子ではない。

中野《なかの》乙恵《おとえ》。昨夜、居酒屋『月見里』で少し話をしたなかの一人だ。特に話しこんだわけではない。もちろん、ケータイの番号やメールのアドレスを交換したわけでもない。

だからこそ、驚いた。

電話は、徳弥のケータイにかかってきた。今から三時間前、午後四時ごろのことだ。

徳弥が客間に来て、中野乙恵がイチのケータイ番号を知りたがってるけど教えていいか？　と言った。誰だっけ。いや、だから、昨日の同窓会にいた乙恵。などのやりとりを経て、徳弥は僕に自分のケータイを渡した。ほら、今もつながってるから自分で話せ。

そして話した結果、こんなことになったのだ。僕はじき東京に戻る。会社勤めの乙恵の休みは土日。で、今日は日曜。二日続けてということになってしまうが。今夜、飲みましょう。

僕も驚いたが、徳弥も驚いていた。何だよ、イチ、ほんとにモテんじゃん、と、そう言った。初めてだよ、こんなの、と返したが、徳弥は謙遜ととったらしい。

正直に言えば、気乗りはしなかった。徳弥経由でなければ、何かしら理由をつけて断っていたと思う。だが徳弥経由である以上、そうもいかなかった。断ったら徳弥の顔を潰すことになるような気がしたのだ。

何なら乙恵と二人、駅まで送んぞ、と徳弥は言ったが、いや、おれが絡むのも変か、と続け、やっぱ二人でバスで行け、と言い直した。

日曜の午後六時台にバスは一本しかなかったから、ともにそれに乗るということで、話は決まった。もう一本遅くてもよかったが、帰りのバスの最終が午後九時台とのことで、結局はそうなった。

終点の片見里駅でバスを降り、栄えていない側からいる側へと駅を横切っているときに、行く店は決めてるんだけど日曜だから休みかも、と乙恵が言った。その店が、このバー『トリノス』だった。この規模の町で営業するこの規模の店にそのあたりの影響はないらしく、BARの緑の文字は今日も弱々しく光っていた。

それでも一応、閉店は何時ですか？　と乙恵が尋ねた。決めてませんが午前零時が目安です、と、半白の髪をオールバックに撫でつけたマスターが答えた。席はカウンターしかなく、ならばと奥側を選んだ。イスはただの丸イスで、背もたれはなかった。

二日続けてお酒を飲むのは久しぶりだった。二日続けて店で、というのは初めてかもしれない。昨日のお酒が今日のお酒を呼んだのだ。そんな気がした。よくないことだ。事情はどうあれ、自分のバランスを自分でとれていないということだから。

　また事実、今日も飲みたかった。乙恵と二人でということではなく、むしろ一人で。考えたかったのだ。頭をいくらかぼやかし、いつもよりは感情を優先させた状態で。

「谷田くん、わたしのこと覚えてた？」

　いきなりそんなことを訊かれ、困惑した。その質問は、してほしくなかった。転校八回の僕に、それは酷だ。

　覚えてたよ、とサラッと言おうとした。

　が、乙恵が先行する。

「なぁんて、意地悪な質問はしない。『覚えてたよ』って言われたら、それはそれで気まずいから」

　そんなことを言われ、なお困惑する。

「あ、もしかして、ほんとにそう言おうとしてた？」

「いや、あの」

「わたしたち、昨日が初対面だよ」

「だよね」と、流れに乗って言ってしまうが、その言葉にさえ、自信は持てない。

「わたしは中学のときに引っ越してきたの。中一のとき。谷田くんは、ここ、小学校まででしょ？」

「うん」

「その二人が同窓会で会うっていうのも、変だよね。ちっとも同窓会じゃない。村岡くんも、たぶん、忘れてたよ。わたしと谷田くんが入れちがいだってことは」

本当にそうだったのだろう。徳弥は何も言わなかった。覚えていたとしても、徳弥にしてみればそれが何だという話かもしれないが。

「村岡くんから聞いたけど、谷田くん、何度も転校してるんでしょ？」

「八度かな」

「すごいね、それ」

「三度めぐらいからは、慣れたよ」

「わたしはたった一度だけど、いやだったなぁ、転校。中学に上がるっていう大事な時期で、いろいろ不安もあったし」

「東京から来たの？」

「ううん。蜜葉《みつば》市。通勤圏だから、お父さんは東京で働いてた。でもその会社がよそと合併してこっちに大きな支社をつくるっていうんで、異動になって。わたし、がっくりきちゃった。蜜葉に家を建てて、自分の部屋をもらったばかりだったたし。正直、単身赴任してくれないかなぁ、とも思ったけど、お父さんよりもむしろお母さんが、それはやめようって」

「その家は、どうしたの？」

「しばらくは貸家にしてたけど、今はイトコの家族が住んでる。もう完全に売った形。だから大して損はしなかったみたいだけど。そんなことよりも何よりも、東京から離れちゃうことがいやだった。だから、大学は絶対東京のに行くからねって両親に言ったの」

「で、行った？」

「行かなかった。首都大の試験に落ちちゃって。結局、こっちの私大。就職もこっち。東京は、たまに遊びに行くだけ。そうなっちゃうのよね。ほら、そこで学校に行ってないから、友だちもいないし」

「ここも、そんなに悪くはないと思うけど」

「悪くはないけど、よくもないでしょ。いっそのこと、ど田舎ならあきらめもつくのに、そこまではいかない中途半端な田舎だし。しかもわたしは中学からだから、そんなに地元意識もないの。何ていうか、いまだに自分がここの人間て気がしない。じゃあ、その前にいた蜜葉の人間かって言われると、それもまたちがうんだけど。それこそ谷田くんみたいに、何度も転校したほうがよかったのかな」

「いいとは言えないと思うよ。いろいろキツいこともあるし」

「あぁ。そうだよね。軽々しく言っちゃって、ごめん」

「いや、いいけど」

妙なことで謝られてとまどい、話題をかえる。

「徳弥とは、仲がいいの？」

「普通かな。特にいいわけでもない。好きは好きだけどね。ほら、村岡くん、ここに住んでるってだけで仲間と考えてくれるから」

それはよくわかる。何せ、十七年半前にわずか四ヵ月住んだだけで、そう考えてくれるのだ。行きすぎの感さえある。

「片見里から転校していく子はいても、転校してくる子って、そんなにはいないのよね。だから勝手に同類だと思って、つい谷田くんに声をかけちゃった。昨日みたいなああいう場では、何かよそ者同士みたいになって、話しづらそうだから」

そういうことなら、よかった。カノジョいるの？　とかそんな話にはならないだろう。

と思ったら、言われた。

「谷田くん、カノジョいるの？」

「いや」と正直に答えたあとで、こちらもつい訊いてしまう。「何で？」

「もしいるなら、誘って悪かったかと思って」

「いないけど、その前にまずカノジョがほしいなんて言ってられる状況じゃないよ。今はバイトすらしてないわけだから」

訊かれてもいないのに、そんなことを言った。したがって、年収はゼロ、付き合う価値もゼロ。そう示したつもりだった。

「谷田くんは、村岡くんのとこに泊まってるんでしょ？」

「うん」

「同窓会だから、呼ばれたの？」

「いや、そういうわけではないよ。あくまでも、たまたまで」

「たまたま遊びに来たってこと？」

「いや、そういうわけでもない。お寺にちょっと用があって」

「へぇ。でも、仲いいんだね、泊まってるってことは」

「うーん。仲がいいということでもなくて。徳弥が親切なだけかな」

「確かに親切だよね、村岡くん。こうやって、谷田くんに取り次いでもくれたし」

「そういえば、転校してきて最初に話しかけてくれたのも、徳弥だったよ。『お前んち何《なに》宗《しゅう》？』っていきなり訊かれた覚えがある。意味がわからなくて、答えられなかったけど」

「よっぽどじゃないと、知らないよね、小学生が」

「うん。でもそのあとに、『ウチは寺だから、何かあったら来いよ』って言ってくれたんで、かなりたすかった」

「それはたすかるね、転校生にしてみれば。しかも村岡くん、堀川くんと並んで、クラスのリーダーみたいなものだし」

何かあったらって、何があるんだよ。と、そのときは思った。何週間かあとに母と二人で父の遺骨を預けに行くことになるとは、予想できなかったから。

「わたしにとっては、その親切な人が倉内さんだったなぁ」

「え？」

倉内さん。思わぬところで、名前が出た。

「倉内美和さん。覚えてる？」

「うん」

「まあ、男子は覚えてるか。きれいな子だったし」

「きれいだったね」と、そこは素直に同意する。話を妨げたくないので。

「蜜葉は東京ではないけど、首都圏は首都圏だから、やっぱり東京から来たように見られちゃうのよ。何か気どってる、みたいに。で、ほかのみんなは小学校から一緒だから、すぐに溶けこむこともできなくて。でも倉内さんは毎日声をかけてくれて、そのうち家にも呼んでくれて。すごく親切にしてくれた」

「そうなんだ」

「そう。初めはわたしのほうが警戒しちゃったくらい。何かあやしいなぁ、裏があるんじゃないかなぁって」

「わかるよ。八度も経験してるから。実際、裏がある人もいる。結構いる」

「またよりにもよって、きれいな子でしょ？　わたしに親切にする必要がないじゃんて思った。都市部の発想だったんだね。きれいな子はあまり信用できないっていう先入観があったの。ただ、倉内さんはちがった。全然そんなんじゃなかった。体育の授業で誰かとペアを組まなきゃいけないときは声をかけてくれたし、遠足で班をつくらなきゃいけないときも声をかけてくれた。そういうのを、それとなくやってくれるんだよね、倉内さん。『中野さん、組んでもらっていい？』とか、『同じ班になろうよ』とか。わたしがあぶれる前に言ってくれるの、自分から。ほんとに親切だったよ。あんなことになったから美化してるわけでも何でもなく」

「あんなことって？」

「自殺」

「あぁ。やっぱり、そうなんだね」

「聞いた？」

「何となくは」

徳弥が言うとおりだ。みんな、知っているらしい。

ビールを飲み干し、それとなく尋ねてみる。

「原因は、何なんだろう？」

「さあ。何なんだろうね」

堀川丈章の名前は出てこない。隠しているふうでもない。

乙恵にすすめられ、ハイネケンのお代わりをもらった。その際、当然のことながらマスターが空きボトルを下げようとしたので、そのままにしておいてください、とお願いした。ジョッキのビールをチビチビ飲んだ昨日にくらべれば、今日はペースが速い。ある程度までは早く酔ってしまいたい。そんな気持ちがある。

「あの話、転校してきてすぐに聞かされた」と乙恵が言う。

「あの話？」

「小学校の教室でお金がなくなったっていう、あれ」

「あぁ」

「谷田くん、そのあと、いなくなっちゃったんでしょ？　というか、誰にも何も言わずに、転校していっちゃったんでしょ？」

「そう。夜逃げの一歩前ぐらいかな。家賃なんかは、母親がちゃんと払ったみたいだけどね」

　だが父の遺骨は善徳寺に預けたままにした。だからその形になったのだと思う。

「転校してきたばかりなのにそんな話をされて、かなりとまどったけどね。わたしは谷田くんのこと、知らないわけだし」

「でも印象はクロだよね、そのいなくなり方じゃ」

「正直、みんなはそう思ってたみたい。わたしは、そうは思わなかったけど」

「どうして？」

「倉内さんが、『やったのは谷田くんじゃない』って言ったから」

「ほんとに？」

「うん。はっきりそう言った。『そんなこと言われてもわかんないよね』とも言ったけど。でもわたし、思ったよ。倉内さんがそう言うなら、その谷田くんがやったんじゃないんだろうなって」

「何で、そう思えたんだろう」

「初めは、例えば倉内さんが谷田くんとご近所さんだったからかばうんだろうとか、そんなふうに思ってたのね。だけど、ほかの子たちにそれとなく訊いてみると、全然そんなことなかったみたいだし。特に仲がよかったわけでもないんでしょ？　倉内さんと」

「仲がいいも何も、ほとんどしゃべったこともないよ」

「みんなもそう言ってた。谷田くん、誰と仲よしってことはなかったって。だからわたしも信じたんだね、きっと。倉内さんが谷田くんの肩を持つ必要がないってわかったから」

谷田一時はもう片見里にいない。しかも夜逃げとしか思えないような形で出ていった。それでも、倉内美和は谷田一時の名誉を守ろうとしてくれたわけだ。守られるほどの名誉を持つわけでもない人間の、名誉を。

「今もお金はないよ」

「え？」

「あのころもなかった。でも人のお金を盗《と》ったりはしないよ。あのころも、盗らなかった」

そして僕は乙恵にあの話をした。美和のことも含めて。

クラスで盗難騒ぎがあったとき、疑われたのは僕だった。

年が明けたばかりの三学期。昨夜の同窓会には来ていなかった那須《なす》くんが、もらったお年玉の一万円を持って登校した。そして、なくした。

盗まれたにちがいないということになり、最終的に僕が疑われた。根拠という根拠は何もなかった。無理に言うなら、家が貧しそうだからだ。もう少し言えば、家が貧しそうな転校生だからだ。いつも同じ服を着ている。いつも穴のあいたくつを履いている。いつも小さくなった消しゴムをつかっている。いつも給食をお代わりする。だから。

確かに、母子家庭である谷田家は貧しかった。娯楽としての旅行をしたことはなかったし、娯楽としての外食をしたこともなかった。だが最後のところまで追いこまれてはいなかった。例えば生活保護を受けたことはない。検討したことぐらいはあったのかもしれないが、ぎりぎりのところで母に仕事が見つかったり、付き合う相手が見つかったりで、どうにかしのいでいたのだ。

個別に言えば。僕はいつも同じ服を着ていたわけではない。服の手持ちが、ほかの子たちよりは少なかっただけだ。いつも穴のあいたくつを履いていたのは、そのくつがとても履きやすくて気に入っていたからだ。いつも小さくなった消しゴムをつかっていたのは、まだつかえるものを捨てる気にはなれなかったからだ。いつも給食をお代わりしていたのは。もうこれは本当にバカらしい。こんなことに説明が必要だろうか。僕がお代わりをしていたのは、好きなものをもっと食べたかったからだ。食い意地が張っていたからだ。

僕は学んだ。言葉というものはおそろしい。力のある者が発すれば、それは事実になる。いや、そうではなくて。事実かどうかは意味を持たなくなる。

盗ったの、谷田じゃねえ？

その言葉を発したのは、堀川丈章だ。言った本人は忘れているかもしれないが、言われたほうは覚えている。やってないのにやったと言われるのだから、忘れることなどできるはずもない。

人を疑っちゃいけませんよ。と、人のよさそうな担任のおばあちゃん先生は言った。増沢節子先生、だ。

その増沢先生は、犯人捜しのようなことはせず、そんな大金を学校に持ってこないほうがいいわねぇ、と那須くんを穏やかになだめた。だが金額が大きかったため、そういうことをみんなに教えなかった先生のせいだねぇ、とも言って、その一万円を自分で弁償しようとした。

幸か不幸か、那須くんの両親はモンスターどころかその対極にいる人たちだったらしく、不要なお金を持たせたウチも悪いんです、と言って、それを受けとらなかった。

そんなわけで、学校や保護者を巻きこんでの大問題になるようなことはなかった。

今なら、増沢先生のやり方のほうが問題視されていただろう。金が戻ればそれでいいのか。何の解決にもなってない。そんなことを言われ、叩かれていたにちがいない。だが当時、増沢先生はむしろ評価された。特に、大人になり始めてはいたもののまだまだ子どもであった児童たちからは。誰のせいにもせず、自ら責任をとるその姿勢が素晴らしい、ということで。

　それがもし盗難なら犯人はのうのうと逃げ延びている、という事実のみが残った。谷田犯人説は、おそらく最後まで消えなかった。六年生の三学期という、あわただしく浮ついた時期だったため、話は隅に追いやられていただけだ。

　時々、潜めた声やななめから送られる視線で、僕はそのことをひどく痛感させられた。あのまま彼らと同じ中学に上がっていたら、まちがいなく、僕自身が教室の隅に追いやられていたことだろう。

　ただ、そんななかでも。

　丈章の場合とは逆の意味で、言葉の強さを感じさせてくれた出来事もあった。

　その言葉を発したのが、美和だ。

　片見里にいた四ヵ月のあいだで一度だけ、僕は学校の外でこの美和と出くわした。そう。例の棒高跳びで、川を越えていたときだ。

　全力で走り、棒を川の真ん中に突き入れ、身を預けて、跳ぶ。ジェットコースターに乗って猛スピードで下っているときのあの感じ。今なら射精時にも通ずるあの感じを刹那《せつな》的に味わい、空中で棒から手を放して、向こう岸に着地する。そこで転ばないよう、勢いのままに何歩か走る。よしっと小さな声を出す。パン、と一つ手を叩く。

そこへ、自転車に乗った美和がやってきたのだ。

うわ、マズい、と何故か思った。いいこととよくないことのどちらかでいえばよくないことが起きた、と感じた。よくないこと、面倒なことだ。

自転車を停めて、サドルに座ったまま、美和は言った。

「すごいね。谷田くん」

やはり見られていた。せめて自転車から降りないでくれ、と願った。

降りた。美和は、スタンドを下ろして自転車をその場に駐めた。

「でも、先生に見つかったら怒られちゃうよ」

「何で？」と言葉が自然に出た。

「だって、一人でこんなことやってたらあぶないでしょ」

あぁ、そういうことか、と思った。確かにあのおばあちゃん先生なら、そんな心配をしそうだ。悪いことだから叱る、というのでなく。

「谷田くん、運動神経いいんだね」

「よくないよ」

美和は僕の運動神経がどの程度かを知っていたはずだ。小学校の体育の授業は、男女一緒なのだから。足は大して速くないし、ドッジボールも大してうまくない。僕は何をやっても、丈章や徳弥にはかなわない。

「いつもこんなことしてるの？」

「いつもでは、ないよ」

うそだ。僕はいつもこんなことをしている。

「みんなと遊ばないの？」

「遊ばないことは、ないよ」

うそだ。遊ぶことはない。

「みんな、遊んでくれないとか？」

「ちがうよ。そういうことじゃない」

これはうそではない。そういうことでは、ない。つまり、一時（いちじ）的なものではないのだ。言うなれば、一時（いちとき）的なものであって。

ほとんど話したこともないこの美和に巧みに説明できそうな言葉を、当時の僕は持たなかった。二十九歳の今だって、持ってはいないだろう。

「わたし、谷田くんがやったんじゃないことは知ってる」

美和は、唐突にそんなことを言った。谷田くんが何をやったんじゃないのか。目的語がない。だが通じた。

「やってないと思ってるとかじゃなく、知ってるの」

それにはさすがに驚いてしまい、反対に、僕のほうがこんなことを言った。

「やってない証拠も、出せないけど」

「じゃあ、やったの？」

「やってない」

「でしょ？　そんなの、きちんと見てればわかるよ。もしやったのなら、そんなに堂々としてられない。もっとおどおどしてる。誰がやったのかは知らないけど、谷田くんがやったんではないよ」

僕は堂々となんかしてない。何を言われても聞こえないふりをしていただけだ。疑いの目で見られても気づかないふりをしていただけだ。転校生で、そういうことには慣れているから。

どう返せばいいのかわからず、僕は黙っていた。ありがとう、でよかったのかもしれないが、そのときは思いつかなかった。

「あ、でもわたしが犯人てことじゃないよ」

「え？」

「だって犯人なら、谷田くんがやってないことを知ってるわけでしょ？　そういう意味で知ってるって言ったんじゃないよ」

そう言って、美和は笑った。ふざけたんだから笑ってよ、という誘い笑いだった。その誘いに乗り、僕も笑った。典型的な、誘われ笑いだ。だが笑えた。どうにか。

「わたし、これから塾なの。もう帰らなきゃ。じゃあね」

美和は、駐めたばかりの自転車に乗って、あっけなく去っていった。

うれしい、と感じたのは、少し時間が経ってからだ。もう一度川を跳ぼうかと思ったが、やめにした。せっかく忠告してくれたのに、またほかの誰かに見つかって先生に怒られてしまったら、何だか申し訳ないからだ。

美和との接触は、それだけだった。その一度だけだ。

昨夜、雑居ビルの屋上で丈章と後藤の会話を聞いたあとに思いだした。芋づる式に、そこまでをだ。

僕はそれを乙恵に話した。ただし、その屋上での出来事を明かしたりはしなかった。しゃべっていいこととよくないこと。その区別は、まだどうにかついていた。

「そうなんだね」と乙恵が言う。「谷田くん、やっぱりやってなかったんだね」

「信じなくていいよ。倉内さんにも言ったみたいに、やってない証拠は出せないから」

「倉内さんが信じたんだもん。わたしも信じるよ。さっきは、転校生同士だから誘ったみたいなこと言ったけど、ほんとはね、谷田くんに直接聞いてみたかったの。倉内さんの判断が正しかったのかどうか、知りたかったから。聞いてみて、わかった。正しかった」

丈章のあの言葉。手ちがいといえば手ちがいなんだしょ。家族が気づいて騒ぎだす、とか。脅しの材料くらいは持っとかねえと。そして後藤の言葉。写真、消した?

丈章と付き合っていたが別れたという、美和。そんな彼女の、自殺。手ちがい。写真。消せるということは、ケータイの画像かデジカメの写真だろう。保険とも丈章は言った。いざ家族が騒ぎだしたときの、保険。美和本人だけでなく、家族でさえ見るに堪えないであろう、写真。それがどんなものかは、偏差値の低い高校を出ただけの僕にだってわかる。

美和は自ら命を絶ってしまった。その理由を家族は知らない。知らないほうがいいのかもしれない。だが。

このままでいいのか?

僕も、できれば知らずにいたかった。が、知ってしまった。で。

このままにしておいて、いいのか?

この町のことは、この町にいるうちに整理をつけるべきじゃないのか?

そう思い、次いで、こう思う。

整理って、何の整理をつけるのか。

本当に、そうだ。これまで何の整理もつけてこなかった僕が、いったい何の整理をつけるのだろう。父の遺骨の整理をつける。それだけで充分なはずだ。

やはり同窓会に出るべきではなかった。出なければ、屋上であんな話を聞かされることもなかった。聞かされていなければ、美和についてここまで思いだすこともなかったのだ。

僕はハイネケンのお代わりをもらい、ついでにミックスナッツを頼んだ。それがフードメニューのなかで一番安かったからだ。乙恵は、モヒートとかいうカクテルをもらった。

出されたミックスナッツには、ピーナツどころか柿の種までもが入っていた。柿ピーで水増しされたミックスナッツ。田舎町のバーらしい感じだ。だがその分、量が多めであることがありがたかった。固形物をお腹に入れないでお酒を飲みつづけるのはよくない。それは、僕が母から学んだ数少ないことのなかの一つだ。

午後八時を過ぎると、バー『トリノス』は意外にも混んできた。満席とまではいかないが、それに近い状態になることもあった。食事の前なのかあとなのか、軽く一、二杯飲んでいく人たちが多いようだ。お客の回転がいい。だからやっていけるのかもしれない。

「ねぇ、ずっと思ってたんだけど」と乙恵が言う。「どうして空き瓶を並べてるの？」

「どうしてって」

大して広くもないカウンター。僕の前には、ハイネケンの緑のボトルがすでに四本並んでいる。特に並べたつもりもないが、ほかに置場がないのでそうなった。

「持って帰るわけ？」

「まさか。それはないよ」

「何だ。そうなの。コレクターなのかと思った。ほら、男の人って、あまり役に立たないものを集めたりするから。例えばビールの王冠とか、タバコの空き箱とか」

「僕はそうじゃない。むしろ何でも捨てたがるほうだよ」

例えば別れたカノジョの電話番号とか、父親の遺骨とか。

「じゃあ、何で並べてるの？」

「自分がどれだけ飲んだのかを、知っておきたいと思って」

「知って、どうするの？」

「ベロベロにならないよう気をつける」

そう。気をつける。かつての母みたいに、一人でベロベロにならないよう気をつける。どれだけの量を飲んだかを自分で知っておかなければ、自分がどれだけ酔っているかはわからない。僕は把握しておきたいほうなのだ、せめて自分のことくらいは。

で、そこでも確認する。今はまだ四本。だいじょうぶ。酔ってない。

「そうしなきゃ、気をつけられないの？」

「まあ、そうだね。そんなには、自分の感覚を信用してない。でも視覚なら、まだ信用できる。今何本飲んだんだって、目で確認できればね」

「つまり、飲みたいことは飲みたいわけだ」

「そうなるね」

「谷田くんて、もしかして、ちょっとおかしな人？」

「そう、かもしれない」

僕は五本めの空きボトルを並べ、マスターにお代わりを頼んだ。そして話題をかえた。というより、もとに戻した。

「中学を卒業してからも、倉内さんとは付き合ってたの？」

「ううん。まったく。倉内さんは、堀川くんと同じ、県立のいい高校に行ったから。そのころから、倉内さんは堀川くんのことが好きだったみたい」

「そうなんだ」

「そのころからっていうより、もう、中学のころからかな。といっても、たいていの子は堀川くんのこと好きだったけどね。勉強はできたし、スポーツもできたし。家柄はいいし、家自体も大きいし」

「徳弥は？」と、そこで自ら脱線する。

「村岡くんは、人気はあったけど、モテてたっていうのとはちがうかな。まあ、あのころからあんな感じだし、将来はお坊さんだし」

将来はお坊さん。それはやはり女子にとってプラス要素ではないらしい。

「倉内さんと堀川くん、大学のころから付き合ってたみたいだから、そのまま結婚するんじゃないかと思ったけどね。でも、しなくてよかったかも」

気になる発言が出た。ここは慎重にいけよ、と思いつつ、無造作に訊いた。

「何で？」

「堀川くん、ああ見えて、平気で二股かけたりするらしいし」

「そうなの？」

「うん。わたしも聞いた話だけど。誰にも言わないでね」

「言わないよ」

手ちがい。写真。保険。脅しの材料。自殺。そして、二股。

「谷田くん、ひょっとして、倉内さんに会いに来たとか？」

「え？」

「同窓会で」

「あぁ。ちがうよ。そもそも同窓会があるなんて知らなかったし、徳弥に言われなければ、出ることもなかった。倉内さんのことも、忘れてたよ。ほんとに」

「きれいな思い出があるのに？」

「ん？」

「ほら、その棒高跳びの」

「あぁ。あれはそういうんじゃないよ。僕らに共通の思い出なんてない。あんなこと、倉内さんは忘れてたと思うよ。ああ言ってくれた次の日にはもうね」

「思い出は、別に共通じゃなくてもいいと思うけど」

それは、まあ、そうかもしれない。そうでなければ、一人で生きる僕は一つの思い出も持てないことになってしまう。といって、持ちたいわけでもないが。

努めて平静な声で、僕は言う。

「堀川くんは、選挙に出るんだね」

「うん。みんな、それで盛り上がってる。何人かは、その手伝いもしてるんじゃないかな」

「受かるみたいだね」

「地元の有力者の息子さんだから、受かるんでしょうね」

受かってほしい？　と訊いてみたいが、否定的な意味にとられる可能性があるので、そこはこう言い換える。

「受かるといいね」

「同級生だからね、受かってほしいよ」

昨夜の屋上での話を聞いていなければ、僕も受かってほしいと思ったのだろうか。よくわからない。ではその話を聞いてしまった今はどう思っているか。それも、よくわからない。

だがもう、話を聞かなければよかったとは思ってない。美和は乙恵にまで、やったのは谷田くんじゃない、と言ってくれていた。それを知ったことで、気持ちは少し動いた。

その後も、ハイネケンの空きボトルは順調に増えていった。僕は乙恵と何かを話した。何かを。東京のこととか、片見里のこととかを。

だが頭では、やはり美和のことを考えていた。

美和は、きれいだった。といっても、特別ではない。どの学校にも必ず何人かはいる、きれいな子だ。彼女について、僕はその程度のことしか知らない。でもそれでいい。ほかのことは、むしろ知りたくない。知る必要がないのだ。美和との思い出などない。僕が肩入れする義務もない。肩入れなどされたら、美和はそれを奇妙に思うだろう。何なのこの人、とさえ思うかもしれない。いや、もう思えない。あの世で何か思えるのかどうか、そんなことは知らない。

手ちがい。そういうのは徳弥の領域だ。

写真。保険。脅しの材料。自殺。二股。選挙。盗ったの、谷田じゃねえ？　谷田くんがやったんじゃないことは知ってる。倉内さんが、やったのは谷田くんじゃないって言ったから。

結果オーライ。そんな言葉を、丈章はつかった。人の死に対してつかった。死ななかったから結果オーライ、ではない。死んだから結果オーライ。自ら死んでくれたから、結果オーライ。美和が死んで、うれしかったのか？　祝杯でもあげたのか？　美和は死を喜ばれる人間だったのか？　乙恵がそんなこと言ったか？

いつの間にか、ハイネケンの空きボトルが八本に増えている。再びかぞえてみると、今度は九本ある。三たびかぞえてみる気力はない。自分がどれだけ飲み、どれだけ酔っているのか、それさえよくわからなくなっている。

「もうこんな時間！　谷田くん、バス、とっくにないよ」

そんな声が、右から聞こえてくる。

「ダメだよ。絶対ダメだよ」と誰かが言う。

その誰かはどうやら僕自身らしい。そうと気づくのに時間がかかる。

自分の考えていることが理にかなっているのか、いないのか。どうでもいい。自分の理は、自分で決めればいい。一人で生きるというのは、結局、そういうことだ。

いや、ちがう。

自分の理とか、そういうのこそ、どうでもいい。

簡単なことだ。

やればいいんだよ。やりたいんだから。

そう考え、束の間、目の前の霧が晴れたような気分になる。クリアな頭で問題を解決できたような気分になる。

参った。もう認めるしかない。

酔っている。

☀

☀

一時は昼すぎまで寝ていた。

午前十時に一度起こそうとしたが、寝かせといてあげなさいよ、と母ちゃんに言われたので、そのままにしておいた。

正直なところ、おれは一時が親父さんの遺骨を引きとらずにこの片見里から出ていったのだろうと思っていた。おれや母ちゃんの反応を見て、これならだいじょうぶだと判断し、そのままウチに遺骨を預けておくことにしたのだろう、と。

一時の唯一の荷物であるリュックは客間に残されていたが、着替えや歯ブラシといったお泊まりセットのようなものが入っているだけなので、置き去りにしたところでどうってことはないはずだった。

でも昨夜、午前一時を過ぎたころになって、ウチの前にタクシーが停まった。そしておれのケータイに電話がかかってきた。〈中野乙恵〉と画面に表示されたので、出た。

「もしもし、村岡くん？　わたし、中野です。ごめん。寝てた？」

「いや、起きてたよ」と、半分だけうそをついた。床に就き、ちょうど眠りに落ちるところだったのだ。

「よかった。谷田くんを送ってきたの。引きとってもらえる？」

というわけで、おれはＴシャツにハーフパンツという部屋着兼寝巻姿のまま門の外へ出て、見事に酔っぱらいと化した一時を引きとった。

駅前でタクシーに乗る際は、タクシーなんてもったいないよ、とか何とか言ったそうだが、このときの一時は、体じゅうからアルコール臭をまき散らしながら眠りこけていた。そもそも遺骨を引きとりに来たお前が、何、引きとられてんだよ、と言ってみたが、反応はなかった。

おれはタクシー代を出そうとしたが、乙恵は、この車に乗って帰るからいい、と遠慮した。だから時間もなく、細かなことは聞けなかった。泥酔して女に送られるって何だよ、と思った。同時に、こいつでもこんなことがあるんだな、とも。

先月門徒さんに大量にもらったそうめんを母ちゃんと二人で食べていると、一時が起きてきた。悪いけど今日も昼はそうめんな、と言って、おれが追加のそうめんを茹《ゆ》でた。茹であがったそれをザルに入れて居間に持っていくと、昨夜は迷惑をかけてすいませんでした、と、一時がまだ母ちゃんに謝っていた。

母ちゃんは気を利かせたのか、そうめんを食べ終えるとすぐに立ち上がり、コーヒーメーカーのスイッチを入れとくからあとで飲みな、とおれらに言った。

「おばさん、ほんと、すいません」

「いいんだよ。ウチのなまぐさ坊主にくらべればおとなしいもんだ」

「何だよ。最近はおれだっておとなしいだろ」と反論した。

ふん、と鼻で笑い、母ちゃんが本堂へと去っていく。

「ほんとに悪かったよ」と言いながら、一時はそうめんをすすった。「空きっ腹に飲んだから、悪酔いしたのかもしれない」

「空きっ腹って、夕メシは食わなかったのか？」

「飲みながら、柿ピー入りのミックスナッツを食べただけ。だから、そうめん、すごくうまいよ」

「何でそんなに飲んだんだよ。一人でベロベロになるほどまで」

「うん」と言い、それから、「うーん」とも言って、一時はしばし黙った。

そして意外なことを話した。意外なこと。倉内美和のことをだ。

それにはちょっと驚かされた。いや、ちょっとどころではない。大いに驚かされた。いや、大いにどころでもない。天地がひっくり返るぐらいに驚かされた。

美和は自殺した。それは知ってる。知ってるし、まちがいない。でもその先。美和は周到に自殺に追いこまれたのではないかというのだ。誰に？　堀川丈章に。

「そりゃ、まあ」と、おれは驚きを無理に呑みこんで言った。「フラれたことが原因で自殺するってこともあるだろうけど、それがフった側の罪になるかっていうとなぁ」

そういうことではない、そんなレベルの話ではないのだと言い、一時は説明した。

おとといの夜、居酒屋『月見里』が入っている雑居ビルの屋上で、丈章と後藤の密談を聞いてしまったこと。結果オーライの手ちがいという言葉で、丈章が美和の自殺を表現したこと。丈章は脅迫の材料になり得る写真まで撮っていたこと。いざというときの保険として、その写真を今も手もとに残してあること。すなわち、明らかに悪意が存在していたこと。美和の自殺が実際に手ちがいであったとしても、子分の後藤はともかく、親分の丈章はさほど後悔してもいないこと。

「うーん」

おれは腕を組んで考えこんだ。すぐにその腕を解き、剃りあげたばかりの頭をさする。

なさそうなことではない。むしろありそうなことだ。丈章と別れたこと、もしくはフラれたことも、自殺の原因の一つとしてある。そうは思っていた。これは事情を知る誰もが同じだろう。でも丈章がそこまで踏みこんだとなると、話は変わってくる。というか、まったく別の話になる。

「結果オーライの手ちがい。丈章はそう言ったんだな？」

「言ったよ」

「写真はまだ手もとに残してあると、そうも言ったんだな？」

「うん。いざというときの保険だからって」

「いざというときって、何だ？」

「家族が騒ぎだしたらって言ってたよ」

「けど、もう二年経ってる。今さら騒がないだろ」

「今は事情を知らないけど、もし知ったら、騒ぐかもしれないよね」

「だったらむしろ、後藤が言うように、写真は消したほうがよさそうなもんだよな。自分が関与した証拠になるだろ」

「脅しの材料としての価値を優先させたんでしょ。その写真を撮らせることに倉内さんが同意してなかったとも言えないし」

「もう言えない、か。言いたくても」

「そう」

「それでも子分の後藤はビクビクしてると」

「うん」

これは昔からそうだ。丈章は、敵と味方をはっきりと分ける。味方でいるうちはいいが、敵にまわると容赦しない。警官の息子だからヤバいことはしないが、ひどいことはする。徹底的に無視をしたり、差別をしたりする。子分に命令はしないが、態度で指示はする。動くように仕向ける。その意味では、味方にも決して甘くない。

警官の息子という立場は弱みにもなるが、度を超えない範囲で動けば強みにもなる。丈章はその強みだけを巧みに利用する。そんなふうに、頭がいい。実際、勉強もできた。東京の一流私大に入って四年間たっぷり遊び、こちらに戻って県庁に就職した。そして市議選に出る。ゆくゆくは市長にだってなるかもしれない。あり得ない話ではない。

美和は、長いこと、丈章の味方だった。たぶん結婚するんだろうと、おれは思っていた。でもそれがどこかで変わった。美和でなく、丈章がそう判断した。黒はほかの色をも黒に染める。美和自身は染まらなかった。でも黒を白に染められもしなかった。そういうことかもしれない。

母ちゃんがセットしておいてくれたコーヒーを、一時と二人で飲む。うまい。酸味が強いモカ・マタリだ。

それから、一時がトイレに行って、ゲロを吐いた。

戻ってくると、すっきりした顔で言う。

「そうめん、早く処分したいなら、もう少し食べていい？　出したら、またお腹が減っちゃって」

「いいよ。おれと母ちゃんはもう飽きてっから、いくらでも食え。いくらでも茹でてやる」

「悪いから、茹でるのは自分でやるよ。そのくらいならできそうだ」

そう言って、一時は台所へと向かう。

「徳弥も食べる？」

「おれはいい」

そして一時が台所でそうめんを茹でていると、母ちゃんが居間にやってきた。

「トク、多美ちゃんが来たよ」

「え？　マジで？」

多美ちゃん。倉内多美だ。美和の妹の。

「別に驚くことじゃないでしょ。トクに何か用があるみたいよ。こっちじゃなく、向こうに上がってもらったから」

確かに、驚くことではない。寺の敷地に墓を持つ倉内家の多美は、実際、よく来るのだ。

本堂のわきの和室に行くと、多美は座卓の前の座ブトンに座っていた。さすがは女子。きちんと正座している。

「おぅ。どうした？」

「昨日はありがとうございました。住職」と、多美はいくらかふざけて言う。

「いえ。こちらこそ」

「お布施は足りましたか？」

「充分です。ありがたいことです。おかげでメシが食えます」と手を合わせる。「あ、そうだ。多美、そうめん食う？」

「いい。お昼は食べてきた。だって、もう三時だし」

「で、何？　つーか、今日、月曜じゃん。仕事、休み？」

「有休。いきなりだけど、思いつきでとったの。幸いにもウチの会社は、結構とれとれ言うほうだから」

「へぇ」

「組合が強いのかな。大した会社でもないのに。でも善徳寺さんには、電話ぐらいすればよかったね」

「いや、そんなのはいいけど」

「もう少し言うとね。お姉ちゃんのことを知ってる人と、話をしてみたくて」

「あぁ。それでか。何だよ。おれの経の読みっぷりをわざわざほめに来たのかと思った」

「それはまた別の機会に」と軽くいなされる。

「じゃあ、えーと、イチを呼ぶわ」

「今さらだけど。だいじょうぶかな、いきなり来て。迷惑じゃない？　やっぱり電話すればよかったかな」

「いや。しないほうがよかったよ。電話で会いたいとか言われたら、緊張すんだろ」

にしても、このタイミングとはな。

そう思いながら、台所に行き、一時に声をかけた。

多美の来意を簡単に説明し、そうめんを居間ではなく和室へと運ばせる。居間にあったガラスの器やら一時の箸やらはおれが運んだ。

新たに淹《い》れたコーヒーをおれと多美が飲み、新たに茹でたそうめんを一時がすする。そんな具合に、和室で三人が向き合った。

「お姉ちゃんの昔を知ってる人に会ってみたいと思ったんですよ」と、多美はあらためて一時に言った。「お忙しいとこ、すいません」

「見てわかるだろ。忙しくねえよ」とおれが応える。「ヒマでヒマで、さっきまでゲロ吐いてたくらいなんだから」

「別にヒマだから吐いてたわけじゃないよ」と一時。

「あ、体調がよくないんですか？　もしそうならわたし」

「いや、ちがうちがう。酒、酒」と不用意に言ってしまってから、ひやりとする。

一時が飲みすぎた原因は、明らかに美和なのだ。

女子にはこれを、と母ちゃんが出してくれたバウムクーヘンをおれも食いながら、三人で会話をした。

四ヵ月しかいなかったから、正直、倉内さんとはほとんどしゃべったことがないんだ、と一時は言い、唯一これという、あの棒高跳びの話をした。それも、ただ跳んでたというだけじゃない。跳んでたときに美和がそこを通りかかった、というのだ。

その少し前、小六の三学期に、クラスで盗難騒ぎがあった。ナスケンこと那須憲児《けんじ》が、もらったお年玉を学校に持ってきて、それをなくしたのだ。犯人は一時ではないかと丈章たちは言った。そうなのかな、とおれも思った。

でも美和は、川原を通りかかったそのとき、一時本人にこう言ったそうだ。わたし、谷田くんがやったんじゃないことは知ってる、と。

「何だよ。そんなことがあったのかよ」と、おれは一時に言った。言ったのはそこまでだが、だから美和のことを気にするのか、と思った。

「あれにはかなり救われたよ」と一時は返した。「わかってくれる人が一人でもいるならもういいと思えた。というか、そう言ってくれる人がいるだけでもういいと思えたのかな。僕はやってないとほんとに思ってくれてるのかどうか、それ自体はどうでもよかったよ」

「倉内なら本気でそう思ってたろ。思ってないのに思ってるふりをして言う。あいつはそんなインチキなことしないよ」

「うん。そうなんだろうね。昨日、中野さんからも話を聞いて、そう思ったよ」

「中野さん？」と多美が言うので、おれが応える。「クラスメイト。途中で引っ越してきたから、多美は知らないかも」

「知ってる。何度か家に来たことがあるよ。わたしがまだ小学生ぐらいのときだけど」

「何だ。そうなのか」

「転校してきた自分にもすごく親切にしてくれたって、中野さんは言ってたよ。僕にでさえあんな言葉をかけてくれた倉内さんのことだから、当然、そうするだろうね」

そうめんをすすりながらそんな話をするなよ、と、バウムクーヘンを食いながら思った。たぶん、昨夜、乙恵と一緒にいたときも、一時はこんな感じだったのだろう。そして一人、自分のペースで飲み、一人、酔い潰れたのだ。

「お姉ちゃんのことを覚えててくれて、ありがとうございます」

そう言って、多美が、正座をしたまま頭を下げた。

さすがに一時も箸を置く。

「いや、そんな。お礼を言われることじゃないよ。僕が勝手に覚えてるだけなんだから」

おれはバウムクーヘンをモカ・マタリで飲み下し、急いで文句をつけた。

「『勝手に覚えてる』って言い方もないだろ。普通、クラスメイトのことは覚えてるもんだ。覚えてるべきだ」

「いや、ほら、転校ばかりしてたから、元クラスメイトの数が多すぎて」

「それはわかってる。そんな言い方をするからエラソーだとか言ってるんじゃねえよ。自分を卑下《ひげ》すんなってこと。元クラスメイトのことは覚えてていいんだってこと」

「何にしても、お礼は言いたいんですよ。こちらも勝手に。この歳になると、お姉ちゃんのことを知ってる人と新たに出会う可能性はかなり低いんです。だから実際に出会えると、うれしくて、つい言っちゃうんですよ。言われたほうは困るだろうとわかっていながらも」

「言っちゃえ。どんどん言っちゃえ。困らせちゃえばいいんだよ。それはいい困り方なんだから」

「とにかく、本当にうれしいです。ここに住んでない人の記憶にまでお姉ちゃんが残ってると思うと、何か、ほっとします」

それを聞いて、おれもほっとする。

「わたし、お姉ちゃんのことを話したいんですよ。知りたいとかっていうんじゃなく、単純に、話したい。だから、今のこういうの、すごく楽しいです。うれしいし、楽しい」

「イチさ、このあとにでも、美和んとこに行って、線香上げてこいよ。いいだろ？　多美」

「もちろん」

「えーと、じゃあ、そうさせてもらいます」そして一時はおれに言う。「ただささ」

「何」

「恥ずかしながら、作法《さほう》みたいなのを、よく知らないんだよ。親戚も知り合いもいなくて、葬儀という葬儀に参列したことがないから」

「なら、おれも行くよ。昨日と連チャンになるけど、これもいいよな？　多美」

「わたしはいいけど。徳弥くん、忙しくないの？」

「今日はだいじょうぶ。こんなとこでバウムクーヘン食ってるぐらいだし。それに、長居はしねえよ。イチに線香上げさせて、すぐ帰る」

「わかった」

「あのさ、これはおれが言うべきじゃねえんだけど。でも先に言っとくべきではあるから言うんだけど。その、おれが行くからって、もちろん、お布施とかはいらねえからな。善徳寺の坊主としてじゃなく、イチの友だちとして行くから」

「うん。ありがとう。たすかる」

冗談のようにそう言って、多美はにっこり笑う。

やっぱ美和に似てんな、と思う。おかしな話だが、美和が亡くなってからは、なお似てきているように感じる。

「じゃあ、すぐ行く？」と言って、多美がおれと一時を見た。

おれは一時を見る。一時もおれを見る。同時に同じことを考えたのだと、何故かわかる。

しばしの間のあと、おれが口火を切った。

「なあ、イチ。多美には、言ってもいいんじゃねえかな」

「というか、言うべきかもね。多美さんは、知っておくべきかもしれない」と言ったあとで、一時はこう続ける。「いや。やっぱりわからない。ズルいようだけど、徳弥にまかせるよ。僕は判断できない。この町のことも、倉内さんのことも、よく知らないから」

お前、マジでズリィぞ、と思うが、さすがにそうは言わない。

「何?」と多美が問いかける。流れ上、一時にではなく、おれに。

迷った。ものすごく迷った。こんなに迷ったのは初めてだ、というくらいに。坊主になるときも、ここまでは迷わなかった。というか、ほとんど迷ってない。

でもここで、やっぱ言わない、とはならない。一時もそれをわかっていただろう。わかっていたから、おれに預けたのだ。

「多美」

「ん?」

「落ちついて聞けよ」

「うん」

「なんて前置はしない。すればするほど話しづらくなるから」

「もうしちゃったけど」

「丈章が絡んでるかもしれない」

「え？」

「堀川丈章が、美和のことに絡んでるかもしれない」

「亡くなったことに？」

「そう」

「お姉ちゃんが最後に付き合ってたのは、堀川さんじゃないよ」

「そのあたりのことはよくわからない。けど、最後に付き合ってたやつが原因になるとも限らないだろ」

自分でそう言ってみて、ほかにも多くの可能性があるのだということにあらためて思い当たった。勇み足だったか、と早くも後悔しだす。

でも多美は言った。当然だ。

「話して」

話した。一気にだ。

話しだしたのはおれだが、途中からは一時が引き継いだ。いちいち補足するより、ビルの屋上で実際に丈章と後藤の会話を聞いた一時が直接話したほうが早い。

多美は黙って一時の話を聞いた。

おれも黙って聞いた。二度めなので、ある程度考えながら聞くことができた。そしてやはり丈章を疑うべきだと思った。本人だけでなく、後に家族まで脅せる類《たぐい》の美和の写真を丈章は撮ったのだと確信した。

多美はひどく驚いた。でもおれが予想したほどではなかった。原因は何かしらあるはずで、単にそれが明らかになっただけ。そう考えたのかもしれない。

そして幸いにも、丈章を疑うべきだという一時やおれの見方に多美が異を唱えることはなかった。

「正直ね、まったく疑わないなんてことはなかったの。というより、堀川さんだけじゃなく、すべてを疑った。お姉ちゃんがああなってしばらくは、何もかもが疑わしいように見えたから。でもお姉ちゃんは、家でこんなことしてごめんて遺書で謝るだけで、原因には触れなかったから、わたしたち家族も、触れるべきではないと思った。少なくとも、自分たちから探りにいくようなことはするべきじゃないと思った。だって責任は、お姉ちゃんが苦しんでることに気づけなかった自分たちにもあるんだから」

「ないよ」と、そこは申し訳ないが口を挟んだ。「多美にも進さんにも久子さんにも責任はない。前にも言ったろ？　美和自身、そう思ってるよ。美和をバカにすんな。あいつはそんなふうに思うやつじゃない。それは多美もわかってんだろ」

「わかってるけど」

「なら言うな。もう、そんなふうには考えるな」

「うん」と、多美が力なく言う。

「悪い。話の腰を折った。もとに戻そう。で、丈章を少しは疑ってた、のか？」

「疑ってたってほどではないけど。原因の一つになったのかなっていうくらいには思ってた。でも、ほら、そういうのは普通にあることで、別に責められることではないから」

「普通にあること止まりならな」

「ただ、そうはいっても、やっぱり、お姉ちゃん、堀川さんと別れたのはかなりショックだったみたいだし」

「見ててわかるくらいに？」

「うん。だからお姉ちゃんのほうがフラれたんだなって気づいた」

「丈章は、フラれるよりはフるほうだろうからな。美和だけじゃない。たぶん、誰が相手でもそうだよ」

「その前からね、何ていうか、関係が急速に悪くなってる感じはあったの。お姉ちゃん、それまでは堀川さんのことをよくわたしに話してたんだけど、そうしなくなったし。というか、急に話さないようになったし。ほら、ウチのお父さんが、会社やめたでしょ？」そして多美は事情を知らない一時に向けて、こう言い直した。「というよりは、いわゆるリストラで、やめさせられちゃったんだけど」

美和と多美の父、進さんが勤めていたのは、大手電機メーカーだ。県庁所在地である市の、まさにその県庁が立つ大通りに大きな支社を持つ。その支社は、十数年前、よそと合併した直後に建てられた。片見里に住んでそこに通勤する者も多い。例えば乙恵の親父さんがそうだ。

合併とはいっても、実質的には吸収だったらしい。倉内進さんは、吸収される側の社員だった。ゆえにリストラの格好のターゲットになってしまったのだ。その年齢の管理職クラスということで。

「それが？」と多美に先を促した。

「そのあとぐらいから急にだったんで、もしかしてそのことも影響してるのかなぁ、と思っちゃったりもして。バカげてることはわかってるんだけど」

「いや、バカげてはないかもな。そういうとこがあるよ、丈章には」

「どういうこと？」と一時が尋ねる。

「親父さんがそうなったことで、美和の価値まで下がったように感じちゃうってこと」

「父親が会社をやめさせられたから、娘さんの価値が下がる？」

「そんなふうに感じる人間もいるってことだよ。特に、自分の家の格は高いなんて思ってるやつのなかにはさ」

「あぁ。なるほど。僕には縁のない世界だな。家の格なんて発想自体がないから。いや、ないことはないか。自分のところは常にその一番下だって意識があるんだ」

「ほんとにそれが影響してたんなら、ひでえ話だな。そういうのは感覚的なもんで、直せたりはしない。だから、余計タチが悪い」

「でも、それだってしかたないよね」と多美は言う。「いやだなとは思うけど、責められることでもない」

「美和もそう思ったんだろうな。思っちゃうんだろうな、お前ら姉妹は」

「それとね」

「ああ」

「パソコンが処分されてたの」

「パソコン？」

「そう。お姉ちゃんのパソコン。遺品の整理をしたときに、それがなかったの。たぶん、前もって処分したんだと思う。データはきちんと抹消して。見られたくないもの、というか、残したくないものが入ってたから」

例の写真か。一時的にではあるにせよ、美和のパソコンに収められていたのだろう。あるいは一方的に送りつけられたのかもしれない。消去してしまうのもそれはそれでこわくて、しかたなく保管していたのかもしれない。で、消去するだけでは復元できてしまうから、多美が言うように抹消して、パソコンそのものも処分することにしたのだろう。つまり、最期に。そうでないと半永久的に残ってしまうから、処分しなければならなかったのだ。最期に。

その気持ちはよくわかる。女より、むしろ男のほうがよくわかるだろう。エロ画像にエロ動画。残しておきたくないものはたくさんある。死後に見つけられたら、カッコ悪いことこの上ない。例えば文化勲章なんかをもらった人のパソコンからブロンド姉ちゃんの動画がわんさと出てきたら、カッコ悪いどころではないだろう。

文化勲章をもらう可能性はゼロのおれでさえ、時々、思うことがある。交通事故なんかでいきなり死んじゃったらヤベえな、と。ロックをかけといたって、そんなの簡単に破られちゃうみたいだもんな。遺族なら、そういう業者に頼むだろ。思い出を残しておくために、とか言って。頼むだろうなぁ。うん。頼んじゃうよ、おれの母ちゃんなら。エロ動画発見の驚きよりも、故人情報確保のほうに重きを置くだろうから。

と、まあ、それと同じようなことを、美和も考えたのかもしれない。

「そのパソコン、買ってまだ二年も経ってなかったの。なのに処分するっていうのは、やっぱりそういうことだよね。で、そんなことにも気づけなかったんだなって思った。そういうのにくわしくないお父さんとお母さんはともかく、わたしなら気づけたはずだよなって」

「だから気づけないって。美和が気づかれるようにやってたはずもないんだし」

「そう、だよね」

またしても多美が落ちこみそうになったので、急いで話題をかえた。

「でさ、その、美和が最後に付き合った男ってのは？」

「横山《よこやま》さんていう人だけど。わたしもよく知らない」

「葬儀のときに、いた？」

「来なかった。そこまでの関係ではなかったのかも。だから、そのあとも、わざわざ連絡をとろうとはしなかった」

「うーん。何というか、何だなぁ」

つまり、逃げちゃったということか。関わりたくなくて。

そのあたりは、男として微妙なところだ。紹介されたこともないカノジョの家族に、その葬儀の場で初めて会うというのは。冷たい感じはするが、ヘタに顔を出すべきではない、と思ってしまっても不思議はない。

「おととい の同窓会で、あのおばあちゃん先生がさ」と一時が言う。

「増沢先生な。増沢節子先生」とおれが正す。「あの人もウチの門徒さんだから、あんまり失礼なことは言わないように」

「じゃあ、あの増沢先生が」と一時が素直に言い直す。「会の途中で、『もうおばあちゃんだから帰ります。みんなはごゆっくり』ってあいさつしたときに、ぽろっと倉内さんの名前を出したんだよね」

「そうだっけ」

全然覚えてない。うわの空で聞いてたのかもしれない。マズいな。門徒さんなのに。あの人が亡くなったら、まちがいなく、おれが経を読むのに。

「『今日は全員の顔を見られなくて、ちょっと残念です』って言ったあとに、『倉内さんも』って付け足したんだ。そしたら空気が変わってさ、何か、張りつめた感じになったんだよね」

「空気読めよ、ババア！　みたいになったってことか？」

「徳弥くんこそ失礼」と多美。

「まあ、そうかな」と一時。

「ちっとも気づかなかったな」

「増沢先生も、それ以上は触れなくて。すぐに堀川くんが、『先生、また来年もお呼びしますからぜひ』って声をかけたんだ。あれは、今考えれば、話を終わらせようとしたんだね」

おれと多美がバウムクーヘンを食い、一時がそうめんを食う。モソモソいう音と、スルスルいう音だけが聞こえる。

午後の西日が和室に射す。網戸越しに、弱々しい風が入ってくる。風というよりは、単なる空気の移動。そんな風だ。涼しくはない。

スロスロスロッとそうめんを食い終え、ツツツツツッとめんつゆまで飲み終えた一時が言う。

「堀川くんは、どう考えても、許されないことをしたよ」

おれも多美も、驚いて一時を見た。もともと見てはいたのだが、あらためて、見た。目を凝らしてだ。

バウムクーヘンを食い、コーヒーを飲む。モソモソ。ゴクリ。さっきから何個バウムクーヘンを食ってんだ、おれ。

「許されないことをしたんだから」と一時は続ける。「報いは受けるべきなんだと思うよ。例えば仕返しをされてもしかたがないんだと、僕はそう思うよ」

一時を見ていた多美が、今度はおれを見る。

おれは新たなバウムクーヘンを手にとった。バウムクーヘンの親玉みたいな、一つだけデカいやつをだ。

次いで、言ってることはまちがいではない、という意味で、その親玉バウムを肩の高さに掲げる。

○だ。

そして、言う。

「まずはそれが事実かどうかを確かめる必要があるな」

☽　☽

青木《あおき》公平《こうへい》、というのが僕が考えた名前だった。

特に意味はない。新聞記事から抜きだした二人の名字と名前を組み合わせたものだ。青木さんは、新発売された口紅の開発秘話を語る化粧品会社の女性課長さん。公平さんは、定年退職を迎えた北海道の小都市の駅長さんだ。何となく、犯罪からはほど遠い記事を選んだ。区役所や市役所ならともかく、県庁などというところに行くのは初めてなので、少し緊張した。とはいえ、その緊張は少しですんだ。青木公平になりすますことからくる緊張が、そちらを大きく上まわっていたからだ。

堀川丈章が所属していた部署は、倉内多美が知っていた。美和から聞いたのだという。それは税務課だった。いかにも幹部候補が配属されそうなとこだな、と徳弥は言った。よくわからないけど、そうなの？　と訊くと、いや、おれもわからんけど、と答えた。

まずはエレベーターでそこのフロアに上がり、表示板を見て、税務課に行った。特に窓口のようなものはなかったので、近くにいた歳の近そうな女性職員に声をかけた。

「すいません。こちらの堀川丈章さんにお会いしたいんですが」

もちろん、丈章が退職したことは知っている。だがどうしていいかわからなかったので、とりあえず、そうした。先に名前を出せば、知人であることのアピールにはなるだろうと思ったのだ。

真っ黒な髪と、それに合わせたかのような黒縁のメガネ。いかにも公務員といった印象のその女性職員は、僕の顔からつま先まで、視線を素早く往復させた。値踏みした、ということだろう。

「堀川は、もうこちらにはおりませんが」

「え？　じゃあ、今はどちらの課に」

「それは、あの」

不意打ちに、とまどったらしい。異動したのではなく退職したのだということを伝えていいかどうか、迷ったのだ。

そこで矢継ぎ早に問う。

「あ、ここにじゃなく、県庁にはもういないということですか？」

「えーと、はい」と答えてくれた。

はい、か、いいえ。答えやすくすれば答えてくれるものなのだな、と僕は一つ学ぶ。

「じゃあ、今は何を」

「すいません。それはわかりかねますが」

口調に自信が戻った。そこまではわからなくて当然だ。わかっていたとしても、教える義務はない。対応として、まちがってない。だからこその自信だ。

片見里市議会議員選挙に立候補するためにやめたのだということを、知ってはいるだろう。丈章だって、伝えているにちがいない。隠すことではないのだし。県庁職員のなかには多くの片見里市民もいるはずだ。むしろ応援してほしいくらいだろう。

「あぁ。困ったな」と僕は言う。

それは本音でもある。素人であるがゆえ、その先どうするべきかが、本当にわからない。

「堀川の業務を引き継いだ者を呼びましょうか？」

「あ、いえ。そこまでは」

それもまた本音だ。呼ばれても困る。業務のことなど知らない。興味もない。

思いきって、尋ねてみた。

「あの、すいません。堀川さんのことは、ご存知でした？」

「ええ、まあ。同僚ですから」

「そうですか」

さらに思いきって、言ってみる。

「受かるといいですね。堀川さん」

「あぁ。そうですね」

意味は伝わったらしい。こいつはどちらかといえば丈章側の人間。そうもとらえてくれればいいのだが。

引きどころを誤ってはいけない。疑念を抱かせてはいけない。

ということで。

「じゃ、すいません。ありがとうございました」と頭を下げ、退散する。

徳弥言うところの行けばどうにかなる作戦は、こうして見事に失敗した。

が、それは暫定的な撤退であり、敗退ではない。まさか地元の片見里であれこれ訊きまわるわけにはいかない。元クラスメイトたちに訊きまわるわけにもいかない。そうなると、職場しかないのだ。うまい具合に、丈章自身がやめてくれてもいるのだし。

午後五時になるのを待って、僕は古びた庁舎の外周を歩いた。そして職員たちが主にどこから退出するのかを突き止めた。通用口はもちろん一つではなかったが、多くの人たちが出てくるのは二ヵ所に絞られた。駅に近い二ヵ所だ。

庁舎内の税務課の位置からしておそらくはこちらだろうと片方にあたりをつけ、門の外で張る。何時に出てくるかはわからないが、若い女性職員がそんなに遅くなることもないだろうと無理に思いこんで、待つ。

だが八時半まで。それが限度だった。僕が見過ごしたのかもしれないし、ほかの通用口から出たのかもしれない。今度はそう無理に思いこんで、片見里に戻った。戻らざるを得なかったのだ。バスの最終が午後九時台なので。とりあえず善徳寺に居つづけることになったとはいえ、そう夜歩きしてばかりもいられない。

翌日も、僕はやはり県庁に出向いた。

もう税務課には行かず、初めから門の外で張った。三日張って会えなかったら、もう一方の通用口に張るつもりだった。

とはいえ、この日は期待していた。水曜日だったからだ。水曜をノー残業デーと定めている企業は多いと聞く。官公庁もそうなのかは知らないが、その手のことはむしろ率先してやりそうだ。

思惑は当たった。絶対に忘れまいとひたすら頭に思い浮かべていた顔が、門から出てきた。あの税務課の女性職員だ。黒髪黒縁メガネの。

昨日の今日だからまだこちらの顔を覚えているだろうと予想しつつ近寄っていき、声をかける。

「あの、すいません」

ぎょっとしたように、彼女が僕を見る。無理のない反応だ。外を歩いていて、見知らぬ者に声をかけられる。それはたいていの場合、自分にとっていいことではない。

まだオンからオフへの切り換えはすまされていなかったのか、彼女は丁寧に応じてくれた。

「はい。何でしょう」

「昨日、税務課さんに伺った者ですが。えーと、堀川さんを訪ねて」

「あぁ。はい」

思いだしてくれたようだ。少しは印象に残ることだったのだろう。すでに退職した者を誰かが訪ねてくるというのは。

すいませんこちらで、と早口で言い、彼女を駅へ向かう人の流れからは外れたほうへと導く。

「何ですか？」と、声音にさっそく警戒の色が滲む。

だが拒否まではされない。ついてきてはくれる。

「いえ、あの、堀川さんのことでちょっと」

「ですから退職しましたけど」

昨日はつかわなかった退職という言葉をつかう。税務課職員としての立場からは、少し離れた感じだ。

僕はあらかじめ用意しておいた名刺を渡す。肩書きと氏名とケータイ番号が記されただけの、シンプルな名刺だ。紙の色は、白でなく、グレー。いかにもな雰囲気を出している。電話番号ではなく、mobile と書かれたりもしている。多美がパソコンでつくってくれたのだ。おととい、倉内家にお線香を上げに行ったときに。

黒縁メガネ越しに、彼女がその名刺を見る。

「青木公平さん。探偵、なんですか？」

「はい」と、正面切ってうそをつく。そこまでの大それたうそはかえってつきやすいのだと知る。

「その探偵さんが、何なんですか？」

「堀川丈章さんのことを、少しだけお訊きしたいんですよ」

「ですからもう退職してます」

「税務課の職員としての堀川さんのことをではなく、個人としての堀川さんのことをお訊きしたいんです」

「個人て。わたしはたまたま職場が同じだっただけで、個人的なことは何も。そこ以外でのお付き合いもなかったですし。だから、あんな人のことは知りません」

あんな人。あの人、ではなく、あんな人。

「ええ。それで結構です。特別なことを訊きたいわけじゃないんですよ。簡単な調査みたいなものだと思ってください。堀川さんに対するあなたの率直な印象とか、そういうものを聞かせていただきたいだけなんです。業務とは何の関係もありません。堀川さんが公金を横領していた疑いがあるとか、そういうことではまったくないですし。いえ、もし本当にそうなら、それはそれで話を聞きたいですが」

彼女がじっと僕を見る。少し興味を引かれたらしい。引かれたのだと思いたい。

「じゃあ、何のために、こんなことをしてるんですか？」

疑っている。だが食いついてもいる。ここはうまく立ちまわらなければならない。転校してきて、クラスメイト全員に紹介されたときのように。

いいえ、堀川さんに何か弱みがないかと思いまして。あればそれを教えていただけないかと思いまして。

手短に言えばそういうことだが、さすがにそうは言えない。まずは遠まわしにこう言った。

「僕は堀川さんのことをある程度知っています」

「ある程度」

「ええ。次の市議選に出る。そのために県庁をやめた。それよりはもう少し、知っています。またそれは、知り合いに近い、という意味でもあります」

「知り合いに、近い」

「まどろっこしくてすいません。まあ、知り合いですね」

彼女が僕を見ている。僕も彼女を見ている。バー『トリノス』で飲んだとき、中野乙恵をそんなふうには見なかった。カウンター席で隣に座っていたのだから当然だが、顔は見ずに話した。今はちがう。見る。探る。どっちだ。彼女は丈章側か、そうでない側か。同じ職場にいたのだから、建前としては丈章側だろう。だが同じ職場にいたからこそ、そうでない側にまわることもある。本音では、どっちだ。どちらかといえば、どっちだ。

結局は勘を頼りに、一歩踏みだす。

「で、僕は知り合いの堀川さんに対して、あまりいい印象を持っていません」

彼女がやはり僕を見ている。言葉は発さない。彼女は彼女で探っている。僕が本音を口にしたのかどうかを。そこで探るのは、本音であるほうを望んでいるからかもしれない。

「その堀川さんのために、悲しい目に遭ってしまった人がいます。女性として、とても悲しい目にです。堀川さんのためにというよりは、堀川さんのせいで、と言うべきでしょうか」

探偵が言うことではないな、と思いつつ、言ってしまった。探偵っぽさを意識する必要はないな、とも思ったのだ。

彼女はかなり迷っているように見えた。発言を急がせたりはしなかった。ここは彼女自身のタイミングにまかせたほうがいい。

というわけで、じっと待つ。

彼女が口を開く。

「堀川さんの話を聞きたいということは、青木さんは、堀川さんの味方ではないわけですよね？　むしろ敵、なわけですよね？」

「そうとってもらっていいです」

「本当ですね？」

「本当です」

ふっと短く息を吐き、彼女が言う。

「その話をするのにわたしよりもっと適した人を、もしかするとご紹介できるかもしれません。本人に訊いてみます」

「そうしていただけるとたすかります」

「でもその本人が拒んだら、なしということにしてください」

「わかりました」

彼女は二つ先にある駅とカフェの名を挙げ、こう続けた。

「あさって金曜日の午後七時にそこで、ということでいいですか？　とりあえず、ですけど」

「結構です。よろしくお願いします」

「期待はしないでください。本人次第なので。もし無理なら電話します。この名刺の番号にでいいですか？」

「はい」

「非通知でかけても、せめて留守電にはなるようにしておいてくださいね」

「しておきます」

しておきますも何も、初めからそうなっている。非通知着信拒否などする前に、まず僕に電話をかけてくる者がいないので。

「で、あの」とこちらから言う。「お名前だけ、伺っておいてもいいですか？」

「あぁ。失礼しました。セキネです。セキネトシヨです」

セキネトシヨ。下の名前まで明かしてくれたことで、彼女からの信用を勝ちとれたような気がした。

木曜、そして金曜の午前午後と、そのセキネトシヨから電話がくることはなかった。

金曜日の午後六時半にはもう、僕は指定されたカフェにいた。県庁から片見里側にではなく、東京側に二駅行ったところにあるカフェだ。

場所に慣れておこうと、早めに到着した。慣れるほどのこともない、ごく普通のカフェだった。カフェというよりは、昔ながらの喫茶店。チェーン店ではない、個人経営の店だ。駅前だけでわかるかどうか不安だったが、すぐにわかった。片見里駅と大差ない駅だったからだ。エムザというショッピングモールがない分、こちらのほうがよりさびしい。

午後七時五分前。僕が二杯めのコーヒーを頼んだ直後に、待ち人はやってきた。

セキネトシヨが同行することは、ある程度予想していた。話を聞かせてくれるはずの当人は僕の顔を知らないし、さすがに一人では不安だろうから。

そして予想どおり、セキネトシヨが現れた。が、肝心の当人がいなかった。

店に入ってきたセキネトシヨの姿を認めると、僕はイスから立ち上がって頭を下げた。セキネトシヨはこちらへと歩いてきて、僕のあいさつを待たずに言った。

「やっぱり会いたくないそうです」

「あぁ。そうですか。残念です」

「ただ、わたしが知ってることは話していいと言われました。かまいませんか？　それで」

「ええ。たすかります。どうぞ、おかけください」

セキネトシヨが座るとすぐにウェイトレスがやってきて、水が入ったグラスをテーブルに置いた。

「カフェオレをください」

「カフェオレをお一つ。少々お待ちください」

ウェイトレスが去ると、場つなぎに尋ねた。

「このお店は、よく来られるんですか？」

「そんなには。でも職場の近くでというわけにもいかないので」

「そうですよね。すいません。せっかくの金曜なのに」

「いえ」

僕のコーヒーとセキネトシヨのカフェオレが、相次いで運ばれてくる。

そこまでのあいだに、僕はセキネトシヨが関根敏代であることを知った。探偵として巧みに聞きだしたのではない。本人があっけなく教えてくれたのだ。

それぞれの飲みものを一口ずつ飲んで、さっそく本題に入る。

「まず初めにお訊きしたいんですけど」と敏代が言う。「そちらが探偵さんであるからには、当然、依頼されたかたがいらっしゃるわけですよね？」

「そうですね」

「それが誰かを明かすことは、もちろん、できないですよね？」

「はい。申し訳ないですが」

「ただ、これだけは教えてください。そのかたも堀川さんの味方ではないと考えていいですか？　敵と考えて、いいですか？」

「かまいません」

「そのかたと青木さんは、近いですか？」

「近いです。立場的には同じと言っていいかと思います」

「わたしが青木さんにお話ししたと堀川さんに洩れるようなことは、ありませんね？」

「絶対にありません」

「といっても、口約束ですもんね」

「ええ。残念ながら。でも信用していただきたいです。そうしていただくしか、ないので」

「じゃあ、信用して訊きます。青木さんは、本当に探偵さんですか？　本当に青木公平さんですか？」

即答できなかった。敏代がどこまで本気で言っているのかがわからない。まあ、疑うのも無理はない。僕は探偵です。そうですか、信じます。そうなるほうがおかしいのだ。

ここは考えどころだった。こうして来てくれたわけだから、探偵で押し通しても、敏代は話をしてくれるだろう。だが。ここは正直に明かすべきだと、転校生の勘が告げている。味方や敵という言葉を、敏代はつかった。曖昧な立場は認めないということだ。この敏代が実は丈章の味方だということがあるだろうか。味方だから僕が何を探ろうとしているのかを確かめに来た、ということがあるだろうか。

ない。転校生としての勘と、一人で生きていくことを決めた人間としての勘。双方がそう告げている。初めに接触を図ったのは僕だ。敏代は頭がいい。だが瞬時に反応して機敏に動いたとは思えない。

「すいません。僕は探偵ではありません。青木公平でもありません」

そう言って、頭を下げた。

「何だ」と、敏代が拍子ぬけした感じで言う。「ずいぶんあっけなく認めちゃうんですね」

「ええ。そうしたほうがいい、そうするべきだ、と思いました。こうしてお会いすることができたんだから、もう探偵の肩書きはいらない、と」

「一応、探偵青木公平さんで検索してみたんですよ。それらしきものは、見つけられませんでした。でも、そういうものなのかもしれませんよね。探偵さんがそれでバンバンヒットするようじゃダメでしょうし」

「そう、でしょうね。とにかくすいませんでした。どうしてもお話を伺いたかったので、だますようなことをしてしまいました」

「じゃあ、あらためて、お名前を伺ってもいいですか？」

「はい。谷田です。谷田一時です」

「イチトキさん。それは、本名ですか？」

「本名です。偽名なら、もうちょっとありそうなものを選びます。えーと、ユウジとか、ヨシヒロとか」

　徳弥と多美の名前を出さなければだいじょうぶだと思った。所詮、僕はよそ者だ。丈章だって、すぐに僕をその二人と結びつけたりはしないだろう。

　仕切り直しのつもりで、コーヒーを飲んだ。その意思が伝わったらしく、敏代も、カフェオレを飲む。

「谷田さんが探偵ではないとすると、それはそれで、どういうことなんですか？」

「僕の知り合いが、悲しい目に遭いました。それは事実です。まずはそこから始まった話です。細かなことは、まだ今の時点では勘弁してください。今は、そこに堀川くんが関与していたかどうかを確かめるという段階なので」

堀川さんではなく、あえて堀川くんと言った。この話し合いが一つ先の段階に進んだことを示すためにだ。

「そういうことでしたら、お話しします。喜んで」

喜びたいのは、僕も同じだった。

「アズサは、わたしの同期です。前は隣の財務課にいたんですけど、今は生活課というところにいます。堀川さんより二歳下です。つまり、わたしもですけど」

「あの、お名前は、言ってしまってもだいじょうぶですか？」

「ええ。Aさんとかじゃ話しづらいし。それに、うそだとも思われたくないので」

アズサさんは、坂口《さかぐち》梓さんだという。丈章とは、三年前から付き合い、半年前に別れたのだそうだ。

三年前。倉内美和が亡くなったのが二年前なので、その一年前から。あれこれあった期間は除くとしても、半年ぐらいは重なっていたということだろう。

バー『トリノス』で乙恵に聞かされた言葉を思いだす。堀川くん、ああ見えて、平気で二股かけたりするらしいし。地元と職場でなら、バレないと思ったのだろうか。それとも、丈章のような人は、バレてもいいと思うのだろうか。もしかすると、後者かもしれない。バレたとしても、どうにでもできる自信があるのだ。

「梓のお父さんも、同じ県庁職員なんですよ」

「あぁ。そうなんですか」

「といっても、梓は別にコネで入ったわけじゃありませんよ。大学も東京のいいとこを出てるし、そこでの成績もよかったみたいだし。人事関係の部署にいたのでもないわたしなんかが、逆にまったくコネではないと言いきっちゃうこともできないですけど。でも梓を知ってる人なら、わたしの言いたいことはわかると思います」

「おっしゃりたいことは、そのご説明でわかります」

「でもそのお父さんは、何ていうか、ちょっとコースから外れてしまったんですよ」

「というと？」

「繁華街でのケンカみたいなものに、巻きこまれてしまって」

「ケンカ、ですか」

「ええ。大学生なんかのグループとの。お互いにお酒を飲んでのことなんですけど。肩がぶつかったとかぶつからないとか、きっかけはほんとにその程度のことだったみたいです。部下に手を出されて、梓のお父さん、ついカッときちゃったらしいんですね。それで、ご自分も手を出してしまって。ツイてないことに、その相手が骨折しちゃったんですよ。殴られた箇所をじゃなく、その勢いで転んで、足を。ほとんど自爆みたいなもので、結局、あなたが飲みすぎてただけでしょって話なんですけど。でもそれで変に騒がれちゃって。最終的に、梓のお父さんは処分を受けることに」

「騒ぐ人は、騒ぐんでしょうね」

「ですね。特に相手は公務員だし。これはいいと思ったんじゃないですかね。公務員側の人間として、被害者意識が過剰かもしれませんけど。で、それからなんですよ。堀川さんが露骨に梓を避けるようになったのは。信じられないくらいに露骨でしたよ、避け方。わたしの前でも、平気で梓のお父さんをけなしてましたから。むしろそれがわたしから梓に伝わることを期待したんでしょうね」

美和の場合と同じだ。いや、同じではないが、似ている。丈章の思考は、常にそんな回路をたどるのかもしれない。

「まあ、警察署長の息子さんだから、そんな反応になるのかもしれませんけど」

警察署長の息子だからではない。おそらくは、徳弥が言うとおり、自分は高いところにいると思っているからだ。高い低いで人を見てしまうからだ。

「堀川さんが署長の息子さんだってことは、谷田さん、知ってます？」

「ええ。片見里警察署長、ですよね」

「はい」

　敏代が黒縁メガネを外し、それをテーブルに置く。そして目の周りを左手の親指と人差し指でもみほぐす。

「ミス、しますよね。誰だって」

「しますね」

「堀川さんは、仕事面でもそういうとこがありましたよ。人のミスを、許さないんですよね。これは、えーと、どう言えばいいでしょう。許せないんじゃなくて、許さないんですよ。許せない、のほうがよくない感じがしますけど、あの人を見て、そうじゃないんだと思いました」

「どういうことですか？」

「許せないなら、それはもう、しかたないじゃないですか。きらいなものは食べられないし、きらいな人は好きになれない。それと同じですよね。でもあの人は、許さないんですよ。許せるのに許さないんですよ。許せないっていうのと紙一重だとは思いますけど、やっぱりそれとはちがうような気がします。何となくは、わかりますか？　その感じ」

「何となくではなく、わかりますよ。そういう人は、何人も見てきました。おそらく、普通の人の八倍は見てきてると思います」

「八倍」

「ええ。僕は子どものころ、八回転校してるんです。で、そういう人は、どこにでも必ずいますから」

「いますね、本当に。わたしが見たなかでは、あの人が一番ですけど」

「一番ですか」

「そうですね。後輩や同期ならともかく、先輩や上司のミスも許さないですから。何ていうか、本気で追いこみにかかりますからね。その意味では、頼もしいと思っちゃう人もいるみたいです。わたしはそうは思いませんけど。そのくせ、自分には極端に甘いですから」

「それは例えば、どういう」

「二股をかけてたんですよ、あの人」

「そうなんですか」と、そこはとぼけるしかなかった。

それもわかると言ってしまうと、美和のことまで言わなければいけなくなる。

「堀川さん、わざとそれを明かしたんですよ。梓に話を聞いてみると、どうもそうとしか思えないんです。そうすることで、梓を、いやな言葉で言えば、切ろうとしたんですよ」

「堀川くんが市議選に出るという話は、退職する前から聞いてたんですか？」

「聞いてたみたいです。まだ梓のお父さんが処分を受ける前でしたし」

「立候補するとなると、県庁をやめなければいけませんよね」

「ええ。でも梓は、そのあとも堀川さんをサポートするつもりでいたんです」

「サポート」

「はい。結婚するつもりでいたと思います。そのあとにお父さんのことがあったから、梓の口から具体的に結婚て言葉を聞いたことはないですけど。で、それは、堀川さんも同じだったと思うんですよね」

「梓さんと結婚する意思があったということですか？」

「ええ。選挙に出るなら、若くても身を固めてる男のほうが、印象はずっといいでしょうからね。それに、梓のほうに県庁職員としての収入があれば、もう、言うことなしじゃないですか。あの人にとって、願ってもない環境ですよ」

「でもそこで、お父さんが」

「それこそが驚きですけどね」と、敏代は口調に怒りを込める。「そのことでお父さんが県庁をやめさせられるわけではない。もちろん、梓がやめさせられるわけでもない。それなのに、人間の肩扱いですから」

「実際にそんなことを、言われたんですか？　梓さんは」

「言われたみたいです。『五十代で人を殴らないだろ』とか、『お前は虐待されなかったか？』とか。それだけじゃなく、『お前はその血を引いてるけどだいじょうぶか？　子どもを虐待するんじゃないか？』とまで。まあ、あの人なら言いますよ。わかります。冷たくできるところでは、とことん冷たくなりますから。ほら、あれですよ。さっきの、許せるのに許さない、と同じです。そこまで冷たくする必要はないのに、するんです。できちゃうんです。ある意味、強い人ですよ。そういうのを強いと言っちゃいけないし、言いたくもないですけど。あの人を見てると、何か、そう思っちゃいます。ひょっとすると、鈍さは強さなのかもしれないですね」

カフェオレを飲み、グラスの水も飲んで、敏代は言う。

「いいですか？　こんな話で。参考になります？」

「充分です。正直に言って、期待以上です」

「わたしが話したってことは、絶対に言わないでくださいね」

「もちろんです。言いませんよ。僕は探偵じゃないですけど、守秘義務は守ります」

場を和ませる冗談のつもりだったが、敏代は笑わなかった。わかっている。このあたりが、僕は徳弥にくらべると弱い。

「谷田さん、ツイてましたよ」

「どうしてですか？」

「わたしに会えたから」

「あぁ。それは本当にそう思います」

「梓みたいな同期、というか友だちがいるわたしみたいな者以外は、訊いたところで、誰も口を開かなかったはずですよ。警察署長の息子を、敵にまわしたくないですもん。しかも何十日か後には、議員になってるわけですから」

「なってるんでしょうね」

「まあ、片見里市議ぐらいならまだあれですけど、ああいう人だから、どうせ上を狙いますよね。県議だの、国会議員だのって。そんな人に、目をつけられたくないですよ」

「たとえそういうことがなかったにしても、話してくれないのが普通だと思います。僕は本当にツイてました。ありがとうございます。感謝します。関根さんの勇気と、自分の幸運に」

「勇気なんてないですよ。もしあれば、あの人の頬を引っぱたいてます」

そう言って、敏代は、初めて少しだけ笑った。

☀

☀

寺を出て、裏の若月家の庭に足を踏み入れる。

柴太郎と目が合う。

おれがガキのころはまだ縁側だったが、今は改築されて疑似縁側に変わった板張り廊下の開け放たれた大窓から、なかに声をかける。夫婦ともに耳が遠いため、かなりの大音量で。

「じいちゃんばあちゃん！　おれ！　行ってくるよ！」

そして犬小屋のわきに掛けてあるリードをシバの首輪につなぐ。今さら逃げたりはしないからシバにリードは必要ないのだが、稀にいる犬ぎらいの人への配慮として、一応、つなぐ。

つなぎ終えたところへ、夫婦が顔を出す。

「いつもすまんな、トク」とショウじいちゃんが言う。

ショウじいちゃん。若月昭作《しょうさく》さんだ。

「いいよ。おれの運動不足解消にもなるし」と、もう五百回はしている返事を今回もする。

「ごめんねぇ。わたしらだと、三十分も四十分も歩けないもんでねぇ。ほんと、たすかるよ。シバも喜んでる」とムツばあちゃんが言う。

ムツばあちゃん。若月睦《むつ》さんだ。

この若月家は昔から善徳寺の門徒さんだが、それもこのショウじいちゃんとムツばあちゃんの代で終わりかもしれない。夫婦には二人の子どもがいるが、それぞれに独立し、よそで暮らしている。そのいずれかが、いつか、例えばショウじいちゃんとムツばあちゃんのどちらかが亡くなったときに、残されたほうを引きとることになるのだろう。ここに戻って住むようなことは、たぶん、ないのだと思う。そんなふうにして、片見里の人口は減っていくのだ。過疎の村ほどの勢いでではないにせよ。

「トク、嫁さんはまだか？」と、ショウじいちゃんが、もう千回はぶつけてきたであろう質問を今回もおれにぶつける。

「いや、いい人がいなくてさ」といつもどおりの答を返したあとに、ヴァリエーションを加える。「ほら、おれ、坊主にしてはカッコいいから、逆に女子が引いちゃうみたい」

ショウじいちゃんの反応は薄い。返事が長すぎたのかもしれない。でなきゃ、引いちゃう、がわかりづらかったのかもしれない。

「わたしもショウさんも、生きてるうちにトクのお嫁さんを見たいもんだけどねぇ」と、ムツばあちゃんも、同じく千一回めをぶつけてくる。

「おれも見せたいよ、二人に」のあとに、ヴァリエーション。「だからがんばるよ。合コンの回数をもっと増やすとかして」

これへのムツばあちゃんの反応は、意外にも薄くない。

「もっと若ければ、合コンていうのもしてみたいけどねぇ。でもわたしとショウさんも、そういうので知り合ったようなもんだからねぇ。何人かでお蕎麦《そば》食べたりして、楽しかったよねぇ。懐かしいねぇ」

ムツばあちゃんは、ショウじいちゃんのことをショウさんと呼ぶ。それは何かいいよなぁ、といつも思うことを今回も思いながら、おれは言う。

「その聞き捨てならない話は、今度聞くよ。じゃあ、行ってくるわ」

「あいよ。頼むな、トク」

「麦茶冷えてるからね」

シバを連れて若月家の庭から外に出る。

そこでは多美が待っていた。散歩についていく、と言うのだ。

そんなことは初めてなので、何か相談でもあるんだろうと思った。庭まで一緒に来てもらってもよかったが、嫁云々《うんぬん》の話が出ることはわかりきっていたので、外で待たせせた。

じゃ、行くか、と言い、並んで歩く。

「かわいいね。シバくん」

「シバくんというよりは、シバさんだな。今七歳だから、人間で言うと、四十代半ばぐらい。おっさんだよ。課長クラスだ」

「柴犬だから、シバ？」

「そう。でも実は柴犬ふうの雑種」

「いつも散歩してあげてるんだ？」

「いつもってわけにはいかないけど、まあ、手が空いたときは」

「空かなかったときは？」

「母ちゃんが」

このシバこと若月柴太郎。こう見えて、三代目だ。血のつながりはない、名前だけの三代目。初代も二代目も、同じ柴犬ふうの雑種で、同じ名前だった。正式名は柴太郎で、呼ぶときはシバと省略される。初代は主におれが年齢一ケタ代のとき、二代目は十代のとき、そして三代目が二十代の今だ。この三代目が一番おとなしい。といっても、それはおれ自身がデカくなって歳を食ったから、そう感じるだけかもしれない。

二代目が亡くなった時点で、すでに若月夫婦は七十代になっていた。犬がいないのはさびしいが、もう毎日散歩には出られない、と言う。そこでおれが後押しした。行けるときはおれが行くから飼いなよ、と。言った手前、散歩に出ざるを得なくなった。いつもではないと言いながら、ほぼいつもだ。こっちが行けるときだけ、というわけにもいかない。おれ同様、シバも生きてるから。

　この三代目シバのときは、おれが命名を頼まれた。坊主だからといって、法名《ほうみよう》のような犬名をつけるわけにはいかない。かといって、この家の犬に今さらロンだのマックスだのもない。いいのを思いつかなかったこともあって、またシバでいこうよ、と提案した。若月家はやっぱシバだよ、と。

　そのシバと多美と、川沿いの道を歩く。舗装されてはいない、ただの砂利道だ。何年か前に土むき出しの道がその砂利道に変わったが、その後、舗装される気配はない。初めからその予定だったのか、あるいは予算が足りなくなったのか。丈章が市議にでもなれば、その予算を引っぱってこれるんだろうか。と、このところ、ここを歩くたびにそう思う。

　シャワシャワシャワと川の流れる音が聞こえる。聞こうとすれば聞こえるし、聞こうとしなければ聞こえない。そんな音。

　日曜日の片見里は静かだ。まあ、平日でも静かだけど。

「昨日ね」と右隣の多美が言う。「菅沼さんと馬場さんがお線香を上げに来てくれたの」

「そうか」

菅沼さんと馬場さん。菅沼さくらと馬場貴子だ。美和とは仲がよかった。家も近い。歩いても十分で行けるという意味で、近い。

「それとなくあれこれ訊いてみたんだけど、わからなかった。二人とも、何も知らないみたい。堀川さんの名前を出したら、ちょっと驚かれた。でもそれは変な意味じゃなくて、単に、お姉ちゃんが付き合ってたことを知ってたから」

「名前、出したのか。丈章の」

「うん。別に不自然じゃないでしょ。選挙のことでって感じにしたから」

「まあ、それならな」

「だけど、やっぱりクロだよね」

「ん？」

「堀川さん」

「あぁ」

「一時くんも、すごいよね。よく訊きだしたよ。普通できないでしょ、探偵のまねなんて。自分でその名刺をつくっておいて言うのも何だけど」

一時くん。そう呼ぶよう多美にすすめたのはおれだ。初め、多美は谷田さんと呼んでいた。

でもおれが徳弥くんで一時が谷田さんというのも何なので、一時くんにさせた。多美は素直に従った。人の呼び名って、そうやって決めてもらえるとむしろたすかるよね、と言って。

「その人、坂口梓さん、の気持ち。わたし、ちょっとわかるなぁ。いきなり探偵ですって来られても、会えないよね。でも、黙ってもいたくない。自分からは言わなくても、訊かれたら答えたい。わかる。あとは、その敏代さんて人の英断に感謝だね。一時くんを信用するっていう、英断に」

「確かにそうだ。でもあいつ、実は探偵じゃないとバラしちゃったとはいえ、どこか探偵っぽいよな」

「ぽい？」

「地味だけど、何か鋭そうっていうかさ」

「まあ、徳弥くんが行くよりは、まちがいなく、よかったよね」

「何で？」

「だって、その格好」

おれはいつものように、ツルツル頭を覆う薄手のニット帽をかぶっている。下はボロボロのデニムに、上は半袖の開襟シャツ。車で私用の買物に行ってきたばかりなので、こうなった。

「お坊さんじゃなくて、ヒップホップの人みたいだよ」

言われてみればそんな気がしないでもないが、もちろん、おれはヒップホップの人ではない。経とヒップホップの共振性を力説する坊主もなかにはいるが、おれはそんなんでもない。デニムが傷んでるのは、きれい好きな母ちゃんがやたらと洗濯してしまうからだし、シャツの柄が派手なのは、それがかりゆしウェアだからだ。

沖縄のかりゆしウェア。アロハシャツを参考につくられているため、一見派手だが、よく見ると、色自体はおとなしい。実はこれ、親父譲りなのだ。このかりゆしウェアを、親父は五十枚近く持っていた。だからそれを着まわしているのだ。おれ自身、特に服の好みはないので。

ガキのころは、親父が着ているのを見て、ダセえな、と思っていた。でも二十歳を過ぎると、いつの間にか着るようになっていた。まず何といっても、着心地がいい。それに、柄モノでない単色のズボンなら何にでも合うのだ。その楽さもいい。

「おれが行くとしても、この格好では行かねえよ」

「そうだろうけど。どんな服装でも、その頭はこわいよね。隠したら隠したで、こわい。そうと知らなかったら、お坊さんというよりはそっちの人だと思っちゃうもん。そんな人が探偵ですって訪ねてきたら、ほんと、こわいよ」

と、そんなことを言いながら歩いていると、前からチャリに乗ったおっさんがやってきた。よく見れば、それは岩佐哲蔵さんだった。門徒さんであり、親父の親友でもあった、哲蔵さんだ。

「おぅ、トク」と言い、哲蔵さんはチャリを停めた。といっても、ただ地面に足を着くだけで、降りたりはしない。「何だ、デートか？　珍しいな。そのまま結婚しちゃえ。ワン公とおれが仲人になってやる」

「ダメですよ、哲蔵さん。それ、多美へのセクハラになりますよ」

「あ？　東京ではどうか知らんが、ここでなら平気だろ」

「いやいや、場所の問題じゃないですって」

「だいじょうぶですよ」と横から多美が言う。「わたしは何とも思ってません」

「じゃあ、セーフ」とおれ。

この哲蔵さんと多美は、一応、知り合いだ。門徒さん同士、軽く面識はある、という程度の。

「で、哲蔵さん、どちらへ？」

「どちらへってこともなく、まあ、ふらっとな。何か晩酌のつまみになるもんでも買ってこようかと」

こうしてチャリでふらっとする人は、案外多い。歩きだと大して遠くへは行けないし、行ったら行ったで、帰りが面倒になってしまうからだ。

「車に気をつけてくださいよ。つっても、走ってないけど」

「ああ。走ってないけど気をつけるよ。じゃ、トク。また近いうちに頼むな」

「はい」

そして哲蔵さんはチャリをこいで去っていく。体がデカいので、チャリが小さく見える。かつて奥さんの信子《のぶこ》さんが乗っていたママチャリだから、なおそう見える。

近いうちに、というのは法要のことだ。その信子さんの、法要。

「消防士さん、だよね？　岩佐さん」と多美が言う。

「ああ。今はもう現場に出向いたりはしないらしいけど。さすがにガタイがいいよ。若いうちに鍛えてたから。務まらねえよな、そうじゃないと」

おれたちは、さらに川沿いの道を行く。砂利道を、のんびりと歩く。シバも、血気盛んに走りたがったりはしない。そこは四十代半ばの課長クラス、もうこうして歩くぐらいがちょうどいいですよ、という感じだ。速さもおれらと同じくらいなので、リードをグイグイ引っぱられたりもしない。

川幅が狭くなっているところまで来て、おれは言う。

「イチがよく跳んでたのがこの辺りだよ。美和に声をかけられたのも、ここいらだろうな」

そして沈んだ話にならないよう、こう続ける。「多美もさ、川で棒高跳びをしてるやつがいたら気をつけろよ。声はかけんな。そいつの思い出に残っちゃうから」

「うん」とうなずくも、多美はすぐに言い直す。「いや。でもわたしは、やっぱり声をかけちゃうほうかな。気になるよ。こんなところで、クラスメイトが一人でそんなことをしてたら」

まあ、そうなんだろうな、と思う。そういうところも、倉内姉妹は似ている。それもまた、多美とよく話すようになってから知ったことだ。つまり、美和が亡くなってから。

「その梓さんのところは、だいじょうぶだったのかな」

「何が？」

「梓さんの家。坂口家。お父さんが処分を受けたことで、お母さんとうまくいかなかったりは、しなかったのかな」

「さあ。どうだろうな」

「ウチはしたよ」

「え？」

「お父さんが会社をやめたとき、というか、やめさせられたとき、家のなかが、かなりいやな空気になった。その時期は、お父さんとお母さん、ほとんど口をきかなかったし」

「そうなんだ」

「そう。それまで仲がよくてもね、そんなことで、そうなっちゃったりもするんだよ。わたしとお姉ちゃんで、必死にとりなしてたもん」

「今は？」

「だいじょうぶ。もうそんなことはない。正直ね、お姉ちゃんがああなって、わたし、ちょっと心配したの。お父さんとお母さん、また仲が悪くなっちゃうんじゃないかって。でも逆だった」

「逆」

「うん。むしろ仲よくなった。いたわり合うようになったっていうのかな。だからよかったとは、とても言えないけど」

「あぁ」と、漠然とした相づちを打つ。

「わたし、坂口家がうらやましいよ。だって梓さん、生きてるもん」

それにはもう、相づち自体、打てない。

「子ども」

「ん？」

「お姉ちゃんの、子ども」

「あぁ。うん」

「お腹にその子がいなかったら、お姉ちゃん、きっと、ああしてなかったよ。そんなふうに弱い人ではなかったもん。子どもだけの命を奪うことが、できなかったんだと思う」

子ども。美和が自殺をしたときにそのお腹に子どもがいたことを、おれは知っている。倉内家の三人が、葬儀の際、悩んだ末におれに話していたからだ。お腹の子のこともお願いします、というわけで。

そのことは、一時にも話した。おれがではなく、多美が。こないだ、一時とおれが倉内家に線香を上げに行ったときに。

子どもだけの命を奪う。その意味がよくわからなかった。わからないままにしておきたくもない。おれは自身の理解力のなさを呪いつつ、真正面から言った。

「それ、どういうこと？」

「中絶はできなかったってこと。絶対にしたくなかったってこと」

「あぁ」

「ミサオちゃんていう、わたしたちとすごく仲がいいイトコがいるのね。お姉ちゃんより三つ、わたしより六つ上の人なんだけど。そのミサオちゃん、結婚して二回子どもができたのに、二回とも流産しちゃったの」

「二回は、キツいな。一回でもツラいのに」

「姉妹みたいに仲がよかったから、できたって聞いた最初のときは、わたしもお姉ちゃんもほんとに喜んで、男の子ならこれ、女の子ならこれって、生まれてくる子どもの名前まで勝手に考えたりした。でもそれがそんなことになって。しばらくしてからお見舞いに行ったんだけど、ミサオちゃん、すごく落ちこんでた。痛々しくて、ちょっと見てられないくらいでね。それこそおかしなことをしでかしちゃうんじゃないかって、みんな、心配してた」

　おかしなこと。美和がしでかしてしまったようなことだ。

「だから、できたって聞いた二度めのときは、うれしかったけど、慎重にもなって、大騒ぎはしなかったの。わたしとお姉ちゃんだけじゃなく、伯父さんも伯母さんも。それから、ミサオちゃんのダンナさんも。みんなで静かに見守る感じだった。なのに、また同じことになって。何でよって思ったけど、どうしようもなかった。ミサオちゃん、大げさじゃなく、一年は立ち直れなかった。というか、そう見せてないだけで、今も立ち直ってはいないんだと思う。明るく話したりはするけど、もとのミサオちゃんではないんだなっていう感じが、時々、する」

「わかる、なんて軽々しく言っちゃいけないんだろうけどわかる、ような気がするよ」

「そんなミサオちゃんを間近で見てきたお姉ちゃんだから、中絶なんて、絶対にできなかったはずなの。だって、子どもがほしくてほしくてたまらなかったミサオちゃんを知ってるんだもん。二度もああなったミサオちゃんを知ってるんだもん。できるはずないよ」

美和のお腹にいた子の父親が誰だったのか。それは倉内家の三人も知らなかった。付き合っていたカレシかも。その前に長く付き合っていた堀川丈章かも。との憶測ぐらいはしたろうが。

「美和に子どもができたことを、そのミサオちゃんは知ってる？」

「知らない。言ってないから」

「そうか」

「家族以外で知ってるのは、考えてみれば、徳弥くんと一時くんだけだよ」

「マジで？」

「うん。父親だった人が知ってるのかどうかは、わたしたちにはわからないし。お姉ちゃん、そういうことは何も書き遺してくれなかったから」

一人で背負いこんでしまったわけだ。すべてを。

「そのミサオちゃんのこと、おれなんかに話しちゃっていいのか？」

「いいよ。だって、お坊さんだもん」

お坊さんだけど。

「お医者さんとはまたちがった意味で、命を扱う人なわけでしょ？」

「うーん」

それは微妙だ。おれらは何もできない。少なくとも、扱うことはできない。こちらから向こうへと橋渡しをするわけでもない。無理に言うなら、それを見届けるだけだ。いや。実のところ、見えてすらいない。徳の高い人たちはちがうだろう。でもおれはそうだ。

「これは、変な意味にとらないでほしいんだけど」

「何？」

「お姉ちゃん、徳弥くんがいるから安心してたと思うよ」

「何で？」

「ウチ、善徳寺さんの門徒でしょ？　もしお姉ちゃんが亡くなったら、来てくれるのは徳弥くん。それはお姉ちゃん自身、わかってたはずじゃない。だから、徳弥くんにしてみれば迷惑かもしれないけど、何ていうか、そんなにこわくなかったと思うんだよね」

「いや、それは」

「わたしはそう思うの。思いたいの」

そう言われると、もう何も言えない。迷惑なんかでは、もちろん、ない。でもうれしいとも言えない。

「やっぱり堀川さんだったのかな、父親」

「わからんけど、その線は強いのかな。写真のあれみたいなことまでやったとなると。あいつなりに必死だったんだろ」

「いやな必死さ」

「ああ。ほんとにそうだ。自分にとって価値がない人間とは付き合わない。価値がなくなったら、すっぱり切ろうとする。何が何でも切ろうとする。あいつらしいといえばあいつらしいよ」

これは言うべきじゃないよな、と思った。言った。

「美和は、丈章のどこが好きだったんだろうな」

多美が答えられるわけないよな、と思った。答えた。

「わたしをグイグイ引っぱってくれるところ」

「え？」

「お姉ちゃんはそう言った。自分にはない強さがあるんだって」

「強さか」

「いやな強さ」

「ああ。それも、ほんとにそうだ」

「写真、あるんだよね？　あるって堀川さんが自分で言ったんだから」

「ある、んだろうな」

「それが確実となれば、決まりなのにね。父親ではなかったとしても、それだけで充分。そう考えて、いいよね？」

「そうだな」

そうだ、と、実際、思う。丈章は、まずまちがいなくクロだ。真っ黒だ。それでも、まだ動けない。仕返しまでは、できない。死刑と同じだ。冤罪《えんざい》の可能性があるからには、慎重にならざるを得ない。あとになって、実は無罪でした、ではすまされないのだ。

もちろん、どう仕返しをするにしても、丈章の命を奪ったりはしない。そんなことは絶対にしないし、させない。でもやるからには、後悔したくない。疑心暗鬼の状態で、ことに臨みたくない。

必要なのは、証拠だ。

証拠。保険として丈章が押さえているという、写真。被写体となった美和を絶望のどん底に叩き落としたであろう、写真。

もしかするとそいつの子どもまで産もうと思っていたかもしれない、男。その男にそんな写真を突きつけられたとき、美和はどんな気がしただろう。写真そのものよりも、丈章にそれを突きつけられたことで、美和の何かが壊れてしまったんじゃないだろうか。

見たくない。見たくはないが、その証拠は手に入れなければならない。せめて、それが存在する、もしくは存在したことを、確認しなければならない。

でも、どうする？

丈章がそんな大事なものをまさかケータイに入れて持ち歩いてはいないだろう。たぶん、SDカードだのUSBメモリだのの記録媒体に収めているだろう。パソコンのハードディスクにさえ、残してはいないかもしれない。

そちらはとりあえずわきに置き、目先を変えて、おれは言う。

「そういやさ」

「ん？」

「丈章のあとのやつ。美和の最後のカレシ。何だかやけに存在感のない、そいつ」

「が、何？」

「連絡も、まったくない？」

「うん。ケータイに残ってた番号にかけて、お姉ちゃんが亡くなったことを伝えて。でも葬儀には来てくれなくて。それだけ」

「その電話は、多美がかけた？」

「そう」

「そのときは、何て？」

「すごく驚いてた。あれは、演技とかそういうんじゃなかったと思う」

「葬儀のあとは、電話をかけてない？」

「一度だけ、かけたかな。でもつながらなかった。折り返しもなかったし」

「折り返しもないってのは、いやだな」

「やっぱり、関わりたくなかったんだろうね。自殺者とその家族なんかに」

何か言わなければ、と思うが、言葉が見つからない。修行が足りない、ということだろう。

「ひどい言い方だね」と多美が自ら言う。「今のなし」

「今のって？」

「お姉ちゃんのことを自殺者って」

「あぁ」

「何か、冷たい。でもほかに言い方がないの。人にうまく伝わるような言い方は」

やはり殺という語が冷たさを醸してしまうんだろうか。自死者ではどうだろう。ジシシャ。音だけでは、うまく伝わらないかもしれない。結局は聞き返され、自殺者とわざわざ言い直す羽目になるかもしれない。

「ねぇ、徳弥くん」

「ん？」

「こないだ、三回忌の法話で、自殺を罪ととらえる必要はないっていうようなことを言ってくれたけど。あれ、ほんと？」

「ほんとだよ」

とは言ってみたものの、あらためてそう問われると、不安になる。何らかの経典の隅のほうに、自殺は罪ですよ、なんて小さく記されたりしてないだろうな。

そこで、いつもながらのズルいことを言う。

「少なくとも、おれはそう思ってるよ。坊主としても個人としても、そう思ってる。死は一様に死であって、そこにちがいはない。親父も言ってたよ。自死とほかの死を分ける必要はないって」

そう。行き着くところはそこ。同じくいつもながらの親父頼みだ。二十九にもなってての。否定のしようがない。確実に、おれの修行は足りない。

気分を変えるかのように、明るい声で多美が言う。

「やめやめ。もうおしまい。何か暗い話しちゃったね。せっかくのデートなのに」

無理やり気分を上げて、おれも言う。

「デート！　これ、デートか？」

「デートでしょ。一対一で会ってるんだから。さっき岩佐さんもそう言ってたし。カレシカノジョがいない者同士が一対一で会ってたら、それはもうデートじゃない？」

「おいおい、カノジョがいないって決めんなよ」

「じゃ、いるの？」

「いないけど」

「ほら」

「ほらじゃねえよ」

「徳弥くんさ、そろそろ結婚して、跡継ぎのこともしっかりしたほうがいいんじゃない？　もうすぐ三十なんだから、早くおばさんを安心させてあげなきゃ。ダメだよ、合コンばっかりやってちゃ」

「やってねえよ」のあとに足す。「そんなには」

「出た。『そんなには』。もうさ、そのなかから一番いい子を選びだして、結婚しちゃいなよ。徳弥くんが結婚したら、門徒さんたち、盛り上がると思うよ。鍋島医院の先生とか、すごい金額を包むんじゃない？　お布施以上の」

「ヤラしいこと言うなって。まあ、たぶん、包んではくれるけど」

「ウチのお父さんだって、がんばって包むはずだよ。前の会社にいたときほどいいお給料はもらってないだろうけど、それでもがんばって包むと思う」

多美の父親、進さんは、大手電機メーカーを去ったあと、市内の小さな菓子卸売会社にどうにか再就職した。多美によれば、今のほうがずっと元気だという。その電機メーカーにいたころは娘たちにも隠しきれないくらいツラそうだったらしいから。

デートの邪魔をしては悪いのでさっさとすませてしまいますから、という感じにシバが脱糞をすませ、おれがシャベルでその処理をすませた。

「ほんとにおとなしいね。シバくん」

「おとなしいというか、そのもの大人なんだよ」

「大人かぁ。人間はさ、何歳で大人になるんだろうね」

「そりゃあ、二十歳だろ」

「二十歳になったとき、大人になったって気、した？　というか、今も自分が大人だって気、する？」

「うーん。そう言われると、しないな。つーか、まったくしない。ヤバいくらい、しない」

「わたしも。甘いことを言うようだけど、成人て、三十歳くらいでいいよね」

「じゃ、おれ、もうすぐだわ」

「あ、そうか。徳弥くんがもうすぐなら、もっと先でもいいか」

「どういう意味だよ」

「三十でも早いって意味。でもやっぱりあれかな、仕事を持つようになったら、もう大人なのかな。年齢とかじゃなく」

「金を稼ぐようになったらってこと？」

「言い方はよくないけど、まあ、そう」

「仕事な」

「あーあ、明日もその仕事かぁ」と言って、多美が歩きながら伸びをする。「徳弥くんも、お勤めでしょ？」

「お勤めというよりはお掃除だな。落葉を掃く。掃いて掃いて掃きまくる」

多美は事務機器メーカーで働いている。県庁があるのと同じ駅にある会社だ。たまには展示会などで外に出たりもするという。おれが知らない世界だ。というより、社会だ。エラソーにはしていても、たいていの坊主は寺以外のことを知らない。でもそれを知るべく兼業などしていると、坊主としては軽んじられる。

「なあ、会社勤めって、大変？」

「大変といえば大変だけど、慣れるといえば慣れるかな。業種がちがえばやることもちがうだろうけど、でも本質は変わらないような気がする。営業さんでも総務さんでも、その会社の商品を売るために動くっていう根本は同じだから」

「でもそれは、やっぱ大変だよな」

「わたしから見れば、徳弥くんのほうが大変だよ。わたしは時間がくれば仕事から解放されるけど、徳弥くんはそうはいかないじゃない。今日のお勤めは終わったからもうお坊さんじゃないってわけにはいかない。その意味では、二十四時間営業みたいなもんでしょ？　実際、人は二十四時間、いつでも亡くなるし」

そんなことを話しながら、来た道を戻り、おれらのちょっと苦くてちょっと楽しいお散歩デート・ウィズ・シバは終わる。

シバとともに多美を自宅まで送り、それからシバを若月家に戻して、おれは寺に帰った。

家の台所では、母ちゃんが夕メシの支度をするその横で、一時がシャリシャリと大根をおろしていた。

泊めてもらう代わりにということで、そんなふうに、一時は家事をちょこちょこ手伝うようになっている。母ちゃんが皿を洗い、一時がそれを拭く、なんてこともある。もはや立派な、二十九歳、家事手伝い、だ。

母ちゃんは母ちゃんで、意外にもそんな一時を気に入っている。あんたみたいにベラベラしゃべらないとこがいい、のだそうだ。寡黙な人が読むからこそ、お経の価値も上がるんだよ。お経の価値が上がればこそ、お布施の額も上がるんだよ。って、何だそれ。

「ちょっと、あんた。シバの散歩に何分かけてんのよ。あんまり遅いと、ムツばあちゃんが心配するじゃない」

「多美を送ってきたんだよ」

「せめて作務衣に着替えてから行きなさいよ。そんな格好で行ったら、門徒さんの多美ちゃんをたぶらかしてると思われるじゃない」

「誰も思わねえよ、そんなこと」

「それはあんたの考え。用心はしなさいって言ってんの。人の見方っていうのは、ちょっとのことですぐに変わるんだから。特に、悪いほうにはね」

「やいのやいの言うなって。わかったよ」

「あ、そうそう。堀川くんから電話があったわよ」

「え？」

「堀川くんよ。ほら、署長さんとこの」

「あぁ。うん。何て？」

「電話ほしいって」

マジかよ。

「ケータイの番号、あんた、教えてないの？」

「まあ、そんなに付き合いはないから」

丈章も、あえて家の電話にかけてきたのだろう。誰かにおれのケータイ番号を訊くような小物めいたまねはしたくなくて。

と、そんなことを考えていたら、シャリシャリやる手を止めた一時と目が合った。

何だろう、というように首をかしげるので、わかんねえ、とかしげ返す。

「堀川んちの電話番号、どっかに控えてる？」と母ちゃんに尋ねる。

「ハローページに載ってんでしょ」

「警察署長が自宅の番号を電話帳に載せないだろ」

「じゃあ、昔つかってた電話番号簿に書いてあるわよ。あの手書きのやつに」

「番号、電話機に残ってるんじゃないの？」と言ったのは一時だ。「非通知でかけてきたのでなければ」

「あ、そっか。まさか非通知でかけてはこねえよな。インチキな勧誘じゃあるまいし」

最近、自宅の固定電話をつかうことはないから、そこまで頭がまわらなかった。灯台下暗し、だ。合ってるか？　意味。

一応、母ちゃんの言う、昔つかってた電話番号簿にもあたり、電話機に表示された番号と照らし合わせたうえで、堀川家に電話をかけた。ケータイでではなく、固定電話の子機で。目には目を。固定電話には固定電話を。だ。

電話に出たのは、丈章の母親らしき人だった。

「もしもし。堀川でございます」

さすがは地元に名だたる堀川家。ございます、だ。

「もしもし。突然すいません。あの、丈章くんの中学時代の同級生で、村岡といいますけれども。丈章くん、いらっしゃいますか？」

「村岡さん、とおっしゃいますと、善徳寺さんの？」

「あ、はい。その村岡です」

「まあ、それはそれは。丈章のこと、どうかごひいきに。よろしくお願いしますね」

何だかよくわからないが、たぶん、先に控える市議選のことを言ってるんだろう。

「はぁ」と生返事をする。

「少々お待ちくださいね」

一分近く待たされて、ようやく丈章が出てきた。親機から子機へと切り換えたらしい。そんな音がした。

「おぅ。村岡」

「何か、電話くれたって？」

「ああ。なあ、村岡さ、合コンやろうぜ」

「あ？」

「合コンだよ、合コン。といっても、デカいのじゃなく、二対二ぐらいのやつ。いや、おれさ、初めて街コンてやつに行ったんだよ。選挙のドブ板活動みたいなことで。そしたらそこで結構きれいな女と知り合って、近々飲み会でもやりましょうってことになったんだ。けどやっぱ片見里は狭いんだな、よくよく聞いてみたら、これがおれらの後輩で、三歳下のやつだったんだよ。ハラモモカって、村岡、知ってる？」

「いや」

三歳下。ということは、多美と同じだ。

「そもそも、お前、街コンは知ってる？」

「いや」と同じ返事をしたが。

実は知っている。合コン坊主をなめてはいけない。参加したことはないが、知っている。一軒の店ではなく、商店街単位、あるいは街単位にまで規模を大きくしたゆる〜い合コンみたいなもんだ。男女とも、同性同士のペアで参加する。初めの数十分を除けば一軒に居つづける義務はないし、反対に、何軒まわるべしといった義務もない。その縛りのなさが受けて、今ではあちこちの街で開催されているらしい。

それを、この片見里の駅前商店街だかどこだかがまねたわけだ。片見里街コン、略称片コンということで。

「その街コンには高校のときの友だちと行ったんだけど、また同じ相手じゃ向こうもつまんねえだろ？　それに、中学が同じだとわかったあとに村岡の話が出たんだよ。堀川さんと同じ学年にお坊さんがいますよねって。そんで、ぜひ一緒に飲んでみたいってことになったんだ。坊さんと飲む機会なんてまずないから盛り上がるだろうっていうんで」

そう。そんなふうにして、先方は勝手に盛り上がるのだ。初めだけは。

そこまで聞いて、わかった。何てことはない。要するに、丈章がおれを利用しにかかったということだ。同時に、選挙の話もするつもりだろう。檀家に堀川丈章への投票を頼んでくれよ、とか何とか。むしろそっちがメインかもしれない。その合コンがおれとの関係を再構築するいいきっかけになる、というわけで。あのなまぐさ坊主なら合コンをエサにすればすぐに食いつくだろう、ともいうわけで。皮肉にも、丈章はここへきて、村岡徳弥に価値を見出したのだ。

もう話は決まったかのような調子で、丈章は言う。

「そういうことだから、頼むわ」

おれが断ることは、端《はな》から考えてもいないみたいだ。

合コン。まだ漠然とではあるが、実を言うと、それはこっちも考えていた。

合コンを開き、美しき女スパイを丈章にあてがう。そしてその女スパイに丈章を操ってもらう。例の写真を手に入れるなり、はっきりした自白を引きだすなりしてもらう。そうやって弱みを握り、仕返しする。

そんなのはどうかと思っていたのだ。肝心の女スパイのあてもないままに。

ところがだ。

丈章のほうから、おれを合コンに誘ってきた。それは予想できなかった。これまで丈章と一緒に合コンに参加したことなどない。元クラスメイトではあっても、仲よしではないのだ。もし仲よしなら、ケータイ番号くらい知ってる。

まあ、それこそが丈章だということなのだろう。返せる手のひらは返す。利用できる相手はとことん利用する。というのが。

即答しないおれに、丈章はいくらか譲った感じで言う。

「な、いいだろ？　同級生のよしみで来てくれよ。ハラモモカ、マジできれいだから。気に入ったら、村岡が付き合っちゃえよ。何ならそいつが連れてくるもう一人の子でもいいし。お前が好きなほうを選べよ。おれは残ったほうでいいから」

そうやって少しずつ、巧みに相手を搦《から》めとっていくんだな、と思った。でもそこまで言うならしかたない。今ここで断ることが後のマイナスにならないとも限らない。

合コンに参加する旨を丈章に伝えて、電話を切った。

母ちゃんがトイレに行ったすきに、おれは一時に言う。

「落とし穴を掘れるかもしれない。おれも一緒に落ちるけど」

☽

☽

横山誠太《せいた》、というのが彼の名前だった。

彼。倉内美和の最後のカレシだ。堀川丈章のあとの。

プロの探偵でも何でもない僕にできることは限られている。丈章の関係者の次は、美和の関係者。それしかなかった。

とはいえ、そこでもやはり元クラスメイトにあたるわけにはいかない。だから、大学時代の友人や会社の同僚にあたってみようかと思った。だが今さら望み薄だし、それならまずこちらだろうということで、そのカレシに狙いを定めた。

正確な住所はわからなかったが、幸いにも、倉内多美がドリームハイツというそのアパート名を覚えていた。口にするのはちょっと恥ずかしいよね、と美和が言っていたらしい。それを聞いて、多美自身もそう思った。だから覚えていたのだ。

そのドリームハイツは、片見里市の隣の市にあった。県庁がある市とのあいだにある市だ。多美と二人でそこを訪ねてみることになった。僕は一人で行くつもりでいたのだが、多美がわたしも行きたいと言ったのだ。いやな思いをする覚悟はできてるからと。

もちろん、多美がいてくれたほうが話は早い。写真で見せてもらった生前の美和と多美は、徳弥も言うようによく似ていたから、誠太も多美が美和の妹であることを疑ったりはしないだろう。ただ、多美が行くなら行くで、ではこの僕はいったい誰なんだ、という話になる。

そこで、僕は再び、もうなることはないであろうと思っていた青木公平になった。探偵ではない。倉内多美のカレシの青木公平だ。一時くんが無駄に本名を明かす必要はないとの多美自身の判断でそうなった。別に一時くんのカノジョ役になるのがいやだってことではないからね、と多美は笑顔で説明した。その笑顔は、僕が知っている小六のときの美和にも似ていた。

駅から徒歩十分。ドリームハイツは簡単に見つかった。場所はあらかじめ調べておいたので、迷うことはなかった。

初めの五分で住宅地は終わり、次の五分で早くも周囲は畑になった。そのなかに、ドリームハイツはぽつんと建てられていた。片見里で四ヵ月僕が住み、今は取り壊されてしまったあのアパートに少し感じが似ていた。当然、あれよりはずっと新しいが、何というか、さびしげな佇《たたず》まいが似ているのだ。とても夢がありそうには見えなかった。だがわからない。室内には、夢が詰まっているのかもしれない。

美和の死から二年。誠太がもう住んでいないとしてもおかしくはなかった。むしろ転居したと考えるべきだろう。多美ともそう話していた。美和の死そのものが転居のきっかけにもなり得るだろう、と。

アパートは全六室。どこにも表札はない。裏から見たところ、二室は空きのようだった。シャッターが下りておらず、窓の内側にカーテンもないので、それがわかった。あとの四室。一室はシャッターが下り、一室は電気がつけられていなかった。つけられていたのは二室。一階と二階だ。

二階の角部屋だと聞いたような気がする、と多美が言うので、表の階段を上り、行ってみた。

午後七時。夕食どきだ。その時刻を選んだのも多美だった。在宅の可能性が高い。まだどうにか訪問に不適切な時間でもない。それに、仕事終わりにわたしも行ける。いい選択だった。

僕がインタホンのボタンを押した。旧型のチャイムではなく、通話ができるインタホンだ。通話で対応されたら困るな、などと考えているうちに、いきなりドアが開いた。開けたのは若い女性だ。引っつめた髪に、すっぴん顔。見たところ、僕よりは下、多美と同い歳ぐらいか。

「はい」

ずいぶんと無防備に開けるものだな、とまず思った。宅配便業者だと早合点したのかもしれない。

やはり転居か、との落胆を隠して、僕は言う。

「あの、横山さんは、いらっしゃいますか？」

「はい？」

「えーと、横山誠太さん」

「いませんけど。というか、ウチ、横山じゃないですけど」

「あぁ。そうなんですか」

彼女が僕の背後にいる多美をちらっと見る。訝しげにだ。午後七時に男女二人でアパートに押しかけてくる者たち。押しかけてきて、そこには住んでいない人物の名を挙げる者たち。確かにあやしい。

「じゃあ、引っ越されたんだと思います。すいません」

さらに、失礼しました、と続けようとしたそのとき、奥の部屋から男が現れた。長めの髪に、整った顔。こちらは、僕と同い歳ぐらい。この彼がなかにいたから彼女も無防備にドアを開けたのだとわかった。

「あの」と男が言う。「横山誠太を訪ねてきたんですか？」

「はい」

「えーと、どちらさま、ですか？」

「青木といいます。彼女は、倉内です。倉内多美です」

その言葉を受け、多美がぼくのわきから顔を覗かせる。

「あっ」と男が反応する。

気づいたらしい。多美の顔に。顔が美和と似ていることに。

「どうして、ここが？」

「美和に聞いていたので」と多美が応える。

男は額に垂れた前髪をかき上げた。そして、玄関のドアを手で支えている女性に言う。

「ちょっと出てくるよ」

「え？　もうご飯だよ」

「ちょっとだけ。すぐに戻るから」

「何なの？」

「別に大したあれじゃない」

男はこちらに来かけたが、いったん部屋に戻り、またすぐに出てきた。財布やケータイをとってきたらしい。

「じゃ、外で」と僕と多美に言い、サンダルをつっかける。

「ほんとにすぐ戻ってよ」

「すぐ戻るよ」

男は外に出て、バタンとドアを閉めた。

「こっちへ」

言われるままに、階段を下り、建物の裏へまわる。

そこは駐車場で、部屋数と同じ六台分のスペースがあった。今は三台の車が駐められている。そのうちの一台、紺色の軽を指して、男が言う。

「乗ってください」

「どこに行くんですか？」と僕が尋ねる。

「ここを離れるだけです」

男が運転席、僕と多美が後部座席に乗りこむ。車は発進した。

二分ほど走り、林道で停まる。道路の本線からは外れた広い路側帯のようなところだ。

男がエンジンを止め、車内が静かになる。

「こんなとこですいません。ファミレスかどこかに行けばいいんでしょうけど、まあ、それもあれなんで。すぐ戻るって言っちゃいましたし」

僕は黙っている。多美も黙っている。

「ぼくが横山誠太です」と男が言う。前を見たままでだ。

後部座席から、バックミラーに映るその顔を見た。こちらの様子をうかがう気配はない。

「アパートにいた彼女は、別にごまかそうとしたわけじゃありません。知らないんです。横山誠太のことを」

「というと？」と先を促す。

「ぼくはイソベヨウスケといいます。そっちが本当です」

漢字にすると、磯部洋輔、だそうだ。

この僕が何者なのかを、洋輔は尋ねてこなかった。何者でもいいのだろう。多美がここにいる以上、ほかの者はさして重要でもない。

「すぐわかりましたよ。似てますね、妹さん。美和さんもそう言ってました」

多美が初めて質問する。

「どういうことなんですか？」

「まず初めに言っておくと。さっきの彼女はまったく関係ありません。あのあとに知り合って、一緒に住むようになったんです。これは本当です」

「それはわかりました」と僕。

「で？」と多美。

「ぼくは、別れさせ屋だったんですよ。二年前までってことですけど」

「別れさせ屋」と、僕がその言葉を復唱する。

「依頼を受けてカップルを別れさせるっていうあれです。その前はホストをやってました。そっちのほうは、全然ダメでしたけど。周りからもお客からも、まじめすぎてつまんないとか言われて。自分じゃそんなつもりはなかったんですけど、ホストとしてはまじめすぎたってことなんでしょうね」

と言うその話し方は、確かにあまりホストっぽくない。顔は充分整っていて、そこだけを見れば、あぁ、なるほど、と思わないでもないが。

「勤めたホストクラブのナンバー1とナンバー2の名字と名前を組み合わせて、その横山誠太にしたんですよ。別に何でもよかったんで」

つまり、青木公平みたいなものだ。

「もしかして依頼人は、堀川丈章、さん？」と多美が尋ねる。

「ええ」と、横山誠太こと磯部洋輔はあっけなく答える。「秘密は守らなきゃいけないんでしょうけど、いいですよね。もう別れさせ屋じゃないし。それに、ああいうことにも、なっちゃったから」

ああいうこと。美和が亡くなったことだろう。

「ぼくが美和さんに近づく。で、恋仲になる。美和さんは彼と別れる。そんなシンプルな筋書きでした」

「お姉ちゃん、図書館で知り合ったみたいなことを言ってましたけど」

「仕組まれてたんですよ、それ。美和さんの行動パターンを彼から聞いて、その図書館で知り合うことに決めたんです」

同じ本を同時にとろうとして手が触れ合うとか、そういうことだろうか。マンガやドラマみたいに。

「図書館の閲覧室で、ケータイにかかってきた電話に堂々と出るおっさんがいました。そのおっさん、なかなか電話を切らずに、どうでもいいようなことを長々としゃべるんです。ようやく切ったと思ったら、今度は何と、その場で自分から電話をかける。電車なんかでもたまにいますよね？　そういう人」

声までは出さない。多美も僕も、ただうなずく。

「さすがに注意したんですよ、隣にいた美和さんが。『すいませんけど、外に出てかけてください』って。おっさんは無視しました。そのときに、ぼくが加勢したんです。おっさんの肩を後ろから叩いて、外のほうを指さして。出ろってことですね。それは効果がありましたよ。若い男にすぐ後ろに立たれて、こわい顔で見下ろされてるわけですから。おっさんはやっと出ていきました。美和さんがぼくに礼を言って。それから、少し話をしました。閲覧室でではなく、ロビーで。もちろん、ぼくが誘ったんです。断れないですよね、そんなことがあったあとで」

断れない、のだろう。

「で、その日はメールのアドレスを交換して。その後、ぼくが猛アタックをかけました。お付き合いをしてる人がいるからって、何度も断られましたよ。でも、お茶を飲んで話をするだけだからって、何度も誘いました。どうにかきらわれない程度に。美和さんのおすすめの本を訊いたりして。その本を実際に読んだりもして。それで、どうにかお茶まではいきました。ちなみに、図書館のおっさんも仕込みで、おっさんのケータイに電話をかけたのはぼくです。着信音を鳴らすだけ鳴らして、おっさんが出たらすぐに切りましたけどね。ぼくまでもがそこで電話をするわけにはいかないんで。つまり、そういうことです」

おっさんにわざと長電話をさせ、誰かが注意するならそれは美和、という状況をつくった。そういうことだ。

「こんな話を妹さんにするのは何ですけど。美和さん、手強《てごわ》かったですよ。すでに彼に別れを切りだされてたわけだから、ぼくと付き合ったところで、二股とかそういうことにはならなかったはずなんです。でも、何ていうか、まだ心は離れてないと思ってたんでしょうね。時間がかかりましたよ。で、そこでモタモタしてるうちに、問題が起きたんです」

「子ども？」と多美。

「はい。といっても、父親はぼくじゃありませんよ。これも本当です。時期がずれてますから」

父親は堀川丈章。想像の域にとどまっていたものが、事実として認定された。

「彼にしてみれば、最悪の事態ですよね。もちろん、美和さんにとっても最良とは言えない。

それを最良ととらえる、つまり好都合ととらえる女もいるでしょうけど、美和さんはちがいましたよ」

「お姉ちゃん、妊娠したことを、あなたに話したんですか？」

「はい。だからやっぱり付き合えないと言われました。それを言うために、しかたなくそのことも明かしたんでしょうね。実際、美和さんはすごく悩んでましたよ。絶対に堕ろしたくない。父親が誰であれ、堕ろしたくない。そう言ってました。それでいて、美和さんは彼のことも気づかった。自分一人ででも産みたい。でも産めば彼に迷惑がかかる。そんなふうに考えたみたいです」

それは、わかる。あの美和なら、そんなふうに考えるだろう。片見里のことを知らないように、あの美和、と言えるほど、僕は彼女のことも知らないのだが。

ただ。

谷田くんがやったんじゃないことは知ってる、と言ってくれたあの美和ならそう考えるであろうことを、やはり僕は知っている。

「これは信じてくれなくてもかまいませんけど」と言い、洋輔が黙った。

何ですか？　と訊こうとしたところで、口を開く。

「ぼくは、美和さんのことが好きになりました。別れさせ屋の横山誠太としてじゃなく、磯部洋輔として、本気で好きになりました。これも信じられないでしょうけど、美和さんが身ごもった子を自分の子として育ててもいいとまで思いましたよ。収入が安定してもいなかったのにそんなことできたはずがないと今は思いますけど、当時は真剣にそう思ってました。実際、彼にもそう言いましたよ。バカかよ、てめえ、と言われて終わりでしたけど。こわかったですね、そのときの彼は。何ていうか、ちょっとほんとに逆らえない感じでした。逆らったらヤバいなっていう。ぼくの首をね、こう、片手でつかむんですよ。親指と人差し指でノドボトケを挟んで。ふざけたように見せてはいたけど、わかりましたよ。あぁ、この人はあぶないなって」

「悪いけど」多美が平板な口調で言う。「信じたくありません」

「ええ。そうだと思います。それでかまいません」

信じたくないということは、事実だと認めてはいる、ということかもしれない。例えば僕がそうであるように。

洋輔は続ける。

「慰謝料だの何だのは要求されないとしても、とにかく産まれるのがいやだったんでしょうね。彼はすべてを美和さんにぶちまけましたよ。ぼくが別れさせ屋であることも。その別れさせ屋を雇ったのが自分であることも。ここまできたら波風が立ってもしかたないっていう感じで。かなりひどい言葉も吐きましたよ。認知は絶対にしないとか今すぐ堕ろせとか、そんなこと以外にも。ここではちょっと言えないようなのもありますよ。ホストの世界にも、人を人とも思わない最低の人間がたくさんいます。彼は、そいつらと競《せ》るとこまではいってたんじゃないかな。超えたとまでは、言いませんけどね。ただ、それでも美和さんは産みたいと言いました。で、いよいよ最終手段です。写真を見せたんですよ。堕ろさなかったら近所にバラまくとかネットに流すとか言って」

「写真」と僕が言う。

「はい」

「やっぱりあるんですか、それ」

「ありますね。ぼくも写ってるはずです」洋輔はハンドルにもたれ、うなだれる。「何も言い訳はしませんよ。ぼくは彼に雇われて、その写真を撮りました。というか、撮らせました。別れさせ屋として付き合いはじめたころ、部屋にカメラを仕掛けたんですよ。絶対に気づかれないような、すごく小さいやつを」

「さっきのあの部屋に、ですか？」

「いえ。ホテルの部屋にです。いくら別れさせ屋でも、自分の部屋でそんなことはしませんよ。あの部屋に美和さんを呼ぶようになったのは、本気で付き合うようになってからです。

磯部洋輔として、美和さんを好きになってからです」

「カメラを仕掛けたっていうのは、彼が？」

「仕掛けさせたのは彼ですね。その手の機器にくわしい仲間にやらせたんですよ」

その手の機器にくわしい仲間。後藤だろうか。取巻きの。

「事情を明かされたあとも、お姉ちゃんはあなたを受け入れてたんですか？」

「そう思いたいですけど、それはよくわからないです。結局、身近にいて事情を知る人間はぼくだけだから、そうせざるを得なかったのかもしれません。ほかの人に打ち明けられるようなことでもないですし。とにかく。明るくとは言えないけど、話はしてくれましたよ。もちろん、ぼくのほうから働きかけもしました。謝って、謝って、また謝る。そんな働きかけ方でしたけどね」

「美和さんが死をほのめかすようなことは、なかったですか？」

「それはありませんでした。だから、電話で聞いたときは驚きました。いきなり頭をガツンとやられたような感じでしたよ。そのあとで、彼からも散々脅されました。殴られるとか、そういうのはなかったですけど。おれはお前をどうにでもできるよ。そう言われました。おれがやらなくても、たまたま虫の居所が悪かった誰かがお前を後ろから金属バットで叩くかもしれないしって。実際、どうにでもできるんでしょうね、彼なら。で、これもまた彼に言われたことですけど。証拠、何も残ってないんですよ。彼が関与したっていう証拠が。そもそも、きちんと契約書を残したりもしてないし。そのあたり、考えてやってたんでしょうね。盗撮のことなんかもそうですよ。ぼく自身は、写真を見せられても渡されてもいません。でも、まちがいなくそこに自分の姿が写ってはいる。だから、ぼくも安易に逃げる道を選びました。ただ何もしないでいるっていう、一番簡単な道を」

「葬儀にも来なかった」

「はい」

「でも引っ越しは、しなかったんですね」

「ええ」

「どうしてですか？」

「どうしてでしょう。逃げたところで気は晴れないってことが、わかっちゃったんですかね。いつかこんな日がくると思ってましたよ。だから引っ越さなかったっていうのも、ちょっとはあるかもしれない。むしろこんな日がきてほしいっていうか。だったら自分から話しに行けばいいんですけどね。でもそこまでの勇気もないんですよ。来てくれたら話そうってくらいで」

「ズルいですね、あなた」と多美が冷めた声で言う。

「そう思います」

「わたしたちがあなたを訪ねてきて、こうやって打ち明け話ができた。すっきりしましたか？」

「いえ、それは」

「まあ、悔やんでるようには聞こえましたよ。だってあなたがそう聞こえるように話してるから。でもそんなふうにして、お姉ちゃんのこともだましてたんですよね。お姉ちゃんがあなったから、実際に少しは悔やんでるのかもしれないけど、今はもう新しい女の人とああやって楽しく暮らしてる。しかも、お姉ちゃんも呼んでたあの部屋で。もう二年経ったから、いいんですか？　一人で勝手に反省したから、いいんですか？」

洋輔は何も言わなかった。

僕も言わない。言えない。

「よかったですね、お姉ちゃんがああなってくれて。彼だけでなく、あなたにとってもいい形ですよね。自分のじゃない子を育てる必要もなくなったし。途中でいやになってお姉ちゃんとその子をほうりだす可能性もなくなったし」

矢のような言葉だった。先端に毒が塗られてはいない。だが鋭い。肉を貫き、心まで届く。刺さるだけなのか、そこをも貫いてしまうのかはわからない。が、ともかく届く。

「わたしと家族があなたを許すことはありません。それは覚えておいてください」

そう言って、多美が車のドアを開けた。

それを見て、僕も自分の側のドアを開ける。

「あ、もしよければ、駅まで」と洋輔が言う。

「よくないです。どうぞ幸せになってください」

そして多美は車を降りる。

僕も降りる。

それぞれにドアを閉める。その音がやけに大きく響く。

こちらが駅だと思われるほうへ、多美と二人、歩きだす。車とは、背を向け合う形で。

その車が走りだす気配はない。エンジンもかからない。

五十メートルほど歩いたところで、多美が言う。

「ごめんなさい。あんなこと言うつもりじゃなかったんだけど」

「言ってよかったと思うよ」と返す。「言うべきだったとも思う」

「今のが、『手ちがいといえば手ちがい』の全容なんだね。お姉ちゃんが亡くなったことも そうだし、雇った別れさせ屋が標的を好きになったのもそう」

「手ちがいですまされることではないよ。車で人をはねて、『手ちがいでした』って言うのと変わらない。いや、それどころじゃない。多美さんと初めて会った日の前の日の僕ぐらいお酒を飲んで、にもかかわらず車を運転して人をはねて、『手ちがいでした』って言うのと変わらない。どうなるか、予想はできたはずだよ。頭がいい堀川くんならね。言いたくはないけど、予想したんだよ、きっと」

「別れさせ屋か」と多美がつぶやく。「そんなのが、商売として成り立っちゃうんだね」

「今は、復縁業者なんていうのもあるみたいだしね」

「それは、何？　別れさせ屋の、逆？」

「そう。仲直りさせるらしいよ。まあ、逆ってことでもなくて、応用みたいなものなのかな。そっちとこっちを別れさせて、あっちとこっちをくっつけるっていう」

「そういうのに関わる人たちのなかで、一番哀しいのは誰なんだろうね」

「どういう意味？」

「それで誰かと別れちゃう人。別れさせられちゃう人。依頼をする人。依頼を受けて仕事をする人。そのなかで一番哀しいのは誰なのかなってこと。後味、よくないでしょ。どんな結果になっても。みんなが満足するなんてことは、絶対にないんだから」

「でもそういうときは、誰も後味のことまで考えないいんだよ。そういうもんでしょ、人間て」

「へぇ」と言って、多美が並んで歩く僕を見る。「一時くんて、深いこと言うんだね。お坊さんになりなよ。善徳寺で雇ってもらいなよ」

「お坊さんか。それも悪くない。でも遠慮しとくよ」

「どうして？」

「徳弥の弟子にはなれない」

それを聞いて、多美が少し笑う。

「いいね、それ。『なりたくない』じゃなくて、『なれない』。よくわかる」

「僕がそう言ったことは、徳弥にはナイショね」

「いいじゃない、言ったって。徳弥くん、そんなことで怒んないよ」

「怒んないけど」

「怒ればいいのにね、そういうことで」

どうぞ幸せになってください、と、多美は洋輔に告げた。単なる皮肉のようにも聞こえたが、おそらくそうではない。

あなたを許さないことは許さない。だがこれ以上、糾弾するつもりもない。

あれはそんな意思表示でもあったのではないだろうか。

この一週間、何度か多美と話をしてみてわかった。自身の激情にまかせて相手に辛辣《しんらつ》な皮肉を突きつける。倉内美和の妹であるこの倉内多美は、そんな人ではない。

「わたしがもっと早く動いてたら」とその多美が言う。「こういうことがもっと早くにわかってたんだね」

「そうとは限らないよ」と僕は言う。「もっと早くに来られてたら、磯部洋輔は口を開かなかったかもしれない」

☀

☀

堀川丈章もうそをつかないことがある。

ということを、おれは合コンで知った。

合コンというよりは、飲み会。二対二での飲み会でだ。

原百香《はらももか》は、本当にきれいだった。片見里にこんな子がいたのか、と思った。いたのなら何故知らなかったのか、と。

会が始まってすぐ、おれはほめたつもりでこう言った。

「スゲえな。整形とかじゃないんだろ？」

そんなわけないじゃないですかぁ、とか、変なこと言わないでくださいよぉ、とか。そんな反応があるものと予想していた。ちがった。

「仏教で整形は罪ですか？」と、わりと冷静に訊かれた。

「罪ではない、と思う」と答えた。

「豊胸は？」

「それも罪ではない、と思う」

思う、としか言えなかった。お釈迦様も、たぶん、そういうことは想定してなかっただろう。

「なぁんて、冗談ですけどね」と百香は言ったが、あまり冗談ぽい響きにはならなかった。

とにかく。四人で飲み食いし、あれこれ話をした。

四人。おれと丈章と百香と倉内多美。

そう。多美。丈章との合コンに、多美が参加しているのだ。

それを提案したのは、ほかならぬ多美自身だった。

丈章から合コンの誘いを受けたあと、おれは一時だけでなく、多美にもそのことを話した。百香が多美と同学年であることを知り、事前に情報を仕入れておこうと思ったのだ。向こうから転がりこんできたこの機会をどうにか利用してやろうというわけで。

片コンこと街コンの話は、多美も知っていた。百香に、何ならわたしとペアで参加しない？　とまで言われていたのだそうだ。ただし、興味は引かれなかったので断った。もちろん、その席で百香が丈章と意気投合したことも知らなかった。

それを知って、多美は自ら提案したのだ。だとしたら、わたしもそこに参加できるんじゃない？　と。

初めは突拍子もない提案に思えたが、よく考えると、それはそれで悪くなかった。丈章に揺さぶりをかけることができる。おれと丈章の一対一ではなく、二対一の形をつくることもできる。

さっそく多美は百香に電話をかけた。飲み会の話は、おれからたまたま聞いたことにした。百香と徳弥くんが行くならわたしも行きたいな。そんなふうに言わせた。

でも百香が徳弥くんを狙ってるならもちろん邪魔はしないから、と、多美はそうも言ったらしい。百香はこう返したそうだ。狙ってるわけないじゃない。話として興味があっただけ。いやだよ、お寺の奥さんなんて。

百香は、美和と丈章の関わりをうっすらと知っていたので、多美自身はいいの？　と訊いてきたという。多美はこう返した。いいよ。そういうのをいつまで引きずっててもしかたないし。

　丈章には、おれが連絡した。元クラスメイトを気づかう男、というような役を演じたわけだ。丈章はさすがに驚いたが、こちらの読みどおり、案外あっけなくその話を受け入れた。市議選を前に倉内方との関係を修復しておくいい機会だと思ったのだろう。敵は一人でも少なく、味方は一人でも多いほうがいい、との理屈だ。また、美和の件で自分が疑われたりしていないか、多美に探りを入れることもできる。

　それなら店も空いてるだろうとのことで、合コンはその週の水曜日に設定した。

　丈章は、選挙に備えてすでに退職しているので、そのあたりの融通は利く。おれも、まあ、急な通夜でも入らない限り、どうにかなる。多美と百香は、水曜ならノー残業デーだから都合がいい。

　というわけで、水曜日の午後七時から、になった。

　場所は、おれらが同窓会を開いたあの居酒屋『月見里』。今日は四人なので、座敷ではない。テーブル席だ。

　飲んで、食って、しゃべった。

　おれは緊張していたが、多美はそうでもなかった。百香と二人、すっかり女子になり、この場を楽しんでいるように見えた。やっぱスゲえな、女は。

百香は、事情を何も知らない。味方にすれば心強いが、その必要はないと、おれも多美もそう判断した。可能な限り、自分たち三人だけでやる。それが一時も含めたおれら三人の共通認識だった。同じ目的を持たない者を入れると、いつかどこかで綻《ほころ》びが出るのだ。例えば別れさせ屋の磯部洋輔が二年後にあっけなく口を割ったように。

この会が開かれた経緯から、話題の中心はまずおれになった。おれ。つまり坊主だ。もとからの知り合いではない分、かえって、同じ学校の先輩後輩という意識は薄かった。また多美がそうすることもあって、百香もおれにタメ口をきいた。丈章には敬語なのに、おれにはタメ口だ。

「わっ、すごい！　本物のお坊さんだ！」から始まって、はしゃぐことはしゃぐこと。「触らして触らして」とおれのニット帽をはぎ取り、頭を撫でたりした。勝手に撫でたくせに、「いや〜ん。何かエロ〜い」と言ったりもした。

多美が笑い、丈章も笑った。緊張を隠して、おれ自身も笑った。

多美も丈章も、美和のことには触れなかった。最初に丈章が、どうも、と言い、どうも、と多美が返した。そのあいさつが美和のことといえば美和のことのようにも聞こえたが、でもそれだけだった。その後の三十分で、協定は結ばれたように見えた。お互い何も触れない、ということで。

二人ともマジできれいだよな、というようなことを、丈章はそれとなく、でも何度も言った。自身、大マジな感じでだ。その調子で、女をほめにほめるのだろう。その女が自分の役に立つうちは。

市議選の話は、自分からは出さなかった。おれは仕事をやめて無職だから、と言うだけにとどめ、選挙の言葉が百香の口から出たときに初めて、その話をした。訊かれたから答えた、という形を整えたわけだ。

「それにしてもすごいですよねぇ、政治家なんて」と、百香は甘ったるそうなフルーツのカクテルを飲みながら言った。

「なれるかどうか、まだわからないよ」と丈章が謙虚に返す。

「でも受かりますよね。お父さんが警察署長なんだから」

というそのどストレート発言にも、丈章は動じなかった。

「そういうのをきらう人もいるし、なかには警察に反感を持つ人もいるよ」

そういうのとは何だろう、と思った。権力、だろうか。血筋、だろうか。

「でもお父さんが政治家ではないから、二世とかじゃないですもんね」と百香がフォローだか何だかよくわからないことを言い、

「二世ならまちがいなく受かるだろうけどね」と丈章が受け流す。

「とにかくあれだ。政治家とお坊さんだ。何かワルの匂いがしない？」

「するする」と多美が乗っかる。

何だよ、そのイメージ。と思ったが、おれはただ笑っていた。口を開くと余計なことを言ってしまいそうな気がしたのだ。どっちにも失礼だろ、とか、丈章がワルなのは政治家だからじゃねえよ、とか。

「何だよ、村岡。あんまりしゃべんねえな。片見里を代表する合コンマスターだって聞いてるぞ、あちこちから」

丈章にそう言われたので、こう応えた。

「緊張してんだよ」

本音でもあるので、それを言えたことで、ちょっとスッとした。

「まあ、そうだよな。片見里にこんな美形はいないから。なあ、マジでどうやったらそんなにきれいになるわけ？」

「簡単ですよぉ」と、ほろ酔い加減で百香が言う。「メス入れんの」

「え？」

「って、冗談ですよぉ。いやだなぁ。本気にしないでくださいよ」

と、まあ、そんな具合に三人は盛り上がった。おれ以外の三人だ。おれは、やっぱ無理みたい。

中ジョッキのビールを二杯飲んだところで、丈章がイスから立ち上がった。

「ちょっとトイレな」

丈章が通路の角を曲がって姿を消すと、多美が百香に言った。

「わたしたちも、おトイレ行こうよ」

「え？　わたし、まだいいけど」

「誰かが行って次はまた誰かってやってたら、時間が無駄になるじゃない」

「じゃあ、行く？」

「行こ」

そして二人も立ち上がり、トイレへと去る。

さすがは多美。うまいやり方だ。このあとトイレで、徳弥くんがどうだの堀川さんがどうだのとやれば、百香も乗ってくるだろう。わたしやっぱ坊主無理、くらいのことは言うかもしれない。

などとのんきなことを考えている場合ではない。

おれはさっそく動く。

丈章のバッグをつかみ、ファスナーを開けて、なかを見た。

「頼む。こっちにして」とつい口に出す。

財布じゃなくこっちにして、という意味だ。

そして言う。

「うしっ！」

あった。

取りだしたカギをジーンズのポケットにしまい、ファスナーを閉じてバッグをもとの位置に戻す。すぐに一時のケータイにメールを送信した。〈ゲット〉とあらかじめ打って保存しておいたメールをだ。

その後一分ほどで、丈章は戻ってきた。

「あれ、二人は？」

「トイレ。審査会だろ、おれらの」

「なあ、村岡」

そのトイレのほうをちらちら見つつ丈章が言うので、多美のことで何か訊かれるのかと身構えた。

丈章が訊いてきたのは、こんなことだ。

「あいつ、マジで整形じゃねえ？」

堀川丈章の家は、善徳寺から一キロ半ほど離れたところにある。

警察署長の自宅、というよりは地元の名士の自宅だけあって、大きい。善徳寺と同じくらい、敷地も広い。僕の背丈ほどもある塀に囲まれているので、外からはそれこそお寺のように見える。

☽

☽

片見里にいた四ヵ月のあいだに丈章としゃべったことはほとんどないのだから、僕はこの家を訪れたこともない。それがまさか、十七年半後にこんな形で訪れることになろうとは。

十七年半前、僕は那須くんのお金を盗らなかった。そんなことは、考えもしなかった。だが今はちがう。僕は自ら狙いにいく。

信号無視だのごみのポイ捨てだのとはレベルがちがう。不法侵入だ。住居不法侵入。紛れもない、泥棒だ。

昨日。〈ゲット〉とのメールを徳弥から受け、僕は居酒屋『月見里』が入る雑居ビルの一階出入口付近で待機した。徳弥はすぐに下りてきた。門徒さんから電話がきたふりをして出てきたのだという。

僕は徳弥が奪取したカギを受けとり、全速力で走った。どこへって、ショッピングモール『エムザ』の地下へだ。

エムザの営業は午後九時までで、そのときがすでに八時半。ぎりぎりだった。作製の時間を考えたら猶予はない。作製。合カギの作製だ。エムザの地下一階にその店がある。合カギ作製のほか、くつや傘の修理も請け負う店だ。

エスカレーターではなく、出入口わきの階段を一段抜かしで駆け下りて、店へと急いだ。どうにか間に合った。合カギ屋さんはすぐに仕事にかかってくれ、十分も待たされずに合カギはできあがった。料金を払い、〈完了〉とあらかじめ打って保存しておいたメールを徳弥のケータイに送信した。そしてエムザを出て、居酒屋『月見里』のビルへと、またしても全速力で走った。カギを丈章のもとへ戻さなければならないからだ。

最悪知らんぷりでもいいだろ、と徳弥は言ったが、それは本当に最悪の場合だった。できるなら避けたかった。カギをなくしたことに丈章が気づくのは家に帰ったときだろうが、そうなったら、合コンに参加した三人の誰かを疑うかもしれないのだ。誰と確信は持てなくても、引っかかりは残るだろう。まだ出だしの段階で、そんなものは残したくない。

雑居ビルの前に戻ると、そこにはすでに徳弥がいた。おそらくは誰ともつながっていないケータイを耳に当て、走ってきた僕を見ていた。カギを手渡すと、こう言った。おれ、緊張しまくり。多美、冷静。

カギは、どうにか戻せたらしい。

合コンのあと、四人は駅前でタクシーに乗った。多美の機転で、原百香を助手席に乗せ、あとの三人は後部座席に座った。多美、徳弥、丈章、の並びでだ。

そこで徳弥は、さすが金持ちはバッグもブランドもんだな、などと言ってそのバッグを見せてもらいつつ、カギを滑りこませたのだという。ファスナーの開け閉めの滑らかさからしてもうちがうよ、と言ったときは、自身、アホかと思ったそうだ。

徳弥と多美が動いたのだから、次は僕の番だった。何せ、ただ一人の無職。居酒屋『月見里』とエムザ間の往復ダッシュぐらいでは、動いたことにならない。

提案した時点で、それは無茶だろ、と徳弥は言ったが、僕は志願した。これは発起人の僕がやらなければいけない。そうでなければ、僕のいる意味がないのだ。また、徳弥も言うように、誰かに何かをまかせたりすることでむやみに事情を知る人間を増やすべきでもない。

僕は一人、堀川家の門の前に立つ。

放し飼いの犬でもいたら厳しいが、いないことは確認ずみだ。昨夜、多美がそれとなく話題を振って、百香に訊かせていたのだ。そんなに庭が広いのに、ワンちゃんとか飼ってないんですか？　と。飼ってないよ。妹は室内犬を飼いたがってるけど。それが丈章の返答だった。堀川兄妹がまだ小さかったころは、番犬を飼っていたらしい。番犬も番犬、ドーベルマンをだ。しかも、門を閉めての放し飼い。そのころなら、侵入は到底無理だったろう。

昨日の今日ということで、覚悟を決めるのはなかなか大変だった。が、強引に決めた。今日を逃したら、もう機会はないからだ。いや、あるにしても、それがいつなのかを知りようがない。

まず、父親の堀川丈郎《たけろう》は、片見里警察署に出勤している。署長クラスともなれば休日は土日らしいので、これは問題ない。

次に、母親の堀川静子《しずこ》。彼女は地域の女性会の役員を務めていて、今日はその会合がある。午後二時から四時まで。ありがたいことに、ホームページに時間まで出ていたから、不在であることはまちがいない。

さらに、妹の堀川静穂《しずほ》は、平日の午後はエムザにある輸入雑貨店でのアルバイトのため、不在。

そして当の丈章は、今日は東京に出向く。父親、丈郎の知人である代議士のところへ、市議選出馬の報告に行くのだという。

家族四人が、四人とも不在。

よって、今日しかないのだ。

昨日の夕方のうちにエムザで買っておいた七百八十円の黒い無地のキャップを深めにかぶり直し、まさにお寺のそれの如き大仰《おおぎょう》な門のわきにあるインタホンのボタンを押す。一応、全員が不在であることの最終確認をしようと思ったのだ。

ウィンウォーン、と音は鳴ったが、返事はなかった。

念のため、もう一度。ウィンウォーン。

三十秒待つも、返事なし。

よし。

僕は門を押し開けて、広い庭へと足を踏み入れた。すぐに振り返り、門を閉める。内側からかんぬきをかけられるようになっているが、かけはしない。万が一、家人の誰かが帰ってきたときに不審に思われるからだ。

門から家屋までは、優に三十メートルの距離がある。まだ合カギをつくっただけ、だいじょうぶ、悪いことはしてないぞ、と思いながら一歩一歩進み、今なら引き返せるぞ、との思いを、もう引き返せないぞ、との思いに無理やり変えたところで、玄関のドアの前に到達する。

そのわきにもチャイムがあるので、ボタンを押す。

ピンポーン。こちらは単純に音を響かせるタイプだ。

家のなかは静まり返っている。反応はない。そうでなきゃ、困る。

ここまで来たら、もはや躊躇《ちゅうちょ》は無用。ズボンのポケットから、昨日つくった合カギを取りだす。実は玄関のカギじゃなかった、なんてことがありませんように、と願いつつ、それをカギ穴に挿しこんで、まわした。左、だと引っかかるので、右へ。

カチャン、という音とともに、確かな手応えがくる。ドアを開けて素早くなかへ入り、そこはカギをかける。

防犯ベルがけたたましく鳴り響く、ということはなかった。動くものに自動で焦点を合わせる防犯カメラとご対面、ということもなかった。

合カギがあるのだから入れるのは当然だが、あっけないといえばあっけない。警察署長宅にしては、無警戒だ。いや。もしかすると、警察署長宅だからこそ、なのかもしれない。わざわざそこに盗みに入る者はいないだろうし、立場上、民間の会社に警備を頼むわけにもいかないだろうから。

泥棒はいざ逃げるときのために土足で家に上がる、という記事を読んだことがある。だが僕はくつを脱いで上がった。侵入したこと自体を知られたくないからだ。

丈章の部屋は二階。やはりリサーチずみの情報をもとに、階段を上る。もちろん、脱いだスニーカーは手にしている。それをそろえて三和土《たたき》に置くほど礼儀正しいわけではないので。

外観からわかっていたことではあるが、家のなかは広かった。二階だけでも、部屋が四つとトイレが一つある。これなら二組の四人家族が暮らせるだろう。母子家庭なら四組だ。

丈章の部屋は、階段に近い洋間だった。

ベッドに机にテレビに本棚。衣類はすべて備付けのクローゼットに収められているのだろう。男の部屋にしては、きれいに整理されていた。僕のように持ちものが少ないからではなく、部屋が広いからそう見えるのかもしれない。

スニーカーを裏返しにして木の床に置くと、さっそく捜索にとりかかった。

まずは机の上にあるノートパソコンから。画面を開き、電源ボタンを押して立ち上げる。ノートとはいえ外に持ち出すことはないらしく、ロックがかけられたりはしていなかった。目につくファイルフォルダを片っぱしから開いてみるも、目指すものは見つからない。ロックをかけてないということは、見られることをあまりおそれてないということでもある。やはりハードディスクには収めてないのかもしれない。

それならと、僕は机の引出しを開け、なるべくそうした痕跡が残らないよう配慮しつつ、なかを探った。

泥棒は一番下の引出しから開けていく、という記事も読んだことがある。さっきのくつと同じ。下から開けていくことで、閉める手間を省くのだ。一分一秒を争う泥棒にとって、そのタイムロスはバカにできない。とはいえ、これもさっきのくつと同じで、僕は上から順に見ていった。引出しを開けっぱなしにしておくつもりはなかったからだ。

未開封のコンドームが一箱と、ケースに収められたダイバーズナイフ。それらが目についたくらいで、ほかにあやしいものはなかった。

ただ、最後の最後、一番下の引出しの奥に、筆入れがあった。布製で、ファスナー式のものだ。

特にあやしんだわけでもなく、そのファスナーを開けてみた。

シャープペンやボールペンやマジックペンが入っている。それに、長さ十センチ強の定規と消しゴム。と、ＵＳＢメモリ。

一瞬、形状からして、シャープペンの替芯のケースかと思った。が、ちがった。コネクタ部をスライド式に出し入れさせる、キャップ不要のＵＳＢメモリだ。

それを、立ち上げたままのパソコンのＵＳＢポートに挿してみる。ロックがかけられていたとしても、これは持ち出してしまおうと思った。

メモリそのものにロックはかけられていなかった。

画像が表示される。

そうだろうと予想はついていたから、顔を見てすぐにわかった。多美に写真を見せてもらっていた、大人になってからの美和だ。

倉内美和だった。

画像は全部で二十ほどあった。どの美和も裸だった。あらぬ格好をさせられているものもあった。写ってはいけない部分が写っているものもあった。数多くあった。美和がこちらを見ているものはなかった。目を向けているものはあったが、カメラを見ているという感じではない。やはり盗撮なのだろう。

ほとんどの画像に男も写っていたが、正面からはっきりと顔をとらえているものはなかった。カメラが仕掛けられている場所を知っていたから、位置どりを工夫したのかもしれない。それでも、一度会っている僕には、男が横山誠太こと磯部洋輔であることがわかった。

それらの画像をパソコン上でメールに添付し、自分のケータイに送信した。もちろん、送信履歴は消した。細かく調べればわかってしまうのかもしれないが、丈章とメールをする間柄ではないので、おそらくだいじょうぶだろう。今現在、僕がメールのやりとりをする相手は徳弥と多美だけだから、あとでアドレス自体を変えてしまえばいい。それで不都合はない。

USBメモリをパソコンから抜き、筆入れに入れて、引出しに戻す。

その引出しを閉めたとき、バタン、とドアが閉まる音が聞こえた。カチャン、とカギをかける音が続く。

玄関のドアだ。まちがいない。さっき自分でカギをかけ、その音を聞いたばかりだから、わかる。

ヤバい、と思うと同時に体が固まった。時間も止まってくれ、と思ったが、そうはいかなかった。こんなとき、時間は、止まるどころか、いつもの何倍もの速さで流れだす。

パソコンの電源を切りつつ、室内を見まわし、隠れる場所を探した。

ベランダ！　は、窓を開け閉めするときに音を立ててしまいそうだ。それに、そこがどんな造りになっていたか思いだせない。というか、知らない。

カーテンの陰！　は、どう見てもバレバレだ。いくら百七十二センチ五十二キロでも、くるまったらこんもりとふくらんでしまうだろう。

ベッドの下！　そこしかない。パイプベッドだから下はスカスカで、角度によっては見えてしまうかもしれないが、見えてしまわないほうに賭けるしかない。

廊下を歩く音、次いで階段を上る音が聞こえてくる。丈章ならアウトだ。

急いで滑りこんだベッドの下で、身を縮こまらせつつ、思った。ひょっとして、ハメられたのか？　丈章に。

ドアの向こうを、足音が素通りしていった。そして、階段から最も遠い奥の部屋のドアのものらしき音が聞こえてくる。

よかった。丈章ではなかった。

となると。足音の感じからして、妹だろう。あれは年配者の歩みではない。

さて、どうするか。

危機は去ったわけではない。あせってはいけない。が、ゆっくりしてもいられない。

床の上にあるものが目に留まった。逆さにしたスニーカーだ。自分の。

あのままにはしておけない。もしも妹がこの部屋に入ってきたら。あぁ、お兄ちゃんが帰ってきて、大事なスニーカーだからこうしてここに置いてるのね。などと思ってくれるわけがない。しかも、かかとが減りに減っているせいで雨のたびになかのくつ下まで濡らす、ボロボロのスニーカーだ。とても丈章の持ちものには見えまい。

そろりそろりと、僕はベッドの下から這い出した。部屋をあいだに二つ挟んでいるから、こちらの音はそうそう聞こえないだろう。だが油断は禁物だ。ないはずのところにある、いないはずのところにいる。そんなものや人が出す音を、人間の耳は実に感度よく拾う。

スニーカーを手にし、今ここで履くべきかどうか迷った。履いて、音を立てるのを厭《いと》わずに逃げる。このまま忍び足で一階に下り、玄関で履いて逃げる。後者を選択した。

これ以上は無理というくらいに深くキャップをかぶり、丈章の部屋を出た。一番奥の部屋に目を向ける。ドアは閉まりきっていなかった。室内を歩きまわる気配がする。二部屋を挟んでいるのに、する。マズい。すぐに出てくるかもしれない。トイレに行くかもしれない。

階段を軋《きし》らせないようにゆっくりと下り、廊下は滑るように歩いて、玄関でくつを履いた。広い三和土には、入ってきたときはなかったミュールがあった。向きがそろえられてはいない。脱ぎっぱなしという感じ。

それにしても、不注意だった。このミュールなら、もっと気をつけていれば、庭を歩く音が聞きとれたかもしれない。したがって、早くも訂正する。人間の耳の感度は、大してよくもない。

いや、その前に。堀川静穂は原付バイクでアルバイト先に通っているとのことだった。捜索に夢中になるあまり、庭に入ってきた原付バイクの音まで聞き逃したのだろうか。

悪いことは続くもの。今度は母親が帰ってきたりしないだろうな。そんなことを思い、ドアの覗き穴を覗いた。

だいじょうぶ。誰もいない。が、魚眼レンズであるため、ただでさえ遠い門が、遥か遠くに見える。

ドタドタと二階の廊下を歩く音がした。歩きというよりは、小走りに近い。

反射的にドアのカギを開ける。勢いがついてしまったせいか、カチャン、という音がより大きく鳴る。鳴り響く。

バタバタと階段を下りてくる音。そして。

「誰？」

ドアを開けて、飛び出した。

誰？　の声に不安は感じとれなかった。家族の誰かが帰ってきたと思ってくれたのだろう。出ていくと思ったのではない。入ってくると思ったのだ。

だからといって、ピンチであることに変わりはない。もはや最後まで手を添えて静かにドアを閉める余裕はなかった。少しでも早くこの家から、この敷地から、出ていく必要があった。出ていき、遠ざかる必要があった。

背後でバタンとドアが閉まる。正面の門まで全速力で走るつもりでいた。が、その遠さを見て、考えを変えた。あそこまで走っていったん止まり、門をこちらに引き開けて外に出る。そんなことをしていたら、玄関のドアを開けた妹に姿を見られてしまうだろう。

そこで、家の外壁に沿って、左へと走った。

とにかく逃げなければならない。逃げきらなければならない。丈章はマズい。だが妹もマズい。家に侵入されたのに何も盗られてない。ならば女性目当てと思われるかもしれない。

空巣に入ったが家人が帰ってきたので逃げた。そういうことなのだと、示さなければならない。

つい十五分前、門を開けてこの庭に入ってきたとき、右側にある物干し竿に目がいった。母親が家を空けるときはそうなのか、洗濯ものは一つも干されていなかった。これならここで干しても陽が当たるだろう、庭が広い家は贅沢に洗濯ものを干せるのだな、と思った。次いで、あのアルミ製っぽい竿なら川を跳び越えるのにちょうどいいなぁ、と思った。もちろん、冗談で。高まっていた緊張をほぐすため、あえて思ったのだ。

だが人間は、よりどころをつくっておくと、いざというときにそれを頼りにしてしまう。冷静にものを考えられず、どうしてもそちらへと流れてしまう。例えば気休めにナイフを持って仕事にかかった空巣が、家人とばったり出くわしてそのナイフをつかい、強盗になってしまうように。例えば行き詰まったらタクシーの運転手になればいいなどと安易に考えている僕が、おそらくはいずれ本当にタクシーの運転手になろうとしてしまうように。

今まさにいざというときを迎えた僕は、ほとんど無意識にその物干し竿をつかんでいた。またそれがつかみやすい位置にあるのだ。何せ、洗濯ものを干しやすい位置に掛けてあるから。

重ければ断念していたろうが、竿は実際にアルミ製のようで、長さのわりに軽かった。それでいて、強度もあった。体重五十二キロならどうにかなるだろうというくらいには。

小六のとき、川を越えるべくやっていたのは、実質、棒幅跳びだった。高さを出す必要はない。遠くへ跳べればそれでよかった。だが今回のこれは、正真正銘の棒高跳びだ。それも、一発勝負。こちらの塀の外は確か砂利道だが、定かではない。そうだとしても、たまたま通りかかった人にぶつかってしまうかもしれないし、たまたま通りかかった車にはねられてしまうかもしれない。

まさに勝負だった。越えられる。ここを越えればどうにかなる。刹那的に、そう思った。大事なのは、思いきりだ。行くと決めたらためらわないこと。

全速力で走り、花壇のわきのいくらかやわらかそうな地面に竿を突き立て、勢いにまかせて跳んだ。棒に身を預ける。その感じを忘れてはいなかった。体がふわりと浮き、ひやりとする。ジェットコースターに乗って猛スピードで下っているときの感覚では、もうない。二十九歳の今は、完全に、射精時の感覚だ。

風景が一瞬にして変わる。視覚がそれに追いつかない。人間が普通なら描けない軌道を描き、竿から手を放して、僕は塀の外側へと着地する。というよりも、落ちる。くつ底を着き、右ひざを着いて、右ひじを着く。まず衝撃、次いで痛みが走る。砂利道で滑って転んだときのあの痛み。ただし、度合いはその数倍。

このまま車にはねられるならそれもいい。束の間、そんなことを思う。地面を転がって、止まり、受けた力が体の各所に拡散する。そして視界が落ちつき、僕は一つの動作がどうやら完了したことを知る。

それでもまだ心臓は高鳴っている。立ち上がり、すぐに辺りを見まわした。思ったとおりの砂利道で、人は誰もいない。落ちていたキャップを拾い、また深々とかぶる。あとで捨てなければならないだろうが、今はまだ早い。

堀川家の門ではないほうへと走った。途端にあちこちが痛んだが、しばらくは走りつづけられそうな気がした。

昨日から、走ってばかりいる。走りつづけなければならないのだ。もう本当に、引き返せる地点は過ぎてしまったから。

☀

☀

マジかよ、と思った。

思ったし、実際にそう言った。

一時が、堀川家の塀を棒高跳びで越えて逃げてきたというのだ。

平日の午後は駅前のエムザでバイトをしてるはずの妹、静穂が、予想外に早く帰ってきた。まさに危機一髪だったらしい。

とはいえ、得るものは得てきた。ズボンのひざは破れ、ひじはペロンと皮がむけていたが、ケータイは無事だった。ズボンの左ポケットに入れてたからよかった、のだそうだ。

唯一の証拠である、倉内美和の画像。それを見るかどうかは、迷った。大いに迷った。亡くなる前の美和の写真とその画像とを見くらべた一時によれば、本人であることにまちがいはなかった。見るかどうかは徳弥自身が決めればいいよ、と一時は言い、わたしは見られないから代わりに徳弥くんが見て、と多美は言った。

それを得るために、一時を危険な目に遭わせたのだ。

見た。

いやな画像だった。見たことを、美和に謝りたかった。代わりに、多美に謝った。男の人が見てひどいと思うなら、充分ひどいんだと思う。多美はそう言った。それがわかったんだから、いい。謝るのは徳弥くんじゃない。

おれはあらためて考えた。デジタルデータである以上、すべてを回収、消去するのは無理だろう。後藤が所持してるかもしれない。ほかの誰かが所持してるかもしれない。そんなことは知りようがない。だから一時も、丈章のUSBメモリそのものを持ち出したりはしなかった。持ち出したことに気づかれたときのリスクはあまりにも大きいからだ。

何であれ、もう画像が撮影される前に戻ることはできない。そのためには、今から理系大学にでも入り直して、おれ自身がタイムマシンを発明するしかない。できるなら、やりたい。でも、できない。

ただ。

希望的観測ではあるが、まだ画像が流出してはいない。この先も、それをさせてはいけない。画像を人目にさらしてはいけない。今の平穏は、保たなければいけない。

これが最後とばかりに、おれは画像をしっかりと目に焼きつけた。自分で言うのも何だが、おれはエロい。でもこの画像に、そのエロ中枢神経は刺激されなかった。まったく、されなかった。そのことを、おれは喜んだ。

心は決まった。もうすでに決まっていたようなもんだが、これで完全に決まった。

二年前、おれの元クラスメイトであり、初恋相手でもある美和が自殺した。何となく妙だとは思っていた。でも妹の多美も言っていたように、終わってしまったことをほじくり返すべきではないとも思っていた。

が、こうなると、黙ってるわけにはいかない。たかだか四ヵ月この町に住んだだけの一時でさえ動いたのだ。地元民のおれが動かないわけにはいかない。

悪いな、親父。それと、母ちゃん。

「さあ、やんぞ」とおれは宣言した。「ここからだ。今がほんとのスタートだ。もうはっきり言う。おれらは仕返しをする」

そして作戦会議を開くため、三人でファミレスに集まった。寺では母ちゃんの目や耳があるので、あえてそこにしたのだ。

窓際の一番奥、四人掛けのテーブル席に着く。おれと多美が並んで座り、向かいに一時が座った。

多美が仕事を終えた金曜日の夜。頼むのは、とりあえずドリンクバーだ。話がまとまるまで、五杯でも六杯でも飲むつもりでいる。五時間でも六時間でも粘るつもりでいる。

「あんな画像まで撮っておいて、手ちがいとはよく言ったもんだね」と一時が言う。

言い方は穏やかだが、怒りは強い。一時の場合、穏やかだと感じさせるときほど怒りは強いのだ。このところ毎日一緒にいるので、そのことが何となくわかってきた。小六のときにはわからなかったことだ。わかろうとしなかっただけかもしれないけど。

「まあ、丈章には昔からそういうとこがあったよ」

「そういうとこって？」と多美。

「えーと、そうだな、例えばケードロをやってるとするだろ？」

「ケードロ？」

「ああ。場所によっちゃ、ドロケーとも言う。警察と泥棒に分かれての追いかけっこだよ。イチがここに来る前、小五ぐらいのときかなぁ、珍しく丈章たちとそのケードロをやったことがあるんだ。丈章は泥棒のほうで、おれは警察だった」

「警官の息子なのに、泥棒なの？」

「そう。人間、そんなときはいつもとちがう役柄を選びたがるもんだからな。まあ、それはいいとして。とにかく、おれとか強とかの警察組は、丈章とか後藤とかの泥棒組を追いかけてたわけよ。一応、逃げられる範囲は決まってて、そんときは東団地でやってたんだ。ほら、そういうとこのほうが隠れ場所が多くておもしれえから。けどさ、いくら捜しても見つかんねえのよ、ドロの野郎どもが。一人も。で、東団地には後藤が住んでるから、まさかとは思いつつも行ってみたんだ、その後藤の家に。そしたら、みんなしてそこにいやがってさ。マンガか何か読みながら、後藤の母ちゃんに出してもらった菓子だのアイスだのを食ってやがんだよ。事情を知らない後藤の母ちゃんが、『あら、どうぞ』っておれらのことも入れてくれたから、どうにか見つけられたんだけど」

「入れちゃったんだ？」と一時。

「入れちゃった。やつら、気づいてなかったみたいでさ。ヘラヘラ笑いに混じって、『このまま帰っちゃおうぜ』とか、『夜まで捜してたりして』とかって声が聞こえてきたよ。で、おれらは部屋に踏みこんだ。一目でわかったよ、これは丈章の差し金なんだなって。やつが後藤に言って、家に上がらせたんだ。ほかに、『何か食うもんねえか？』くらいも言ったのかな。要するにさ、見つかるわけもない自分たちをおれらに捜させて、それを笑ってやがったんだよ」

「徳弥くんは、どうしたの？」

「何も言えなかったな。驚いたっつうか、あきれちゃってさ。丈章はさすがにちょっとあせって、『あぁ、何だ。来たのか。今行くとこだったんだよ』なんて言ったな。『今っていつだよ』とか強に言われて、『だから今だよ』って」

あのときの、丈章の笑顔を思いだす。そう。引きつり気味ではあったが、笑顔。あんなときでも、丈章は笑っていた。笑えるのだ、楽しくて。たいていの人間は、笑顔がそいつの一番いい顔になるもんだが、丈章はちがう。何故かと言えば。やつが笑うときは、いつも人のことを笑うからだ。他人のことを、嗤《わら》うからだ。

「ガキとはいえ、やっちゃいけないことってのは、やっぱあるんだよ。事前に言わなかったからいい、決めなかったからいい、じゃなくてさ。あいつはその線を引けないんだな。ここから先はダメっていう、その線を」

「お互いを何となく避けてきたっていうのは、百香との飲み会でも感じたけど、徳弥くんは、あの人とぶつかったことないの？」

「中学んときに一度だけ、殴り合いのケンカをしたことがあるよ」

「ほんとに？」

「ああ。あいつが、ふざけ半分で、クラスメイトを生徒会長の選挙に立候補させようとしたんだよ。勉強もスポーツも苦手、そのうえ無口で引っこみ思案、みたいなやつを。ほっといたらほんとにやりそうだったから、おれが口を挟んだんだ。人を出さないでお前が出ろよってな。そしたら、いきなりパンチがきた。仲間の前で言われたから、耐えられなかったんだろうな」

「で、どうなった？」

「完敗。ボッコボコにやられた。実はおれ自身、勝てると思ってたんだけどさ、あいつ、強《つえ》えんだよ。警官の親父さんに護身術を叩きこまれてっから」

「でも徳弥くんだって、お坊さんじゃない」

「坊さんだけど。ウチは少林寺じゃねえよ」

それを聞いて、一時が薄く笑った。丈章がするような、いわゆる薄笑いではない。一時らしく、薄〜い感じに笑うのだ。さっきの怒りと同じことで、一時がそうやって薄く笑うときは、本気で笑っている可能性が高い。愛想笑いのときは、もう少しはっきり笑うから。

「そのアドバイスが利いたのかな。あいつ、今ごろ選挙に出やがった」

「だいぶ時間がかかったね」と一時。「十五年ぐらい経つよ」

「いつか殴り返してやろうと思ってたんだけどさ。じき三十だし、もうその機会はねえだろうなぁ」

一つの昔話が終わり、三人がそれぞれ飲みものを飲む。おれがコーヒーで、多美が紅茶、一時は何故か野菜ジュースだ。

多美がぽつりと言う。

「線、引くべきだったよね。お姉ちゃんのときは」

「何だかんだで、丈章にとっては一番いい形になったんだろうな」そしておれは、密かに思っていながらもこれまでは一度も口にしなかったことを口にする。「美和が自分であああしてなかったら、丈章はもっといやな計画を立ててたかもしんないよ」

「いやな計画」と、多美がその言葉をくり返す。

「ああ。それをしなくてすんだんだから、大だすかりだろ。予想より遥かにいい目が出たって意味での、手ちがいだな。まさに結果オーライの手ちがいだ。その坂口さんのことだの磯部洋輔のことだのを聞いて、思ったよ。あいつならマジでそこまでやるんじゃないかって。やっちゃうんじゃないかって」おれは声を潜めて続ける。「で、どうする？　あらためて訊くけど、やるか？」

「やる、よね？」と多美が言い、

「やるよ」と一時が言う。

「ならやろう。ただな」

「ただ？」と多美。

「あらゆることのなかで、坊主が何を一番きらうか知ってるか？」

「何？」と一時。

「殺生《せっしょう》だよ。でもって、丈章がしたことは、紛れもなく殺生だ。直接手をくだしてはいないにせよ、やっぱり殺生だ」

「うん」

「でもおれらはそんなことしない。おれはしないし、お前らにもさせない。どんなになまぐさだとしても、おれは坊主だ。それだけは許さん」

「だいじょうぶ。僕もそんなつもりはないよ。その前にまず、そんな度胸がない」

「そこだよ。殺生を甘く見るな。度胸がないのに殺生をしたやつはたくさんいる。むしろ相手と渡り合う度胸がないから安易に殺生を選んだと考えることもできる」

「あぁ。そうだね。そうかもしれない」

「人を殺しちゃいけないのは、誰にでも生きる権利があるのと同じで、誰にでも死ぬ権利があるからだとおれは思ってる。その権利は誰にも奪われるべきではない。だから人を殺しちゃいけないんだと、おれはそう思ってる。これは別に親父から教わったわけでも何でもない。あくまでも、おれが勝手に思ってるだけだ。まちがってるかもしれない。でもそんならそれでいい」

カップを両手で挟んで持ち、多美が紅茶を飲む。そして言う。

「ちょっと感心した。わたし、今初めて、徳弥くんが本物のお坊さんに見えた」

「いや、だからこれは坊主としてじゃなく、おれ個人の意見だから」

「それでも見えた、お坊さんに」

「うん。見えた」と、一時が変なところで同意する。やはり薄く笑って。

「つーか、本物とか言うな。それじゃ、ニセものだったみたいだろ。本物だっつうの」

席を立って、コーヒーのお代わりを注ぎに行く。

戻ってきて、言う。

「今のを踏まえたうえで、おれらに何ができるかだな。ＩＴの技術もなければ金融の知識もないおれらに」

「わたしは何もできないけど、一時くんは棒高跳びができるし、徳弥くんはスカートめくりができるじゃない」

「何ができるかの前に、まず堀川くんをどうしたいかでしょ」

「イチはまずその『堀川くん』をやめるべきだろ。仕返しをする相手にくん付けはない」

「なら、堀川」

「じゃあ、わたしも、堀川」

「殺生はしない。金を奪うつもりもない。けど、幸いなことに、格好の材料がある。選挙に出られないようにする。これだろ」

　おれは一時と多美を交互に見た。

　二人とも、おれを見ている。興味を引かれた顔で。

「イチはちがうけど、おれは片見里市民だ。その市民として、いやだよ、丈章が市政に携わるのは。それは許しておけない」

「わたしも同感。市民として、そう思う」

「多美は美和の妹なんだから、市民として思わなくていいよ。妹として怒りを感じてればいい」

「でも」と一時が言う。「選挙に出られないだけで、こたえるかな。堀川くん、じゃなくて、堀川が」

「心配ない。充分こたえるよ。プライドが高いやつだからな。すでに宣言してる出馬をとりやめることには耐えられない。しかもよそからの圧力でとりやめさせられるなんてことには、なおさら耐えられない。何せ、出さえすりゃ、受かるんだ。おれらや原百香だけじゃない。周りはみんなそう思ってる。なのにそれをやめるとなったら、まちがいなく、あれこれ噂されるる。何かあるんだと勘繰られる」

「ただ、それだけじゃなく、倉内さんの件で罰を受けるんだってことを、きちんとわかってもらわないとね。そうでなきゃ、何にもならないよ」

「ああ。そのうえで、おれらにやられたことは、わかんないようにしないとな。案外難しいぞ、これ。あいつがヤケを起こしてあの画像をバラまいたりもしないよう、慎重にことを運ばなきゃなんないからな」

「でもやらなきゃね。誰もそういうことをやらなかったから、堀川くん、いや、堀川は、こういう人間になったんだろうし」

「だな。あのケードロのとき、せっかく警察になったんだから、おれが逮捕しとくべきだったよ。あいつが護身術なんか覚えないうちに、ぶっ飛ばしとくんだった」

「まあ、言いだしっぺは僕だからさ、やりようがなくて、本当にどうしようもなくなったら、最後に僕が突っこんでもいいよ」

「突っこむって？」

「いや、具体的には何も考えてないけど。玉砕するっていうか、捕まってもいいってこと」

「警察に？」

「そう」

「ダメだ。丈章に仕返しして、丈章の親父さんに捕まんのか？　それはなしだろ。そうなったら、おれらの負けだ。そのときは、おれも一緒に捕まるよ」

「そしたら、徳弥くん、お坊さんではいられなくなるんじゃない？」

「そうだな。総本山から資格を剝奪される」

「じゃあ、わたしが代わりに捕まるよ」

「多美が捕まってどうすんだよ。それこそなしだ。一番なしだ。とにかく、失敗しなきゃいい。そのための方法を考えよう。何か、ねえか？」

「うーん」と、一時と多美の声がそろう。

　そして沈黙が訪れる。騒々しいファミレスのなかでもおれら自身にはそうとわかる沈黙。

まさに、うーんだ。

ガキのころに再放送か何かで見たアニメの一休さんなら、ここでてっとり早く、ポクポクポクポク、チ〜ン！　と何か閃《ひらめ》くはずなんだけど。

ダメか。おれは宗派もちがうし。

「でもまさかさ」と多美が言う。「何かする前に捕まっちゃうってこと、ないよね？」

「何でよ」

「だって、一時くんが泥棒に入ったわけじゃない。その妹さんに、ほんとに見られてないのかな」

「見られてないから、今もこうしてられるんだろ。たぶん、これから侵入するとこだと思ってくれたんだ。二階にいるとこを見られたわけじゃないんだよな？　イチ」

「うん。玄関のドアを閉める音を聞かれただけ、だと思う」

「だったら、近所のガキのイタズラくらいに考えてくれたんだ。大の大人が物干し竿で棒高跳びをしたとも思わねえよ。せいぜい高校生だろ。ほかの田舎町と同じで、片見里にも、血気盛んなヤンキーはいるから」

と、そこでふと思いつく。

「あ、妹だ」

「何？」と多美。

「今お前が言った、妹だよ」

「それが？」

「おれらが高校生んときかなぁ。丈章は、妹にしつこく誘いをかけてきた男をぶちのめしたことがあんだよ。しかもこっぴどくやったみたいで、それこそ警察沙汰になるとこだった。で、そこは親父さんがうまいことやってもみ消したんだ。おれはあいつと高校がちがったからくわしいことは知らないけど、でも事実ではあるらしい」

「だから、それが何？」

「だから、丈章は敵には甘くないし、味方にも甘くないけど、身内には甘《あめ》ぇんだよ。まあ、それはあの家族全員に言えることなんだろうな」

一時と多美がまじまじとおれの顔を見る。

「父親が堀川丈郎で、息子が丈章。母親が堀川静子で、娘が静穂。名前にも表れてる。そういう家庭は身内の結束が固いもんだ。家への意識が強すぎるんだな」

「必ずしもそうとは言えないでしょ。よくあるよ、そんなの。まず徳弥くんのところがそうじゃない。お父さん、徳親さんだし」

「おれんちはしかたねえよ。世襲坊主家系なんだから。とにかくさ、ウチは地元の名士だなんて思ってる連中は、身内をやたら大事にするもんなんだよ。で、それがまた弱みでもあるんだ。だからそこを突く。五歳下のかわいい妹。そこを突かれたら、丈章は案外もろいはずだ」

「その妹さんを、どうするの？」

「まだそこまでは考えてないけど。えーと、そうだな、例えば、美和がやられたのと同じことをやり返す。男を差し向けるんだ。この場合、別れさせ屋ではないから、便利屋だな。そしたら、いやでも気づくだろ。同じことをやり返されてるんだって。そうなれば、美和の件で罰を受けてることにも気づく」

「それはいや」と多美がきっぱり言う。「関係ない人を巻きこみたくない。そんなことをしたら、あの人以下になっちゃう」

「まあ、そうだね」と一時も続く。「それは、ちょっとちがうかも。差し向けるなら、堀川自身にでしょ。といって、選挙を控えて慎重になってる堀川がそういうのに引っかかるとも思えないけど」

「わかってるよ。おれも本気で言ったわけじゃない。一つの案として、テキトーに挙げただけだ。だって、ほら、丈章を引っかけるために女を雇うなんて、それこそなしだから。じゃあ、ほかに何かないかって考えてみただけ」

またしても、うーん、がくる。誰も声には出さないが、うーん、だ。

そして、多美が言う。

「その役、わたしがやってもいいよ」

「その役って?」

「徳弥くんが今言った、あの人を引っかける役。わたしなら、むしろいいんじゃない? もとから知ってるわけだから、知らない人が急に近づいてきてっていうよりは不自然じゃない。それに、おとといの飲み会で、ちょっとはお近づきにもなってるし。わたしがあの人を誘って、写真を撮って、それで」

「バカ言うな」と遮った。ついテーブルをバンと叩きそうになる。「二度と言うな。冗談でも、そんなことは言うな」

多美は口をつぐんだ。泣きそうな顔をしている。

参った。そんなことを言わせたのは、おれだ。不用意に丈章の妹のことを持ちだしたりして。無神経にその妹も多美も傷つけるような案を出したりして。よく考えてものを言えよ、クソ坊主。

「悪かった。最初に変なことを言ったおれのせいだ。ほんとに本気じゃなかった。そういうのはなしにしよう。何かもっといいやり方があるはずだ。それを考えよう。とにかく、丈章の出馬を阻止する。リミットは、市議選の告示日。そこは、いいな？」

「うん」と一時が言い、
多美もうなずく。

「まだ時間はある。まずはできることからやろう」

「できることって？」と一時。

「えーと」

これまでずっと頭の隅で微かに鳴っていた、ポクポクポクポク。

続いて、チ～ン！ がくる。

☽ ☽

探偵。倉内多美のカレシ。そして今度の役は、運転手だった。

役というか、本当に運転手。実際に車を運転する。それでいて、役でもある。

ただし、もう青木公平ではない。名前は必要ないのだ。

できることからやろう、と徳弥は言った。そのできることが、これだった。具体的には。例の画像の存在を確実に知る男、後藤房直の口封じ。

伊達《だて》メガネをかけた運転手の僕が運転しているのは、いつもの車、徳弥のインプレッサではない。ベンツだ。借りものの、黒のベンツ。

片見里の道路は、そのすべての舗装状態が万全とは言えない。それでも、ベンツは滑らかに走った。振動もあまり感じられない。いつもとはちがう道を走っているみたいだ。

自分がベンツを運転することになるとは思わなかった。キャビアやトリュフの味を知る日が来ないのと同じで、ベンツのハンドルを握る日も来ない、と思いこんでいたのだ。その意味で、人生には何が起きるかわからない。

この車は、県庁の近くにある長栄寺《ちょうえいじ》の住職、貞寛《ていかん》さんから、徳弥が今日だけの約束で借りてきた。長栄寺は、その名のとおり、昔から長く栄えているお寺で、幼稚園なども経営しているという。ウチとはちがって羽振りがいいんだよ、と徳弥は説明した。それにしたって黒のベンツは、と思わないこともないが、今回はそれが役立った。

徳弥によれば、貞寛さんは、いわゆる反社会的勢力の方々とつながりがあるわけではない。映画などの影響で、その方々に憧れているわけでもない。元高校球児ということもあり、プロ野球選手に憧れていたのだ。だから車はベンツ。色については、単なる好みだそうだ。僧侶に黒は、決して不自然ではない。

「スゲえなぁ」と、後部座席で徳弥が感心する。「いい車って、やっぱ走りがちがうもんだな」

「そりゃそうですよ、組長」と、助手席の岩佐哲蔵さんが言う。「何ならボディも防弾仕様にしましょうか？」

ふざけたりする人ではないと聞いていたが、ふざけたらしい。若頭の役をあてられて、さすがに昂っているのかもしれない。

善徳寺での自身同様、早くに父親を亡くし、若くして跡目を継いだ組長が徳弥。それより二まわりは歳上の若頭が哲蔵さん。そこにリアリティがあるのかどうかは知らないが、昔は任俠《にんきょう》映画も観たという哲蔵さんに言わせれば、ないこともない。ゆえにこうなった。

この哲蔵さんは、善徳寺の門徒さんで、亡くなった徳弥の父、徳親さんの親友でもあった人だそうだ。だから徳弥のことは、生まれたときから知っている。

そんな哲蔵さんに、徳弥はこの役を頼んだ。後藤に顔を知られていない人間がどうしても必要だったからだ。後部座席、徳弥の隣に座っているお嬢のほかにもう一人、できるなら年《とし》嵩《かさ》の男が。なおできるなら、貫禄のある男が。

迷惑はかけたくないとのことで、徳弥は哲蔵さんにくわしい事情を明かしてはいなかった。

おれ自身の正義のために手を貸してください、とだけ言って、頭を下げたらしい。それは徳親でも納得する正義か？　と哲蔵さんは尋ねた。納得します、親父ならきっと同じように考えます、と徳弥は答えた。わかった。ならいい。と、哲蔵さんは言ったそうだ。

「今思ったんだけどさ、イチ、運転がうまくなってねえか？」

「なってると思うよ。徳弥のお供をするうちに、慣れたんだ」

このところ、法事に限らず、徳弥がほかの用で出かけるときも、僕がインプレッサの運転手を務めることが多い。してくれと頼まれているわけではない。家事同様、自発的にしているのだ。泊めてもらう代わりにと言って。近い将来タクシーの運転手になるための練習だとも言って。

「うまくはなったけど、今日は特に気をつけてくれよな。こんな車に傷なんかつけたら大ごとだから」

「その場合は、お寺の経費にしてよ」

「何の経費だよ」

「僧侶としての正義追求事業の」

「落ちねえよ、それじゃ」と徳弥は笑った。「何だよ。イチも冗談を言うんだな。ちょっとブラックだけど」

そして午後八時。僕らはいよいよ目的の場所に到着した。県道沿いにある潰れたパチンコ屋の駐車場だ。何とも冴えない場所だが、その冴えなさがある種の効果を生む。

後藤をここへ呼び出すのは簡単だった。ケータイに電話をかけるだけでよかった。相手が誰と初めから認識していなければ、電話の声などまずわからないものだが、徳弥や僕では万が一ということもある。だからその電話は、非通知で哲蔵さんにかけてもらった。

そのせいか、後藤は出なかった。だが留守電にはつながったので、哲蔵さんが、『倉内美和の件で話がある。きっかり三十分後にかける。出なかったら直接お前のところへ行く』とのメッセージを残した。そして三十五分後に再び電話をかけた。後藤はすぐに出た。五分間、さぞやきもきしたことだろう。

誰にも言うなよ、と哲蔵さんは後藤に言った。お前の親分、堀川にもだぞ。ドスの利いた低音。横で聞いているだけでこわかった。セリフを短くすれば、棒読みでも冷徹な感じが出せるのだとわかった。

午後八時に必ず行きます、と後藤は約束した。その時点で、ことへの関与を認めたようなものだ。あとはダメ押しをするだけ。その電話で充分であるような気もしたが、もうひと押しすれば確実だろう。

役を演じてもらうために最低限、ということで、敵の親分が堀川丈章であることだけは哲蔵さんに伝えていた。丈章が誰なのか、哲蔵さんがそれを知らないはずはない。だが何も尋ねてはこなかったし、徳弥も説明はしなかった。

潰れたパチンコ屋の駐車場にベンツを入れる直前、徳弥がいつものニット帽を頭からとり、運転席の僕に深くかぶせた。そして自身はサングラスをかける。哲蔵さんがかけているのと似た、真っ黒で大きなレンズのサングラスだ。紫外線対策用というよりは、対人威嚇《いかく》用というようなそれ。

隣のお嬢も、同じくサングラスをかける。こちらは女性モノ。真っ茶で大きなレンズのサングラスだ。すでに着けている、徳弥に言わせれば茶色というよりはうんこ色、のロン毛ウィッグと相まって、よく言えばエキセントリックな、これまた徳弥に言わせればイカれた女に見える。だがそれこそが、顔を隠す本来の目的と同じくらいに重要なのだ。つまり、イカれた女に見せることが。

このお嬢の役、初めは多美がやることになっていた。若頭の哲蔵さんのような、諸条件に見合う人材が見つかりそうになかったからだ。お嬢はなし、若頭だけでいく、ということも考えないではなかった。だがそれでは哲蔵さんの負担があまりにも大きすぎた。砕いて言えば、セリフが多い役を哲蔵さんにまかせるのは、ちょっと難しいように思われた。

だからしかたなく多美でいこうとしたのだが。どうしても不安は拭いきれなかった。後藤と面識がないとはいえ、多美は美和の妹だ。そっくりとまではいかないものの、顔はかなり似ている。ウィッグとサングラスで変装しても気づかれてしまうおそれがあった。それだけは、避けなければならない。

そこで、僕が思いついた。突飛すぎる案ではあったが、悪くなかった。人と接するときの、あの堂々とした態度。礼は失わない。だが簡単には引かない。いいことはいいと言い、悪いことは悪いと言う。そして人のために動ける。考えてみれば、まるっきり外部の人間というわけでもない。僕らは同志とも言えるのだ。ある程度事情を明かせば、理解はしてもらえるだろう。何をって、徳弥の正義を。

ということで、僕がお願いしたのだ。県庁税務課の職員である彼女に。あの関根敏代に。

ヤンキーたちがたむろしてでもいたら面倒だな、と思ったが、金曜や土曜の夜ではないせいか、そんなことはなかった。駐車場には小ぶりの白いセダンが一台だけ駐まり、そのわきにスーツ姿の後藤が立っていた。どうやら仕事帰りらしい。

その後藤から五メートルほどの距離をとって、僕はベンツを停めた。いい距離だ、イチ、と後ろから徳弥の声が届く。

エンジンを止めると、駐車場は途端に静かになった。片見里の夜。いつもの静けさだ。

助手席から哲蔵さんが降り、後部座席から敏代が降りる。徳弥と僕は動かない。乗ったままだ。外の音が聞こえるよう、サイドウィンドウはあらかじめ五センチほど下ろしてある。

　敏代と哲蔵さんが、後藤の正面に立つ。お嬢が前、一歩下がって若頭。そんな具合だ。

　哲蔵さんは、すでに定年間近だが、そこはさすがに消防士、同性でもほれぼれするほど体格がいい。その大きな体に、白いスーツがよく似合っている。量販店で買った安ものだが、新品だ。下ろしたての白が、薄明かりにもよく映える。髪はバー『トリノス』のマスターのようにオールバックに撫でつけられ、そこへ真っ黒なサングラス。その筋の人にしか見えない。ちょっとやり過ぎではないかと思うのは、実は堅気だと僕が知っているからだろう。

「待たせたか？」とその若頭が言い、

「いえ」と後藤が言った。

　哲蔵さんのセリフは、以上。あとは、ただ立っているだけだ。サングラスの奥から睨みを利かせてくれればそれでいい。

　しばしの間を置いて、お嬢が口を開く。

「あんたが堀川丈章の腰ぎんちゃく？」

　磯ぎんちゃくと言っちゃわないか心配、と不安がっていたが、言っちゃわなかった。ベンツのなかからは後ろ姿しか見えないが、胸の前で腕を組んでいることがわかる。立ち位置も絶妙だ。後藤はお嬢の肩越しに黒ベンツの後部座席の窓、つまり車内にいる組長の姿をうっすらと見ることができる。

午後八時。空は暗い。潰れたパチンコ屋の駐車場だから、明るく照らされてもいない。離れたところにある街灯のおかげで薄ぼんやりと明るい。その程度。ちょうどいい。この時間にこの場所。そう設定したのは、そのためでもあるのだ。顔をはっきりとは見られずに、車の窓越しにこわい印象を与えるため。

バックミラーで、後部座席をうかがう。徳弥は微動だにせず、外に立つ後藤を見ている。射るように見つめている。黒いベンツの後部座席に座る、スキンヘッドに黒いサングラスの男。そりゃ、こわいだろう。

「えーと、まあ、はい」と、かなり遅れて、後藤が返事をした。

同い歳ぐらいか、もしくは歳下に見える女性。その女性にいきなり腰ぎんちゃくなどと言われてどんな態度をとるべきか、男性として、葛藤があったのだろう。だが結局は自尊心を捨て、その、はい、を選んだのだ。

「あたしたちが何で来たか、わかる？」

よく通るお嬢のそんな声が、夜の空気を震わせる。震わせておいて、引き締める。

「いえ。わからないです」

「知りたい？」

「あの、はい」

「教えない」

「え？」

「こっちから言うことだけ言う。あんたは、倉内美和の件に関して、一生口を閉じてなさい。この先ずっと。あんた自身が死ぬまでずっと。あんたらのせいで一人の人間が死んだことも、あんたが今ここでこうしてあたしたちに会ったことも、誰にも言わないこと。誰にもの誰には、あんたの親分も含まれる。誰？　あんたの親分」

「えーと、堀川、ですか？」

「堀川誰？」

「丈章」

「例えばあんたがこのことをそいつに相談したら、どうなると思う？」

「さあ」

「あとでゆっくり想像しなさい。愉快なことにはならない、とだけ言っとくから」

大いに感心した。すごいな、敏代。哲蔵さんと同等か、それ以上にこわい。しかもセリフは、ほぼすべてアドリブなのだ。徳弥が考えたわけでも、僕が考えたわけでもない。僕らはただ、多美の許可を得たうえで、美和の事情を明かしただけだ。

ウィッグにサングラスに、丈の短いワンピース。セクシーというよりはヤラしい感じのストッキングにハイヒール。変装が完成したときも、驚いた。県庁税務課職員のあの地味な彼女がどこかへ消えてしまったからだ。わっ、化けた、と徳弥が思わず言い、失礼ですよ、と敏代自身は笑った。そのうえ、これだ。お嬢そのもの。女の人は、本当に、変わる。

「倉内美和の画像、あんたも持ってる？」

「いえ、持ってないです。消しました。とっくに」

「証明できる？」

「証明は、できないですけど。でもほんとです。ほんとに消しました。ぼく自身、持ってたくなかったし」

「堀川丈章以外に、誰か持ってる？」

「誰も。いえ、あの、丈章が流してなければ、ですけど。でもそんなことはしてないと思います。自分があぶなくなるだけだから」

「あんたが撮影したの？」

「えーと、はい。撮影したというか、カメラを仕掛けただけですけど。丈章は、そういうの、あんまりくわしくないんで」

「あんたはくわしいわけだ、盗撮に」

「盗撮にくわしいわけではないです。ただ知ってただけです。最近のやつは扱いも簡単だし。そんなことやりたくなかったんですよ、ほんとは」

「じゃあ、何でやんのよ」

「それは、丈章に言われたから」

「その丈章に言われたことは、何でもやるわけ？」

「丈章の親父さんは、警察署長だし」

「だし？」

「あのあとも、丈章に言われたんですよ。バラしたら、お前に脅されたって言うからなって。事実ではなくても、そんなの、どうにだってできそうじゃないですか。警察署長なら」

　徳弥が思っていた以上に、後藤は丈章に強く支配されていたらしい。ぶっとくて頑丈な首輪をつけられていたのだ。僕のような転校生でなくても、そんなことは知っている。前にも言ったが。子どものころに築かれた人間の関係性は、よほどのことがない限り、大人になっても変わらない。親分は永久に親分だし、子分は永久に子分だ。

　関根敏代、岩佐哲蔵さん、後藤房直。三人の誰もが黙ったまま、数秒が過ぎた。引きあげるタイミングだった。

　だが敏代が、思いがけないことを言った。後藤はもう疑ったりしないと確信したからだろう。

「あんたは何で犬なのよ」

「え？」

「何で堀川丈章の犬になってんのよ」

後藤は答えなかった。沈黙から、再び葛藤が伝わってくる。

「おいしいエサをもらえるから犬になってるわけ？　それとも、ただ犬になってるわけ？」

後藤はなおも黙っていた。敏代を疑いはしなくても、刺激を受けたことで妙な動きをされたら面倒だ。引きあげの合図として、クラクションを鳴らしてしまおうかと思った。

「そんなわけ、ないでしょ」と後藤が言った。

絞り出すような声だった。

今度は敏代が黙る。先を促すための沈黙だ。

「昔、ガキのころですけど。学校にかなりの額の金を持ってきたやつがいて。ぼくはそいつからついその金を盗っちゃって」

驚いた。妙なところで妙な話が飛び出した。盗った相手の名前は出ない。でも。那須くんだろう。

「で？」

足もとに落とした視線をすぐに上げ、後藤はあきらめたように言う。

「それを、丈章に見られてたんですよ」

「あら」

「しかたないから戻そうとしたんだけど、『その金は二人で分けようぜ』って丈章が言って。その少し前によそから転校してきたやつがいたんですよね、クラスに。だから、『そいつのせいにしときゃバレねえよ』って」

「で、バレなかった？」

「まあ」

「お金は二人で分けたわけ？」

「はい。でも丈章は、『盗ったのはお前だから忘れんなよ』って」

「それから犬なんだ」

後藤がうなずいたように見えた。見えただけかもしれない。できるだけそう見せるようにうなずいた、ということかもしれない。

もう充分、と思い、車のサイドウィンドウを閉めた。

それを待っていたかのように、徳弥が言う。

「今の、聞こえた？」

「うん」

「うそみてえなタナボタだ。まさかこんなことまで聞けるとはな」

まさにそのとおり。棚から、ものすごく大きなぼた餅が落ちてきた。僕らは敏代に、その盗難騒ぎのことまで話したわけではないのだ。何故って、美和の件と直接の関係はないから。

「後藤にもそんなことがあったんだな。何にしても、ひでえ話だ」

「ずっと昔のことだよ。もうどうでもいい」

「正直に言うよ」

「何？」

「おれも、あの金はイチが盗ったんだと思ってた。つーか、大して考えずに、丈章たちの言うことを鵜呑《うの》みにしてた」

「みんなそうだったと思うよ」

「倉内はちがったんだな」

「そう、だね。いや、わからない」

「ん？」

「もしかしたら、本気で言ったのではないかもしれない」

「どういう意味？」

「ああ言えば僕の良心が痛むと思ったのかもしれない。反省させようと、したのかもしれない。糾弾はしない代わりに」

「それは、考えすぎだろ」

「たぶんね」

「たぶんじゃない。それがわかってるから、お前自身、今こうしてここにいるんだろ？　そうでなきゃ、仕返ししようなんて思うわけがねえよ」

「そんなふうに考えるようになったのは最近なんだ。本当に最近。三日ぐらい前」

「じゃあ、やめるか？」

「やめないよ。仮に反省させようとしたのだとしても、彼女が言ってくれたことの価値は下がらない」

敏代と哲蔵さんがこちらへ戻ってきた。哲蔵さんが素早くまわりこんでドアを開け、敏代が後部座席、徳弥の隣に乗りこむ。ドアを閉めると、哲蔵さんはやはり素早く助手席に乗りこんだ。

後藤がこちらを見ていた。その場に立ち尽くし、律儀に頭を下げる。

こわかったろう、そのこわさがこれからも続くのだからたまらないだろう、と思う。だが、人が一人亡くなっているのだ。徳弥によれば、仏となって救われてはいる。理屈としてはわかる。ただ、僧でない僕が、それで納得はできない。門徒さんである多美は、複雑な気分だろう。

キーをまわしてエンジンをかけ、車をゆるやかに発進させた。

「あぁ、疲れた。ノド、カラカラ。何か飲みたいです」と敏代が言う。「どうでした？　あれでこわがってくれますかね」

「充分。上出来。最高」と徳弥が賛辞を三つ並べる。「スゲえよ。おれ、組長なのにビビった。ニセものだとわかってんのにビビった。もう県庁に文句は言えねえよ。あとで何をされんのか、つい想像しそうになる。県税を倍払えって言われたら、払っちゃうよ。ただ見てただけのおれがそうなんだから、後藤はビビりまくりだろ。相手の素性が知れないってのは、こわいもんだよ。なのに自分のことは知られてるってのは」

「わたし、しゃべりながら興奮してきちゃって、というかノってきちゃって、つい余計なことまで」

「いや、ちっとも余計じゃない。お宝情報を引きだしてくれたよ」

「ならよかった。もう二度とやりたくないですよ、こんなの」

「もったいないからやれよ。何なら私生活で。つーか、やってたりして」

「やってませんよ」

「後藤くん、このことを堀川に言わないかな」と言ってみる。

「言わないならそれでいい。言うなら、それでもいい。丈章だって、ヤバいと思うだろ。それより、イチ、後藤にもくんが付いちゃってるぞ」

「あぁ。でも後藤くんは、後藤くんでよくない？」

「うーん。微妙」と言った。

徳弥がではなく、お嬢が。

☀

☀

夏が正確にいつ終わるのかは、知らない。

暦の上ではとっくに終わっているが、体感としては終わってない。昼は三十度になる日があるのに、もう秋だとは言えない。

ともかく夏が終わりに近づくと、少しずつ落葉が増えてくる。そもそも樹木そのものが多いので、掃いても掃いてもきりがない。おれをサボらせないようにするため、昨日掃き集めた落葉を母ちゃんがわざとまき散らしてるのではないか、とさえ思う。今は一時が手伝ってくれるからまだいいが、いなくなったら大変だ。まあ、いないのが、善徳寺の常態なんだけど。

ほうきを手に立ち止まり、遥か向こうの山を見て、それから真上の空を見る。

二十九年ものあいだ、おれは同じ景色を見ている。それが近々、三十年になる。

おれの日常と一時の日常は、まったくくちがうんだろうなぁ。

そんなふうに考えると、ちょっと不思議な気分になる。

動かない日常と、動きまくる日常。動かない日常において、人は変化に敏感になるはずだ。よそからやってきた一時との、仕返し作戦。それは大いなる変化だろう。そしておれはその変化をあっけなく受け入れている。でもって、その作戦のさなか、こうして落葉なんか掃いている。変化をも呑みこんでしまうほど、おれの日常は揺るぎないものになっている、ということだろうか。それとも。その変化自体が当然来るものであった、ということだろうか。

そんなようなことをすべてひっくるめて。

無常だなぁ。

なんて思っていると。

そこへ、堀川丈章がやってきた。

予告もなしに訪ねてきたのだ。平日の午後に。

「トク、堀川くんが来たわよ」と母ちゃんに呼ばれ、応対に出た。

正直なところ、かなりあせった。何かバレたのか？　そう思った。

丈章は一人だった。平日だからか、後藤を連れてはいなかったし、ほかの誰を連れてもいなかった。

「おぅ」と丈章は言った。「たまには来てみようかと思ってさ。檀家じゃなくても、来ていいんだろ？」

「ああ。かまわないよ」

丈章を自宅の客間に上げながら、ふと、こいつが門徒さんだったらどうしてただろう、と思った。それでもやはり仕返しをすることにしてただろうか、と。

一時がここにいることは丈章も知ってるので、自分から言った。

「イチも呼ぶ？」

「いや、いい」と丈章はそっけなく返した。「村岡と話をしに来ただけだから」

話。いったい何だろう。いきなり磯部洋輔の名前が出てきたりして。それどころか、関根敏代の名前まで出てきたりして。

初め、丈章は特にどうってこともない話をした。増沢先生の娘さんも教師をしてるらしいなとか、早生まれのやつも三十だから来年の同窓会は派手にやろうとか、そんなのだ。

それから、原百香の話をした。

あの合コンのあとに、今度は二人だけで飲みに行きませんか？　と誘われたことを、丈章はおれに明かした。断ったそうだ。理由を尋ねてみると、こう答えた。だってあいつ、整形だろ。

そして本題が切りだされた。

本題。磯部洋輔や関根敏代のことではない。

「こないだ、ウチに泥棒が入りやがってよ」

そっちか。よかった。いや、よくない。そっちならそっちで大変だ。

「マジで？」

「ああ。これがふざけた野郎でさ、物干し竿で棒高跳びみたいに塀を越えて逃げたんだと」

「誰かが見たのか？」

「妹が見た。ちょうど空を飛んでたとよ。で、塀の向こうに消えていった。妹は、バイトを早めに切りあげて帰ってきたんだ。バスの時間に合わせて。ほら、昼だとさらに本数が少ないから」

「バイト、原チャリで行ってるんじゃなかったっけ」

「セルの調子が悪いんで、修理に出したんだと」

だから静穂は早く帰ってきたのか。修理に出したから、原チャリでじゃない。それでは警戒もできない。マジであぶなかったんだな、イチは。

「妹が階段を下りてるときに玄関のドアが閉まる音がしたらしくてさ。家には誰もいないはずだから、外に出てみたんだ。そしたら、門のほうじゃなく、塀のほうにそいつがいた。門から出ていったら姿を見られると思ったんだろうな」

鋭い。さすがは警官の息子。そのとおりだ。犯人もそう言っていた。門のほうに行ったら、玄関のドアを開けて出てきた妹に見られると思って。と。

「顔なんかは、見てないんだ？」

「見てない。後ろ姿だけ。その、空を飛んでるときの後ろ姿だな」

「で、何か盗られたのか？」

「たぶん、何も。通帳とかハンコの類はなくなってないし、金目のもんに手をつけられた感じもない」

「入ろうとしてドアを開けたけど人の気配がして逃げた、とか？」

「いや。入ってはいただろうな。玄関の外じゃなく、なかで物音を聞いたような気がするって妹が言ってるから」

「それは、こわいな」

「ああ。あいつがもうちょっと早く帰ってきてたらと思うと、ゾッとするよ。もし何かされてたら、絶対にそいつを捜し出して、叩きのめすだろうな」

この丈章なら、やる。やり過ぎってとこまで、やる。

「けど何も盗られてないんなら、よかった」

「まあ、それはな」

「じゃあ、届は出してないんだ？　被害届みたいなの」

「何も盗られてないのに出せないだろ。盗られてたって、出せねえよ。親父、署長だぞ」

「そうとは知らずに入ったのかな。いや、普通、知らないか。空巣に入る家の主《あるじ》の職業まで」

「さあ。どうだろうな」

「丈章の家はデカいから、金持ちだとは思ったろうけど」

「おれな、そいつが門から逃げなかったことが気になってんだよ」

「だから、姿を見られたくなかったんじゃねえの？」

「知ってるやつだから姿を見られたくなかった可能性も、あるよな？」

「近所のやつってこと？」

「近所のやつというか、まあ、知り合いだよな」

「親父さんの？」

「か、妹のか。母親のってことは、ないような気がするけどな」

「知り合いの家に、入るかな」

「逃げるやつは、特に理由がなきゃ、逃げやすいほうへ逃げるだろ。見られたって、後ろ姿なんだから」

ヤベえな、と思った。信号が、青から黄色へとかわっていた。じき赤になる。一時はここへ呼ばなくていいと丈章は言った。呼ばなくていい、ではなく、呼ぶな、という意味だったのだろう。

そして信号が赤になった。

と思ったら、ちがった。言うなれば、黄色と混ざったオレンジ。赤の一歩手前だ。

「まさか、村岡じゃないよな？」

「あ？」

「犯人」

ほっとしつつ、ドキッとした。感情が大きく揺れる。右、そして左。揺れ幅が広い。

「何でおれが」と、かろうじて言った。「そいつ、頭がツルツルだったとか？」

「いや。帽子をかぶってたから、そこまではわからなかったみたいだ。まあ、ツルツルなら、帽子をかぶっててもわかるよな。後ろ髪もねえわけだから」

おれがつい見せた動揺を、いきなり疑われたことへの驚き、といいように解釈してくれたらしい。丈章は続けた。

「本気にすんな。冗談だよ」

「何だよ。あせらすなよ」

言ってすぐ、脅かすなよ、にすればよかった、と後悔した。あせらすなよ、はちょっとおかしい。事情を知ってる者の言葉みたいだ。知ってるけど。

「ほら、昔、村岡が片見川で流されたことがあったろ？　棒で向こう岸まで跳び越えようとしてさ。妹に話を聞いて、あれを思いだしたんだよ」

「あぁ」

「中学んときだったか？」

「そう。中一んとき」

「かなりの騒動になったよな？」

「なった」

「新聞にも載ったもんな。といっても、全国紙じゃなく、日報だけど」

「載ったな」

「確か、消防まで出動させたろ？」

「させた」

そう。だから親父も、集まった人たちの前でおれを殴ってみせるしかなかったのだ。そこまでの騒ぎになってしまったから。

「あのあと、中学で全校集会も開かれたよな。校長が、青い顔して言ってたよ。『みなさん、あぶないことだけは絶対にしないでください』って」

「そうだっけ」

「そうだよ。まあ、言うよな。自分が悪くなくたって、責任はとらされんだから。校長なら」

「よかったよ、そうなんなくて」

「とにかくアホだったな、あれは」

「アホだった。確かに」

他人の恥はよく覚えてるもんだな、と思う。全校集会のことなんて、おれ自身、すっかり忘れていた。大方、同窓会でも、おれがいないところであれこれ言っていたのだろう。いるところで言ってくれれば、いくらでも冗談にしてやるのに。

「谷田」と、いきなり丈章が言う。

「ん？」

「ずっとここに泊まってんだろ？」

「ああ。仕事やめたばっかで、すぐには次のあてもないっていうから」

「今もいる？」

「二階にいるよ。何日か前まではこの部屋にいたけど、移ってもらった。客間は、こんなときにつかうから」

「こないだの同窓会で見るまで、あいつのことはすっかり忘れてたよ。というか、見ても思いだせなかった。覚えてたやつらに聞いて、やっと思いだした感じだな」

「おれも、まあ、それに近いかな」

「なのに、泊めてんのか？」

「いや、ほら、同窓会に出ろってすすめたのはおれだし。その流れで、何となく」

「親父の遺骨を取りに来ただけなんだろ？」

「そう」

「村岡、あいつのこと、よく知ってんのか？」

「よくってほどは、知らないな」

「誰と仲よかった？　あいつ」

「特に誰とってのは、なかったんじゃないか？」

「男子でも女子でも、だよな？」

「たぶん」

　女子でも、というところに引っかかりを覚えた。丈章も丈章なりに、何か引っかかってるのかもしれない。例えば過去に倉内美和から一時の話を聞いたことがあるとかで。

「あいつ、あちこちを渡り歩いてんだな」

「ここにも、四ヵ月しかいなかったしな」

「そうじゃなく。大人になってからもだよ。一ヵ所に落ちつかない。落ちつこうとしてない。何か、うさん臭くねえか？」

　さすがにひやっとした。

「もしかして、イチのことを、調べたのか？」

「ああ。軽くな」

「親父さんのツテか何かで？」

「まさか。そこまではしねえよ。前科でもありゃ、別だけど」

　ということは、前科がないってとこまでは調べたわけだ。

「何か疑ってんのか？」

「いや、そういうんでもねえけど。ただ、選挙が近いから、用心はしてんだよ。この時期に突然姿を現したり近づいてきたりするやつには気をつけるべきだろ。そんなやつらは、どんな爆弾を用意してるかわからねえしよ」

なるほど。身辺を洗われて、後ろ暗いことを探り出されたら、致命傷になる。そういうことか。実際、その後ろ暗いことを、丈章は抱えているわけだし。そのために動いている者たち、つまりおれらみたいなのもいるわけだし。

今のところ、おれまで警戒されてはいないようなので、思いきって尋ねてみた。

「調べるときってさ、探偵とかを雇うのか？　探偵とか興信所とか、そんなようなのを」

「まあ、そうだな」

「信用できる？」

「業者次第だろうな」

「どういうことまで、やってくれるわけ？」

「法に触れないことなら、ひととおりやるんじゃねえか。何で？」

「いや、ウチも不動産のこととかでもめたりしたら、頼もうかなって。そのときは紹介してくれよ。署長一家公認の、信用できそうなとこを」

あぶなかった。スルスルッとうそが出てくれて、たすかった。ウチにもめごとはない。長栄寺じゃあるまいし、この寺のほかに不動産なんて持ってないのだ。

でもそこが限界だった。さすがに核心には触れられなかった。どんな形であれ、別れさせ屋という言葉までは出せなかった。ノドまでは、というか唇のすぐ裏までは出てたけど。

「気を悪くするといけねえからよ、今のこと、谷田には言わないでくれよな」

「ああ。わかった」

「正直言うと、村岡にも言わないでおこうかと思ったんだ。でも、まあ、おれらはともに片見里を守っていかなきゃいけないしよ。それに、合コンもやった仲間だから言っとこうとも思ってさ」

仲間。すごいことを言った。言われた。おれが丈章の、仲間。

選挙は人を変えるもんだな。今、ウチの門徒さんになってくれと頼んだら、丈章は本当になりそうだ。おれが坊主じゃなくて牧師なら、キリスト教徒にだってなるかもしれない。

さっきの疑問に、答が出た。

丈章がウチの門徒さんだったら、どうしてただろう。

やっぱ、仕返しをすることにしてただろう。

門徒さんだから仕返しをしない。門徒さんではないから仕返しをする。それこそ、やっちゃいけないことだ。

「じゃ、行くわ」と丈章が立ち上がる。

そこへ顔を出した母ちゃんが言う。

「あら、もう帰るの？　ごめんなさいね、何のおかまいもしなくて」

「いいえ。おばさん、最近はどうですか。母が女性会にぜひ参加してほしいって言ってましたよ。それと、父もよろしく言ってました。近々、あいさつに来るんじゃないかな。そのときは、おれも一緒に来ますけど」

親父さんの、あいさつ。丈章の選挙のことでのあいさつ、という意味だろう。つまり、母ちゃんにというよりは、おれにあいさつに来るのだ。息子への支援要請とか何とかで。わかりやすく言えば。ねぇ、住職から門徒さんたちに息子への投票をお願いしてよ、ということで。

「あ、お見送りはいいですよ。何かエラソーだから」と言い残し、丈章は一人で玄関へと向かった。

それこそがエラソーに聞こえたが、母ちゃんもおれも、黙ってその言葉に従った。

ひもでも結び直していたのか、丈章は玄関でゆっくりとくつを履き、最後にこちらへ声をかけた。

「お邪魔しました。じゃあ、また」

「はい、どうも」と母ちゃんが言い、

「じゃあな」とおれも続いた。

母ちゃんが玄関のドアのカギをかけに行き、また客間に戻ってきた。

そして珍しくこんなことを訊いてくる。

「堀川くん、何しに来たの？」

「さあ。よくわからん」とごまかした。実際によくわからなかったこともあって。で、ごまかしついでに言葉を足す。「女性会、やっぱ参加しないんだ？」

「しない。わたしはああいうの、苦手」

まあ、そうだろうな、と思う。母ちゃんの柄じゃない。

「あれって、そもそもどんな活動してんの？」

「よく知らない。ヒマな奥さんたちが集まって、どこかから取り寄せた高そうなお茶を飲んでるんじゃない？　そんな席で、女性がどうのって言われてもねぇ」

「うーん」

「いちいち女性女性って言ってるうちはダメなんだと思うよ。そんな言い方じゃ、男は耳を貸さない。そうですよね、わかりますって顔でごまかされて終わりでしょ。ねぇ、あんた、コーヒー飲む？　お取り寄せじゃない、安いモカ・マタリ」

「ああ。もらうわ」

「一時くんの分も淹れるわね」

「じゃ、呼んでくる」

「まだ早い。呼ぶのはコーヒーが入ってからでいい」

「じゃ、そうする」

二人で客間から台所に移った。母ちゃんがコーヒーを淹れにかかり、おれがダイニングテーブルの前のイスに座ってそれを眺める。

カップやコーヒー豆をあちこちから出しながら、母ちゃんが言った。

「堀川くん、一時くんにも会っていけばいいのにねぇ。クラスメイトだったわけでしょ？　その二人も」

「まあね。けど、ほら、特につながりもなかったから」

「あんたはどう？」

「何？」

「つながり。堀川くんと、つながりはある？」

「どうだろう。大したつながりは、ないかな。それこそ元クラスメイトってだけで」

「ケータイの番号も知らなかったくらいだもんね」

「そうそう」

合コンをしたから、今はもう知ってるけどね。と思ったが、それは黙っていた。

ヴ～ン、と電動ミルで豆を挽いてから、母ちゃんが言う。

「あんたに話しておくことがあるんだよ」

「ん？」

「大事な話」

「大事な話」

「そう。かなり大事な話」

「何だよ、あらたまって。まさか、『あんたはわたしの子じゃない』とか言いだすわけじゃないよね？」

母ちゃんが驚いた顔をした。挽いたコーヒー豆をセットする手が止まる。

それを見て、一瞬、あせる。おい、ちょっと。当たり？　なのか？

「まさか。だってあんた、わたしにそっくりじゃない。顔も、性格も」

性格については微妙だが、まあ、顔は似ている。門徒さんにもよく言われる。徳弥くんは露子《つゆこ》さん似だねぇ、と。目もとも口もとも似てるもんねぇ、と。

ひとまずはほっとしたうえで、おれは言う。

「そっくりでも、ないだろ」

「わたしじゃないんだよ」

「何が？」

「あんたと血のつながりがないのは、お父さん」

「は？」

反応をうかがうように、母ちゃんがおれを見る。

固まる、というのがおれが示した反応だ。

そして固まったまま、どうにか口だけを動かす。

「何それ」

母ちゃんは何も言わない。何それ、という質問に対して、それが何かを答えない。

うそだろ？　と言おうとしたが、何故か弱気になり、こう言ってしまう。

「うそでしょ？」

今度は母ちゃんも答える。

「うそじゃない。ほんと。あんたの父親は、お父さんじゃない」

あんたの父親は、お父さんじゃない。変な言葉だ。正しく言うならこうだろう。村岡徳弥の生物学上の父親は、村岡徳親ではない。

「マジで？」

「マジで」

「今言う？」

「今言う」

「コーヒーを淹れながら言うことかよ」

「何をしながらでも同じだわよ。本堂できちんと向き合って正座して。そんなふうに形を整えて、言ってほしかった？」

それはない。おれと母ちゃんでのそれには、ちょっと無理がある。だとしてもだ。

「親父」と言ってから、どう続けていいかわからなくなり、こう続ける。「じゃねえの？」

「じゃなくはないわよ。お父さんはお父さん。戸籍上もちゃんとそうなってる。あんたは徳親の息子。それはまちがいない」

戸籍。謄本や抄本を、見るべくして見たことはない。見たところでわからなかったということか。

「養子とかでも、ないんだ？」

「ない。お父さんは、初めから実の子としてあんたを育てたから」

「じゃあ、ほんとの父親って、誰？」

「それ、訊く？」

「訊くよ、そりゃ」

ふうっと母ちゃんは一つ息を吐く。そして一気に説明する。

「二十代の初めのころ、わたしは駅前の雅屋にあった和食屋さんで働いてたのよ。今で言う正社員としてね。で、アルバイトとしてそこに入ってきた男の人と知り合ったの。国立大の学生さん。理系の、大学院生。わたしたちは付き合うようになったんだけど、まあ、いろいろあって、一年ぐらいで別れたわけ。それで、別れたあとに、妊娠したことがわかったの。その人はまだ働いてもいなかったし、そもそも別れた相手に頼るのもいやだったから、わたし、一人で産むことにしたのよ。でもって、同じそのころにね、常連さんとして店を利用してくれてたお父さんに、いきなり告白されたの。好きだから付き合ってくれって」

「マジで？　いきなり？」

「そう。イクラ丼ばっかり食べてるお客さんだったから、このなまぐさ坊主！　って初めは思ってたの。でもね、またおいしそうに食べるのよ、これが。目を閉じて、仏様そのものみたいな顔して。それで、ごちそうさまどころか、いただきますも毎回きちんと言ってくれるの。そういうのを見てるうちに、ちょっとは惹かれるようになってたんだね。だけど、そのときは当然、断った。あなたがきらいなわけじゃなくて、これこれこういうことなんですって、事情もすべて打ち明けた。そしたらね、それでもいいってお父さんは言うのよ。いいわけないじゃないってわたしは言ったんだけど。それからも、何度も会って、何度も話をして。お父さんが出した答が、『二人で育てよう』だったの。驚いたわよ、ほんとに。もちろん、うれしかったし、感謝もしたけどね。実際、してもしてもし足りないくらいのもんよ。まあ、そういうことなの。だから、トクの本当の、というか血のつながりがある父親は、あんたが存在することを知らない。だから、あんたは見捨てられたわけでもない」

こんなときにいったい何を言えばいいだろう、と思ったが、感傷に浸るまでは至らず、言うことはあっけなく浮かんだ。

「おれ、数学とか物理とか、まったくダメだったけど」

「は？」

「いや、だから、理系科目は全然だった。遺伝、してねえよ」

「全部が全部遺伝するわけないでしょ。それは、単にあんたの頭が悪かっただけ」

「おれが自分で言うのも何だけど。堕ろすことは、考えなかったわけ？」

「考えるわけないじゃない」と母ちゃんは即答した。「思いつきもしなかったよ、そんなこと。できたんだから産む。それしか頭になかったわね」

できたんだから産む。それを聞いて、ふと思う。倉内美和も、同じだったんだろうな。ただ、美和は優しすぎた。優しすぎて、あんなことになった。

「でもね、いつかは何らかのきっかけでトクが気づくだろうと思ってたの。気づいた時点できちんと伝えようって、お父さんとも話してた。だけど、鈍いのか何なのか、あんた、気づかないのよ」

「気づかないだろ、普通」

「子どものころに、あぁ、ぼくはこのウチの子じゃないんだって思ったりするでしょうよ、普通」

「するだろうけど。それは本気で思ってるわけじゃねえよ。ガキが悲劇の主役になった自分に酔ってるだけだろ」

「わたしは、あんたが二十歳になったときに言おうと思ったんだけどね、お父さんが、もう言わなくていいんじゃないかって言ったの」

そうなのか。正しいよ。正しかったよ。親父。

「じゃあ、何で今さら？」

「こんなことが、他人の口から出た言葉であんたの耳に入ったらいやだからね。あんたが小さかったころは、それでもいいと思ってたけど」

「わかんねえな。どういうこと？」

「堀川さんがね、事情を知ってるんだよ。堀川くんの、お父さんが」

「署長？」

「そう。あんまり評判のよくない、片見里警察署長」

母ちゃんがそんな言い方をするのは初めてだった。きらいなものはきらいと、母ちゃんはいつもはっきり言うが、今のこれはそれとはちがう。ような気がする。どう言えばいいだろう。きらいなものも、きらいと認識したうえで受け入れる、というような、いつもの感じがない。

「わたしがその大学院生と付き合ってたことを、堀川さんは知ってたのよ。それで、まあ、何だかんだで、そのことも知られちゃったわけ」

「何だよ、何だかんだって」

「ほら、そのころって、駅前にあんまりお店がなかったのよ。だから雅屋のその和食屋さんを利用する人は多かった。そのなかに堀川さんもいたの。もちろん、そのころは署長でも何でもなかったけどね」

「警官の制服で、来るわけ？」

「まさか。私服よ。非番の日とか仕事のあととかが多かったのかな」

「で？」

「で、やっぱり声をかけられたことがあるの。といっても、お父さんと堀川さんだけじゃなく、ほかにもたくさんかけられたわよ、声。わたし、結構モテてたから。そのお店の看板娘としてね」

「看板娘って。古いよ、表現が」

「うるさい」

そのころの母ちゃん。何となく想像できる。看板娘っぽい。

「そんで？」

「たいていの人は、冗談ぽく声をかけてきて、一度軽く断ったらそれでおしまい。でも堀川さんはちがった。何度も何度もなの。断っても断っても誘ってくる。よく言えば一本気、悪く言えば粘着質」

「しつこかったんだ」

「まあ、そうね。その大学院生と別れてからは、特に。だけどわたしはお父さんと付き合うことにしたから、はっきりそう言ったの」

言うだろうな。母ちゃんなら、言う。

「そしたら？」

「さすがに声はかけてこなくなった。でもそれからしばらくして。善徳寺の住職に跡継ぎができるってことをどこかで聞きつけたんでしょうね。久しぶりにお店に来て、言ったのよ。『何か、時期がおかしくないか？』って」

「時期って？」

「あんたが生まれる時期。まあ、確かにそうなのよ。大学院生と付き合ってた時期と、お父さんと付き合いだした時期から考えると」

「二股をかけてたみたいになるってこと？」

「そう」

「そう言ったの？　署長が、じゃなくて、堀川さんが」

「言ったわね。それよりずっと品のない言葉で言った。だからわたしも、言い返したの。『二人と同時に付き合うなんてことはしてません』て。堀川さん、言ったわよ。『じゃあ、どういうことになるんだろうね』って。顔に薄笑いを浮かべてね」

「母ちゃんは？」

「市民の個人生活に首を突っこまないでくださいよ。お巡りさん」

「言ったの？」

「言った。それでおしまい」

「へえ」

「まあ、いやな男よ」

堀川丈郎と丈章。やっぱ親子だ。

一方のおれは。

「こうなったら、父親の名前、聞く？」

「え？」

「いいわよ、言っても。あんたには聞く権利があるし」

「うーん」

考えた。会話の流れのままに母ちゃんが言ってくれてたら、聞けた。でも、聞く？　と訊かれたら。聞く権利があるし、と言われることで、聞かない権利も与えられてしまったら。

それは、迷う。

おれも、じき三十。今さら、父親としての村岡徳親を否定するようなことはない。まちがいなく、ない。だから聞いてもいいような気がする。が。だから聞かなくていいような気もする。聞いたところで無駄に負担が増えるだけ、なんじゃないだろうか。

「保留っていうのは、あり？」

「あんたがそれでいいならね」

「じゃあ、ここは保留で」

母ちゃんはあきれたように笑って、言う。

「やっぱりおかしな子だね。それだけで、もうわかるじゃない。紛れもなく、あんたはわたしの子だよ」

これまで、門徒さんではない丈章がウチを訪ねてくることはなかった。父親の丈郎も、そうだ。片や警官、片や坊さんとして、地域の行事やなんかで顔を合わせたことは何度もある。会えばあいさつをするし、世間話もする。でもその程度だ。でもそのたびに、丈郎は思ってたんだろうな。この外様坊主が。と。

そしてこれからは。その丈郎のほうはともかく、丈章はおれに近づいてくるだろう。都合よく力を借りに来るだろう。おれが役に立つうちは、何度も何度も来るだろう。

そのときに力を貸さないとなったら。

あの丈章のことだ。村岡徳弥は村岡徳親の本当の息子ではない、という話をあちこちに触れまわるくらいのことはするかもしれない。自ら言ったように、他人の口から出た言葉でおれの耳に入ったらいやだから。それを見越したからこそ、母ちゃんの告白は今だったのだ。

「丈章も、そのことを知っててんのかな」

「さあ、どうかしらね」

「普通は、言わないよな。親が子に、よその家庭の事情なんて」

「まあ、普通はね」

そう。普通は、だ。普通でないことなんて、世の中にはたくさんある。いや。便宜的につ いそんな言い方をしてしまうだけで、そもそも普通なんてないのだ。そしてその便宜的にあ るとされる普通のなかにさえ、堀川家は含まれない。

本当の父親が誰かということなんかよりもずっと訊きたくなってることを、おれは母ちゃ んに訊く。

「親父は、それでよかったわけ?」

「それでって?」

「だから、おれが息子で」

おれが残している最古の記憶は四歳か五歳のころのものだが、そのときも自分の父親は親 父だった。親父は親父として当たり前におれのそばにいた。そこには何の違和感もなかった。 おれが鈍かったわけではない。と思う。

「あんたがわたしのお腹にいることを知ったうえで、もちろん、あんたが自分の子ではない ことも知ったうえで、お父さんはわたしを受け入れてくれたの。わたしが一人で困ってることを、知ってたから」

　母ちゃんは幼いころに両親を亡くしている。今も、母ちゃん方の親戚はいない。どこかにはいるのかもしれないが、付き合いはない。あるのはすべて親父方だ。一人で困っていたというのは、わからないでもない。正社員とはいえ、ただの和食屋さん。おれを産むとなったら、長く休まなければならない。しかも三十年近く前の話だ。退職以外に選択肢はなかっただろう。

　和食屋さん。雅屋の。

　ふと思いついたことを、おれは言う。

「親父と知り合ったのもエムザでだったたってことだ」

「そう。あのころはまだ雅屋だったけどね。お父さんと知り合ったのもあそこで、お父さんを亡くしたのもあそこ。よくていやな場所だわね」

　親父が亡くなった場所として、これまではエムザによくない印象しかなかった。でもそういうことなら、ちょっと変わってくる。

「ほら、そろそろコーヒーが入るから、一時くんを呼んどいで」

「さっきも言ったけどさ。コーヒーを淹れるあいだにする話かよ、これ。せめてコーヒーを飲みながらする話だろ」

そうは言いつつ、母ちゃんらしいやり方だとも思う。本堂できちんと向き合って正座して、よりはおれもこちらを選ぶ。

一時を呼んでこようと台所を出たおれの背中に、母ちゃんが言う。

「あんた、お父さんが遺してくれた寺を穢《けが》すようなことだけはしなさんな」

振り向いたところですでに母ちゃんの姿が見えないことはわかっていた。実際、振り向かなかった。そうとわかるように音を立てて、おれは階段を上っていった。

母ちゃんは、何となく気づいているのかもしれない。何にって、一時のことをうさん臭いと言う、丈章のうさん臭さに。親から子へと受け継がれた、生粋のうさん臭さに。いつもなら速攻で麦茶や菓子を出してくる母ちゃんが何のおかまいもしなかったのは、たぶん、そのせいでもあるのだろう。要するに、受け入れたくもないくらいに、きらいなのだ。あんまり評判のよくない、片見里警察署長のことが。

でもって、母ちゃんは。

このところのあれこれから、おれらがきな臭い作戦を実行していることにさえ、何となくは気づいているのかもしれない。でもそのことは、受け入れようとしてくれているのかもしれない。

階段を上りきる前に、おれは言う。

「イチ、コーヒーが入んぞ」

☽

☽

堀川丈章が来ていたことは、声と気配でわかっていた。

人の声を聞き分けるのは案外難しいと、前に徳弥は言っていた。電話の声なら、確かにそうかもしれない。だが一度生で聞いた声なら、僕は忘れない。実際、露子おばさんが応対に出たとき、名乗る前にわかった。あ、丈章だ、と。声そのものというより、しゃべり方や微妙な抑揚などで記憶しているのかもしれない。

丈章が下にいるあいだは、さすがに落ちつかなかった。自分も呼ばれるだろうと予想していた。呼ばれなかった。五分が過ぎ、十分が過ぎたときに、もう呼ばれないと確信した。丈章は僕目当てにやってきたわけではない。となれば、むしろ呼びたくないのだ。敵でも味方でもないから。つまり、知人ですらないから。

二十分ほどで丈章が帰ると、コーヒーが入んぞ、と徳弥に呼ばれ、下でそれを飲んだ。

いつもながらにおいしいコーヒーだった。インスタントでないコーヒーは、もうそれだけでおいしいと感じられる。いや、インスタントでさえ僕にはおいしいのだから、絶品と感じられる、と言ってもいい。

そこで露子おばさんにそう言うと、一時くんはそんなことを言っても全然嫌味に聞こえないからすごいわよね、と言われた。このコーヒーがおいしいのは豆やコーヒーメーカーの手柄なのだから、僕以外の人、例えば徳弥なんかが言うと、嫌味に聞こえるのだそうだ。もしも嫌味に聞こえないとしたら、それは僕が本気でおいしいと思ってるからですよ、と言っておいた。おれだって本気で思ってるっつうの、と徳弥が言い、露子おばさんは笑った。仲のいい親子だ。

モカ・マタリなるそのおいしいコーヒーを飲み終えると、徳弥と二人で散歩に出た。正確には、二人と一匹でだ。一匹は、善徳寺の裏に住む若月さんの飼犬、シバ。若月柴太郎。それが縮まって、シバだ。

若月さんは夫婦二人暮らしで、ともに高齢なので、よく徳弥がヒマを見て代わりに散歩に出ていたらしい。そこへちょうど居候ができたので、ここ数日は、その居候が代わりを務めているのだ。

「よろしく頼みます」とショウじいちゃんこと昭作さんに言われ、

「どうもすいませんねぇ」とムツばあちゃんこと睦さんに言われ、

「いえ。僕も楽しいですから」と応えて、シバを連れ出す。

犬を飼える環境にいたことなど生まれて一度もなかったので、初めは億劫《おっくう》だったが、いざやってみると犬の散歩は楽しかった。自分一人だと、歩いていても必ず何かを考えてしまうが、シバと一緒だと、何故か頭を空っぽにすることができた。徳弥曰く純然たる雑種であるシバは、その温厚な性格からして、申し分のない同行者だった。我が道を往く猫みたいな犬。それが僕のシバ評だ。

そのシバと歩きだすと、すぐに徳弥が追いかけてきて、今日はおれも行くわ、と言った。

丈章の来訪について話すのだろうと思った。当たりだった。だが大当たりではなかった。おまけが付いていたのだ。単におまけですませてしまえるほど小さくはない、大おまけが。

まずは当たりのほうから。

徳弥が見たところ、丈章は、漠然と調査に来た。徳弥や僕の何を疑っているわけでもないが、先に選挙を控え、何ごとにも慎重になっているらしい。実家での泥棒騒ぎのことを気にしているようだ。徳弥には、犯人はお前じゃないよな、と直接訊いたという。冗談めかしてはいたが、半分は本気だったはずだ、と徳弥は言った。

それから丈章は、僕のことに言及した。何と、探偵を雇って身辺を調べさせたのだそうだ。

結果、僕があちこちを転々とし、一ヵ所に落ちつきそうな様子がないことがわかった。言い換えれば、それしかわからなかった。まあ、そうだろう。僕にはその程度の事情しかないのだから。探偵を雇うまでもない。徳弥にしたように、僕にも直接訊いてくれればよかったのだ。

的外れな出発点からの推測ではあるものの、丈章が僕を不審人物と見て警戒していることはわかった。僕の過去ではなく、現在に目を向けられていたら。僕自身が探偵のふりをして県庁を訪ねたときや、多美とともに磯部洋輔を訪ねたときに、尾行などされていたら。あぶなかった。

ここは注意が必要だ。徳弥もそう言った。しばらくはこうやってシバの散歩でもしてりゃあいいよ、と。変におれんちにこもってるよりはそうしてたほうがあやしまれないだろ、とも。大して親しくもなかった友人の家に住みつき、その友人の隣人の飼犬の散歩をしている二十九歳の男は、それだけでもう充分あやしいと思うが、僕自身、そうは言わなかった。

何であれ、本当に気をつけなければいけない。深読みをすれば、丈章が徳弥に冗談ぽく尋ねたのだって、陽動作戦かもしれないのだ。何かあることにおれは気づいてるぞ、との警告を与えるという。

だがそれでいて、僕らにはあまり時間がない。市議選の告示日というリミットは着実に迫っているのだ。これといったプランも立てられないままに。

川原の広いところまで来ると、僕らは少し休んだ。

そこで、大おまけがきた。シバが脱糞をすませ、携行したシャベルで僕がその処理をすませた直後にだ。

徳弥が草地に座ったので、シバを挟んで僕も座った。徳弥は半寝《はんね》、僕は体育座りだ。

「おれさ」と徳弥が言った。

そのあとの間が、やけに長かった。

おれさの三文字だけではその先の予測もできないし、予測ができなければ促す気にもなれない。だから促さなかった。

何か言おうとしたがやめたのだな、と認識したところで、徳弥が言う。

「父親がなまぐさ坊主だから自分もそれでいいんだと思ってた。けど、ちがったよ。おれがなまぐさ坊主なのは、遺伝じゃなかった」

「どういうこと？」

「ほんとの息子じゃなかったんだ、おれ」

「徳親さんの？」

「そう」

「おばさんが、そう言ったわけ？」

「ああ」

「いつ?」

「さっき。丈章が帰ったあと。おれがイチを呼びに行く前に」

「すぐ来たよね、呼びに」

「母ちゃん、コーヒーを淹れるあいだに話したんだ。ちゃちゃっと」

わかるような気がする。露子おばさんなら、やりそうだ。ことを軽んじている、という意味ではない。思い立ったらすぐ実行する、という意味だ。

「聞いたときは、あれっ、意外とショックじゃねえな、と思ったけど、今、ちょっと時間が経って、ボディブローみたいにジワジワ効いてきた。といっても、ボディブロー、受けたことねえけど。いや、あるか。昔、丈章にボコボコにされたとき、受けてるはずだよな。何せボロ負けだったから。覚えてねえだけか」そして徳弥は続ける。「って、ほら、こんなわけわかんねえこと言ってんだから、やっぱ動揺してんだろ? おれ」

「いや。いつもの徳弥だと思うけど。だっていつも言ってるよね、わけわかんないこと」

僕がそう言うと、徳弥は笑った。こんなときでさえ、徳弥はお義理でなく笑う。笑える。悲観を楽観でうまく包みこむ。そうすることで、常に徳弥でいる。

「知らなきゃ知らないでよかったんだけどなぁ。まあ、知ったら知ったでもいいけど」

「そんなこと、僕に言っちゃっていいわけ？」

「ん、何で？　ダメか？」

「ダメじゃないけど。おばさんはいいのかな、僕なんかに知られて」

「いいだろ。あいつ今ごろイチに話してんなって思ってるよ、母ちゃん。男二人で犬の散歩、しねえもんな。普通」

　隣にちょこんと座ったシバが、今日はずいぶんゆっくりなのですね、という顔で僕を見た。そんなシバの頭を、反対側から徳弥が荒めにワシワシと撫でる。

「まあ、あれだな。イチがいたからこそ、母ちゃんも言ったのかもな」

「どうして？」

「いや、ほら、おれと母ちゃん、二人で住んでんのに、その二人でこんな話をしたら、何か窮屈だろ？　けど、もう一人、お前がいると、そうでもない」

「それこそわけがわかんないよ」

　と言いつつも、実は少しわかったりする。この僕が、いわばガス抜き用の穴になる、というようなことだろう。

「これは話してくれなくてもいいけど」そう前置して、徳弥に尋ねる。「本当の父親は、誰なの？」

「そこは保留にした」

「何？」

「聞かなかった。母ちゃんが言いたがらなかったんじゃなく、おれが聞きたがらなかった。ただ、おれが知らない人だってことだけは聞いたよ。向こうはおれがいることを知らないんだと。いることとっつうか、存在してることを」

「あぁ。そうなんだ」

「このままずっと聞かないのもありかと思ってるよ。聞いちゃって、それに振りまわされんのも、何かいやだろ」

「うーん。どうだろう。よくわからないな。僕の場合、父親は初めからいなかったようなもんだから」

父親のことをほぼ何も知らないのと、父親だと思っていた人物が父親ではなかったことを知らされるのとでは、どちらがどうなのだろう。ましといえば、後者のほうがましなのだろうか。

「はしごを外されたような気分てのは、こういうのを言うんだろうな」

「ん？」

「昔からずっと自分を坊さんの息子だと思ってきて、そんで実際に坊主になって、そんで今、実は坊さんの息子ではありませんでしたって言われたわけだろ？　戸籍上はちゃんと息子になってるらしいけど、坊さんの血はまるで流れてなかったってことだからな」

「血は関係ないでしょ」

「おいおい。ずいぶん軽く言うな」

「いや、そうじゃなくて。よその国のお坊さんは、世襲とかではないんでしょ？　単にお坊さんになりたい人が、なるんだよね？」

「あぁ。そういう意味な。確かに、よその国はそうだろうけど、この国のウチみたいな寺の場合は、やっぱ坊主の息子は坊主ってのが多いからな。このシバが、自分は血統書付きの立派な柴犬だと思ってたら、実は出自不明の雑種でしたって言われたようなもんだよ」

「そう言われたところで、シバは大してこたえなそうだけどね」

「まあ、それもそうだ」と笑い、徳弥はシバの首筋のあたりをワシワシやる。「よぅ、シバ公。お前、そうやって柴ヅラしてっけど、実は雑種だからな。どうだ？　こたえたか？」

シバはこたえなかった。というより、応えなかった。ただ、少しだけ迷惑そうな顔を見せた。酔っぱらいに絡まれた人みたいで、それが何だかおかしかった。

「ちっともこたえねえな。こいつが人間なら、ちっとはこたえんのかな」

「自分がお坊さんでいることがいやでなければ、こたえないでしょ」

「ん？」と言って、徳弥がシバ越しに僕を見る。「何だよ、イチ。いきなり答みたいなもんを出しちゃったな。えーと、何だ、自分が坊主であることがいやでなければこたえない。うーん。それ、正解かもしんないな。お前、実はかなり頭がよかったりしない？」

「しないよ。頭がよかったら、たぶん、今ここでこんなことはしてない」

「いやいや。頭がいいから、今ここでこんなことをしてんのかもしんないぞ。少なくとも、おれよりはいいよ。ちょっとは誇ってもいいことなんだぜ、それ。だって、おれ、一応、大卒だし」

「わかった。ちょっとだけ、誇るよ」

「ああ。そうしろよ」

「あと、徳弥はさ」

「何」

「ほんと、わけわかんないよ。僕よりずっと変わってるよ。それを自覚したほうがいいよ」

そこでもやはり徳弥は笑った。半寝の体勢に戻り、空を見て、楽しそうにだ。

「確かにさ、血とかそういうの、なしだよな。いやなことを言った。これじゃ、丈章みたいだ。名家の発想だな。シバ、ごめん。許せ」

名前を呼ばれて反応したのか、シバが徳弥を見る。許したことを示したようにも見えた。

薄い雲が、空に筋を引いていた。夏が終わるからだろうか。綿菓子のようなもくもくとした入道雲は、もうあまり見られなくなった。その薄い雲の先に、半欠けの月が浮かんでいる。ほとんど誰にも気づかれない、昼の月だ。

夜の雲と昼の月。そこにあるのに気づかれないもの。その代表的な二つだ。僕はいつも、その二つを自分に重ね合わせる。昼は月になり、夜は雲になる。そうすることで、昼夜を過ごしてきた。二十九年とは言わないが、ものごころがついてからは、ずっとだ。

昼の月はこうしてたまに見つけられてしまうが、夜の雲はあまりそういうことがない。それは月にかかったときだけ、人に認識される。光の前に出ることでその姿を視認されて初めて、あぁ、あったのか、と意識されるのだ。

子どものころに夜がこわかったのは、そうやって、いろいろなものが隠されてしまうからだ。あるはずなのに、見えない。あるかもしれないのに、見えない。だから、こわい。

だが大人になると、その種のこわさはなくなる。ほかの人のことは知らない。僕はそうだ。見えないなら、ないと思える。思ってしまえる。だから、こわくない。本当はそうではないとわかっている。が、思ってしまうしかないのだ。そう思って、やり過ごすしかないのだ。

やり過ごさないと、こんなことになる。見えなかったものを無理に見ようとすると、今のような羽目になる。不法侵入をしたり、棒高跳びをしたりする羽目になる。

だがこういうのも、意外に悪くない。

それは何故だろう、と考えてみる。

よくわからない。

一人ではないから。なのか？

「母ちゃんのことを調べたんだ」と徳弥が言う。

「え？」

「お前の母ちゃんのことを」

「調べたって、堀川みたいに？」

「そう。丈章みたいに。余計なこととは思ったけど、やっちったよ。あいつみたいに探偵を雇ったわけじゃなく、知り合いの行政書士さんに頼んだ。その人が、どうにかうまく動いてくれたよ。イチに失礼のないよう、初めは自分でやろうとしたんだけど、一般人には難しいらしいんだ。戸籍だの住民票だのを調べるってのは」

「失礼とか言う前に。本当に、余計なことだよ」

「ああ。わかってる。けど、おれがやりでもしねえと、お前、やんなそうだしな」

「何それ」

「別にさ、また一緒に暮らせとか、母の日にカーネーションを送ってやれとか、そんなことを言いたいわけじゃないんだ。ただ、どこでどうしてるかぐらいは、知っといてもいいだろ」

「知っとかなくてもいいよ」

「まあな。だから、聞かなくてもいい」

「だから、何それ」

「おれが知ってるってことだけ、知っとけよ。ほら、親父さんの遺骨を預けてたみたいにさ、母親の情報も預けとけ。おれはお前の母ちゃんのことを知ってる。で、お前はそのことを知ってる。今はそれでいいよ」

「何でそれを、今言うわけ？」

「おれも、今言うつもりじゃなかったんだ。けど、自分のことがあれこれわかって。まあ、言っとくか、と思った」

父親の遺骨を引きとりに来た。処分するためにだ。そんな僕が、今度は母親の情報を預ける。もう一度言う。何それ。

「イチさ」

「ん？」

「お前、もう死んじゃってもいいや、とか思ってないよな。今回のこれが終わったら死んじ

「やおう、とか」

 それには驚いて、徳弥を見た。何それ、とそこでも言うべきだったが、言わずに、続く言葉を待つ。

「いや、お前、位が高い坊さん並みに悟りきってるように見えっから」

「悟りきったお坊さんは、死のうとはしないでしょ」

「あぁ。それもそうだな」と徳弥が笑う。

そう。やはりこんなところでも、彼は笑う。笑うことができる。彼は、生きている感じがする。たとえ台風で荒れた川に流されても、死なない感じがする。だからこそ、死の匂いや臭いを嗅ぎとれるのかもしれない。

ただ。僕は、死のうとなんて思ってない。

いや、ちがう。

死はいつだって頭の片隅にある。あるようにしている。だがすぐに引っぱり出すつもりはない。少なくとも、自分の意思で引っぱり出すつもりはない。

とはいえ。その向こうがどうなっているか見えない塀でも、僕は飛び越えてしまう。見えないのを幸いに、飛び越えようとしてしまう。そういうところはある。それは否定しない。

僕にしてみれば、夜の雲と同じだ。死はそこにある。ただ、見えない。

徳弥だって、それを知っているのではないだろうか。病に端を発した突然の事故で、父親を亡くしているのだから。

あ、電話、と徳弥が言い、マナーモードにしていたらしいケータイをズボンのポケットから取りだした。画面を見て、誰だっけ、とつぶやき、ボタンを押して耳に当てる。

「もしもし」「あ、どうもです」「いえ、こちらこそ、お世話になりまして」「はい」「別の企画」「くだけた感じ、ですか」「合コン」「そんなこと言いましたっけ」「まあ、たまにですかね。ほんとにたまに」「街コン」「わかります。あの、片コンてやつですよね？」「あぁ。そうですか」「おれが、じゃなくてわたしが、街コンに」「潜入取材」「うーん」

ケータイを耳に当てたまま、徳弥は考えこんだ。

かと思うと。

ぱっと顔を輝かせ、よしっとばかりにシバの頭を右手で激しく撫でた。その撫でがあまりにも激しいので、ワン！　とシバが抗議する。

「あ、いえ。シバです。犬です。散歩です」「ええ。掃除も犬の散歩も日課なんで」「ねぇ、オオウラさん。おれの同級生に堀川丈章ってのがいるんですよ。今度市議選に出る」「それです。署長の息子です」「ええ。で、その堀川丈章も街コンに誘うってのは、どうですか？　ただ出馬するっていうくらいで、選挙そのもののことをそんなにアピールしなければ問題はないように思うんですけど」「坊主と未来の市議ってことで、どうですかね」「ほんとですか。じゃあ」「おれが文章を誘ってみますよ。一緒に片見里を盛り立てようぜ、みたいなことで」「ですね。それでお願いします。すぐに文章に電話して、折り返しかけますよ」「はい。それじゃあ」

電話を切ると、徳弥は、あとで話すから待っててな、と僕に言い、すぐに文章に電話をかけた。

街コンがどうのと取材がどうのと説明し、手短に通話を終える。

そしてオオウラという人に折り返しの電話をかけ、オーケーが出たことを報告して、その電話を切る。

僕に向けての第一声は、こうだ。

「スゲえよ。リミットの市議選告示日まで二週間。お釈迦様はきちんと見てくれてる。ピンチのあとにはチャンスもくれる。まさに果報は寝て待てだな」

電話をしているあいだは起こしていた身をまたも倒して半寝に戻り、徳弥が説明する。

会話の断片から何となく想像はついていたが、僕は徳弥の話を黙って最後まで聞いた。

前に、歴史あるお寺の若き住職を訪ねて、という企画で取材を受けた日報の記者、大浦兼雄が再び取材を持ちかけてきた。そもそもの取材対象は片見里の街コンである片コンなのだが、それだけではつまらない。ということで、月イチで開かれるそれに徳弥を参加させることを思いついたのだそうだ。前回の取材の際にオフレコで合コン談義をしたことを覚えていて。

で、徳弥は徳弥で思いついたのだ。そこに丈章も連れていくことを。

街コンには、少人数の私的な合コンよりはずっと開かれたイメージがある。商店街の活性化を狙ってもいるのだから、地域のイベントでもある。市議会議員になろうという男がそのイベントに参加するのは、決して不自然ではないだろう。また、本人にとって決してマイナスでもないだろう。しかも丈章には片コンへの参加経験がある。よって、参加への抵抗はない。だから今回も参加する。

徳弥はそう読んだ。そしてその読みが当たったというわけだ。丈章は、取材が自身にとってプラスになると踏み、条件付きで了承したという。おかしなことは書かないと確約するならいい、と。

「そこを舞台として利用しない手はないだろ」と徳弥は言い、

「どう利用する？」と僕が言う。

シバが、徳弥を見て、僕を見る。

ワン！　と、珍しく自分から何かを催促するようにひと吠えする。

あなたがたはどうやらバカのようですが、せめてバカなりの理性をもって動きなさいよ。

そう言われたように聞こえた。

☀

☀

「ですから、信子さんの心は、常に哲蔵さんとともにあります。今はそのありようがちがうだけです。一度でもこの世にいた以上、その人はいます。この世での生を終えてからも、います。わたしはそう思います」

そんな言葉で法話を締めくくって頭を下げると、哲蔵さんはおれよりも深く頭を下げた。ほとんど土下座をするような格好だ。

「ありがとうございます。本当に、ありがたいことです」

そのまま数秒が過ぎる。

長い数秒だ。いつも思うことだが、自分より遥かに歳上の人たちにこうして頭を下げられる数秒は、実に長い。いい加減慣れてもよさそうなもんなのに、慣れない。そう言うと、謙虚なお坊さんだと好意的にとられたりもするが、それもまたちがうような気がする。結局、自分が年長者になるのを待つしかないんだろう。

ようやく頭を上げると、哲蔵さんは言った。

「さて、メシにするか。腹減ったろ？　トク」

この切り換えの早さが、また哲蔵さんらしい。で、それは決して悪いことではないと、おれは思っている。

岩佐哲蔵さん。ウチの大切な門徒さんだ。親父の親友でもあった。

親友という言葉にはどこかうそ臭い響きがあると十代のころは思っていたが、親父と哲蔵さんを見て、考えが変わった。親友は、親友だ。そうとしか言いようがない。ただ友だちというだけでは弱いのだ。そんな関係は、実際に存在する。しかも哲蔵さんは親父より二歳上なのに親友なのだから、すごい。

親父が亡くなったとき、哲蔵さんはあれこれ世話を焼いてくれた。親友が亡くなったのだから真っ先に悲嘆に暮れていいはずなのに、母ちゃんやおれのためにてきぱきと動いてくれた。具体的には、率先して悲嘆に暮れまくる母ちゃんに代わって、葬儀を取り仕切ってくれた。それこそが親友の務めだと考えていたのだ。たぶん。

哲蔵さんは、奥さんの信子さんを十年前に亡くした。夫婦に子どもはいなかった。親父に聞かされたことだが、信子さんが子どもを産めない体であることは初めからわかっていた。そうとわかったうえで、結婚したのだ。別に子どもぎらいというわけでもなく。つまり、血のつながりのないおれを実子として育てるという選択をした親父とはちがうが、別の意味で難しい選択をしたのが、この哲蔵さんなのだ。

信子さんを亡くしてから、哲蔵さんは、何回忌ということにこだわらず、毎年、年忌日に親父とおれを呼んだ。年忌だけでなく、今日みたいな月忌に呼ぶこともあった。親父が亡くなったらそれで終わりかと思ったが、以後も、当たり前のようにおれを呼んだ。今も、呼んでくれる。お布施を渡すために呼んでくれているのではないかと思うこともある。

哲蔵さんは、今、五十八歳。片見里消防署に勤めている。さすがにもう屋内での仕事が多いようだが、十七年前はまだ第一線バリバリだった。十七年前。おれが片見川で流されたときだ。

あのときは、消防も出動した。させてしまった。それゆえ、親父の怒りも爆発した。救出現場の川原で殴られたあと、おれはこの岩佐家に連れてこられ、哲蔵さんの前でも殴られた。迷惑をかけて本当にすまない、と親父は言い、いいよいいよ、たすかってよかった、と哲蔵さんは言った。

当時はまだ元気だった信子さんが、親父をどうにかなだめてくれた。ほら、トクさん、トツくんも反省してますから、と言って。大人の男二人がビールを飲みはじめると、おれにはコーラを出してくれた。ごめんねぇ、トックん。コーラじゃ、口のなかがピリピリして、痛いねぇ。でもおれはそのコーラを無理にガブガブ飲んだ。で、ピリピリし、悶絶《もんぜつ》した。

だいぶあとになって。子どもがいない哲蔵さん宅にコーラがあったのは不自然だということに気づいた。あれは、たぶん、信子さんがわざわざ買いに行ってくれたのだろう。親父がおれを連れて謝りに来ることを見越して。いや、たぶん、ではない。まちがいなく、そうだ。信子さんはそんな人だった。おれの母ちゃんも、信子さんのことは信頼していた。母ちゃんが泣くのをおれが見たのは、親父が亡くなったときを除けば、この信子さんが亡くなったときだけだ。

哲蔵さんは、親父だけでなく、堀川丈郎ともつながりがあった。消防と警察という、職務上のものではない。中学の同級生だったのだ。おれと丈章みたいに。

とはいえ、さほど親密な関係ではなかったらしい。つながりを保っておいたほうがそれこそ仕事に役立つから保っている。今もその程度であるようだ。その意味では、そのまま、おれと丈章なのかもしれない。

三回忌のときの倉内家と同じく、哲蔵さんは、寿司の出前をとってくれていた。

ビールを飲むことは初めからわかっていたので、おれも今日は歩いてきた。一時に運転を頼んでもよかったが、徒歩二十分の距離ということで、歩くほうを選んだ。

いつものように速いペースでビールを飲みながら、哲蔵さんは言う。

「今さら失礼だけど、トクはもう完全に一人前だな。徳親も、さぞかし喜んでるだろうよ」

「いやぁ、おれなんか全然ですよ。マジな話、まだ全然です」

哲蔵さんは、そもそも親父のことをトクと呼んでいた。でも親父が亡くなると、いつの間にかおれがトクになり、親父は徳親になった。得度の際に読みを改めたとくしんではない。もとの本名であったのりちかだ。

「正直、どうなるかと思ったこともあったけど。なるもんだなぁ、立派に」

「どうなるかと、おれは今でも思ってますよ。もうだいじょうぶだなんて思うことは、この先もないんじゃないかな」

そう言って、おれはトロのにぎりを食った。うまい。ここでもやはり、おれのだけが特上だ。器がちがうので、そのことがわかる。倉内家同様、『とよ寿司』から出前をとったんだな。器でまで特上をアピールすることはないのに。と理不尽な文句をつけたくなるが、つけられない。その『とよ寿司』もまた、ウチの門徒さんだから。

この岩佐宅は、庭こそ広いが、家そのものはあまり大きくない。部屋数も、多くない。多くしてもしかたがないと、初めからわかっていたからだ。

その一階の仏間で、おれは哲蔵さんと向き合って座っている。ビールを飲み、寿司を食っている。正直なところ、ほかの門徒さんのお宅にいるときよりも、ずっと寛いでいる。足もくずしている。

親父の親友だった人とこうして対等に、いや、見ようによってはおれのほうが上という立場で話をしているのだから、妙なものだ。この哲蔵さんとおれが同い歳だったら、やっぱり親友になれていたんだろうか。

そしてふと、自分にも友だちは多いが親友と呼べそうな者はいないことに気づく。友だちが一人しかいないやつは、その友だちを親友と呼ぶだろう。おれの場合、一人ではないからそうなのかもな、と思う。でも親父にだって、この哲蔵さんしか友だちがいなかったわけでもないはずだ。

では。丈章は後藤を親友と呼ぶだろうか。後藤は丈章をそう呼ぶだろうか。もしかしたら、あいつらはお互いを友だちとさえ呼ばないかもしれない。おれと一時のほうが、まだ友だちっぽいだろう。一時との付き合いは、十七年半前の四ヵ月を足したところで半年にもならないけど。

昼からのビールでほどよく酔った頭で、おれはそんなことを考える。

このところ、何故かこうなることが多い。気がつけば、考えている。そんな具合だ。人と人との関係。血がつながってる者同士の関係。つながってない者同士の関係。自分ではそうじゃないつもりだが、母ちゃんに明かされたあのことが尾を引いてるのかもしれない。いや。かもしれない、じゃないな。どう見ても、引いてるだろ。というか、引くだろ、普通。

「哲蔵さんおれ聞いちゃったんですよね」と一息に言った。

これも食えとばかりに自分の寿司の器をこちらへと寄せながら、哲蔵さんが言う。

「聞いたって、何を？」

親父のこと。親父と母ちゃんのこと。親父と母ちゃんとおれのこと。どんな言い方をしようか悩んだ末に、最もわかりやすい説明調を選んだ。

「おれが親父の本当の子どもではないってことを、ですね」

「ツユちゃんに聞いたのか？」

「ええ」

「トクのほうから訊いた？」

「いえ。母ちゃんから、いきなり言われました。前置もなしに。もう言っとくわって感じで」

「そうか」

哲蔵さんは箸でつまんだガリを口に入れてシャリシャリと噛み、それをグラスのビールでノドに流しこんだ。

「それを聞いて、トクはどう思った？」

「驚きました」

「驚いた、だけか？」

「うーん。どうなんだろう。自分でも、よくわからないんですよね。ショックといえばショックだし。けど一方じゃ、もっとショックでもいいはずだよなぁ、なんて思ったりもするし」

「怒ったか？」

「おれがですか？」

「ああ」

「いえ。それはなかったですね」と言ってから、もう一度考えてみる。「うん。それはなかったな。けど、そうですよね。人によっては、怒るとこですよね。『何で今まで黙ってたんだ！』って。今気づきました。ガキのころだったら、怒ってたんですかね、おれ」

「怒ってたかもな」

「だとしても。文句言って、いつもみたく親父にぶん殴られて。それで終わりだったでしょうね」

「いや。そこでは殴れなかっただろ、徳親も」

「そうですかね」

「血のつながりがない。それを息子が知った。そのときに、殴れるか？」

「殴る、んじゃないですかね、親父なら。血とか関係ねえんだよ、くらいの勢いで」

哲蔵さんが、意外そうな顔でおれを見た。そしてグラスのビールをクイッと飲む。

「徳親なら、そうかもな。息子のトクが思うんだから、そうなんだろうな。すごいよ、あいつは。まさに父親として、トクを殴ってた。まあ、すごいのは徳親だけじゃなく、ツユちゃんもだけどな」

「何でですか？」

「徳親を少しも疑わなかった。普通、少しは疑うんじゃないか？　血のつながりがないからトクを殴るんじゃないかしらって」

「あぁ。でもそれはなかったでしょうね。いつも、あんたまた何か悪さしたの？　って感じでしたもん、母ちゃん」

「トク自身は、どうだ？　その話を聞いて、本当の親子じゃないから殴ってたのか、なんて思ったか？」

「まさか。もしそうなら、たぶん、殴られてたあのころに気づいてましたよ。何かおかしいなって」

　哲蔵さんがおれのグラスに瓶のビールを注いでくれたので、おれも注ぎ返した。

　それを一口飲んで、哲蔵さんが言う。

「誰が父親かも、聞いたのか？」

「大体の事情は聞きましたけど、名前までは。それはいいかなぁ、と思って」

「ツユちゃんも、言わなかった？」

「ええ。といっても、おれが訊かなかっただけですけど」

　おれは端から哲蔵さんがこの件を知っているものと思って話をしていた。現に哲蔵さんは知っていたわけだが、親父の親友とはいえ、それは必ずしも当たり前のことではないような気もする。

　そこで、あらためて尋ねてみた。

「哲蔵さんは、知ってたんですよね？　このこと」

「ああ。知ってたよ」と哲蔵さんはすんなり肯定する。「徳親が墓まで持ってったんだから、ずっとそのままにしとけばいいと、おれは思ってたんだがな。まあ、ツユちゃんが自分からトクに話したんなら、やっぱりそうするべきだったたんだろうよ」

　哲蔵さんが、ほれ、と自分の器を再度こちらへ寄せたので、おれは遠慮せずにそこからイクラをつまんで食った。

イクラは親父の大好物だ。母ちゃんも言っていた。雅屋の和食屋でイクラ丼ばかり食ってたと。

対して、ガキのころのおれは、イクラが大の苦手だった。まず、その生臭さがいやだった。だから外食先で親父がイクラ丼を頼むたびに、ウゲッと思っていた。のに。いつの間にか、好きになっていた。このプチプチトロリがたまらんな、と思うようにもなっていた。やっぱ遺伝かなぁ、と感じていたが、そうではなかったわけだ。

「徳親とツユちゃんの結婚な、初めは周りから猛反対されてたんだ。ツユちゃんは身寄りがないも同然だったし、徳親にはよその寺の娘さんとの縁談もあったから。でも徳親は、子どもができたからと、その反対を押しきった」

「子どもって、おれですよね？」

「ああ」

「おれが実の子じゃないってことは、みんな、知らなかったんですか？」

「知らなかったな、おれ以外は。徳親に打ち明けられて、訊かれたよ。これこれこういうわけなんだが結婚に賛成してくれるかって。正直に言うが、おれは反対した。ただの消防士のおれなんかとはちがって、徳親には、この片見里での立場ってもんがあるからな」

「それで親父は、どうしました？」

「味方だと思ってたおれにまでそんなことを言われて、少しは迷ったみたいだな。でも最後には自分の意思でツユちゃんとの結婚を決めたよ。徳親がそう決めたんなら、それでいい。おれもそこからは賛成にまわった。ツユちゃんのことも紹介してもらった。話をしてみて、反対したことをすぐに後悔したよ。先に会わせてから打ち明けろ、と徳親に文句を言ったぐらいだ。ツユちゃんは、きれいだったし、まず何といっても、明るかったよ。これは今もそうだけどな。そんなことは、おれよりトクのほうがよく知ってるか」

「きれいってほうは微妙ですけど、明るいってほうは、そうですね。おい、もう五十代だぞ、と言いたくなることがありますよ」

「そんなに明るいツユちゃんだってな、受け入れられるまでには十年かかってるんだ。この辺りの人間は、味方には優しいが、味方と認めるまでは冷たいからな」

　十年。おれ、十歳。小四。

　ガキもガキだから、そんなことには気づかなかった。見たまんま、母ちゃんは毎日楽しく暮らしているものと思っていた。だからおれも毎日が楽しかった。ケードロもしたし、スカートめくりもした。ゲームよりは、そっちのほうが好きだった。まあ、ゲームは、一日十五分までと親父に厳しく制限されてたからでもあるけど。

と、そんなことよりもまず。

もし親父までもが母ちゃんを受け入れてなかったら。

おれは母ちゃんと二人で生きることになっていたのだ。母ちゃんと二人。要するに、一時と同じ。で、坊主にもなってない。では何になってたか。想像もできない。

母ちゃんとおれは、あちこちを転々とすることになってたかもしれない。おれは何度も転校させられる羽目になってたかもしれない。金を盗んだなどとあらぬ疑いをかけられてたかもしれない。あんたがやったんじゃないことは知ってる、と温かい言葉をかけてくれる女子は現れなかったかもしれない。

「ウチは子どもがいなかった」

「はい」

「おれも信子も、子どもは好きだったよ。だが養子をもらうというような決断まではできなかった。それについては、ちょっと悔やんでるとこもあるんだ。おれはともかく、信子はいい母親になれただろうから」

「ええ。なってたでしょうね」

「長いこと徳親とトクを見てな、血ではないんだと思ったよ。もちろん、血が関係ないことはない。そんなこと、あるわけがない」

哲蔵さんは、グラスのビールを一気に飲み干した。
つられるようにして、おれもビールを飲み干す。
哲蔵さんは言った。
「ただ、それがすべてでもない」
そのあとも、三十分ほど、ビールを飲みながら話をした。
最後まで、哲蔵さんは、あの潰れたパチンコ屋の駐車場での一件には触れなかった。
哲蔵さんが触れないので、おれも触れなかった。
不自然なようだが、それはごく自然なことだった。
この哲蔵さんとなら、親友になれてたかもしれない。

☽　☽

久しぶりに訪れた東京は、相変わらず人が多く、空気も淀《よど》んでいた。
いたるところごみごみしていて、誰もがせかせかしている。たかだか二週間ぶりなのに、もうそんなふうに感じられた。

といっても、それは、だから片見里のほうがいい、という意味ではない。一番いい場所などない、という意味だ。各地を転々としていれば、いやでもそんなことはわかる。住めば都。それは当たりでもあり、ハズレでもある。

その東京の東部、下町にあるアパートに戻り、玄関のドアを開けた。

なかは荷物一つなく、ガランとしている。当然だが、出ていったときと何も変わっていなかった。不在のあいだにゴキブリぐらいは登場したろうが、昼の今はその姿もない。昼だからというよりは、生ごみも水気もないからかもしれない。

居住者は、退去する場合、一月前までに不動産屋にその旨を伝えることになっている。今から三週間前、実際に伝えに行くと、初老の不動産屋は、九月末までということで大目に見ましょう、と言ってくれた。築三十余年のボロアパートでも需要はあるということだろう。ボロい代わりに安いこの手のアパートの需要は、むしろ高まってもいるのだろう。

家財道具は、それからの一週間で、リサイクルショップにすべて引きとってもらった。どうにかお金になったのは、電子レンジと冷蔵庫だけで、あとは引きとり料がかかりますと言われた。トータルではマイナス。足もとを見られた感じだった。実際に、見られたのだろう。すべて引きとってくれと頼んできたお客が、じゃあ、それとこれは残します、などと言うわけがないのだ。

そして今、ドアポストには、電気とガスの請求書、それと各種チラシが入っていた。店頭受けとりなら千円引きです、とうたう宅配ピザ屋のチラシ。借金の過払い分をわたしが取り戻します、と張りきる弁護士のチラシ。神はいつもあなたを見ています、と力説するもその神が何者かは明かさない新興宗教団体のチラシ。そんな類だ。

千円引きでもまだ高いので結構です。今はまだどうにか借金をしていないので結構です。今は御仏が見てくれているので結構です。と、心のなかですべてに返事をして、それらのチラシをクシャクシャに丸めた。

結果として、それら配達物を取りに帰ってきただけ、ということになった。あとは、管理人も兼ねた不動産屋にカギを返却する。それだけ。

電気もガスも水道も、すべて止まっている。部屋の賃貸契約は今日までだ。ただ、そこまでのお金は払っているのだから、カギは持っておいた。もしかしたら寝泊まりすることぐらいはあるかと思って。

だが、そうはならなかった。予想外に、片見里に長居をすることになったからだ。予想外も予想外。僕以外の誰だって、今のこの展開を予想することはできなかっただろう。

今日ここに来ることを、徳弥には言っていない。そもそもアパートの部屋を解約したことも、言っていない。堀川丈章に雇われた探偵も、そこまでは調べなかったらしい。

初めは。徳弥には関係ないことだから言わない。そんなつもりだった。今は少しちがう。

徳弥や露子おばさんが心配してくれるだろうから、言わない。

お寺の息子として生まれた徳弥には、家がないという事態など考えられないだろう。場合によっては、じゃあ、しばらくここに住めよ、と言うかもしれない。いや、まちがいなく、言う。片見里を訪れたその初日にもう、お前、同窓会に出ろよ、その日までウチに泊まれよ、と言ったくらいだから。

父の遺骨を引きとりに来て、そのままそこに住む。一人で生きると決めた者のすることではない。

どうにか月に一、二万ずつ貯めてきたお金。その貯金の残高が、五十万円を切った。どこかに部屋を借りるなら、最低限残しておきたい金額だ。

村岡宅に泊まらせてもらっているし、食事もさせてもらっているので、さほどお金は出ていかない。が、いつまでも世話になっているわけにはいかない。そして自分が出ていくときには、やはりいくらか置いていかなければいけない。その出ていくときは、もう近い。

アパートをあとにすると、徒歩十分のところにある不動産屋を訪れ、カギを返却した。転居先を訊かれたが、実は未定なのだと正直に答えた。そんなのは今どき珍しいことでもないらしく、不動産屋は、そうですか、と言っただけで、余計な詮索はしてこなかった。家賃も払わずに居座るのではなく、払ったうえで出ていってくれるのだから、どうでもいい。そう思ってくれたのだろう。

東京での滞在時間は、およそ九十分。

快速電車や普通電車を乗り継いで、僕は片見里へ戻る。

さあ、いよいよだ。

☀

☀

さあ、いよいよ。の土曜日。

おれはいつものように衣を着け、本堂で経を読んだ。

やわらかな気持ちだった。経を読む者だけが味わえる、穏やかで、豊かな気持ちだ。

経を読んではいるものの、自分が僧としてそこにいるのではないような気がした。だからといって、まったくの村岡徳弥個人というわけでもない。無理に言うなら、僧徳親の、血のつながりのない息子としてそこにいる、という感じだろうか。

てことは、結局、村岡徳弥個人なんじゃないかという気もするが、個人という言葉には引っかかりを覚える。

まあ、そんなことはいい。何にしても、穏やかで、豊かだ。それだけでいい。

僧であるか否かも、今はいい。おれが川で流されたとき、親父は言った。自分で責任をとれないことはするな！　つまり。したことの責任はとれ。それが、父徳親の教えだ。

責任をとる覚悟は、すでにできている。

経を読み終えると、おれは親父に簡潔に報告した。

どうがんばったところで、素人は素人。うまくはやれない。でもやるべきではある。だからやるよ。もしもしくじって、例えば警察に捕まるようなことになったら。そのときは自分から、徳親の実の息子ではないことを周りに明かすつもりだよ。徳親の血がそうさせたんではないってことを、きちんと説明する。生意気なこと言うんじゃねえって、おれを殴りたいだろうな。おれも、殴られたいよ。じゃ、行ってくるわ。

ただでさえゆったりしている片見里は、土日ともなると、さらにゆったりする。遠方からエムザに車で買物に来るお客は増えるが、駅そのものを利用するお客は減るので、トータルの人出はほかの曜日と変わらない。

商店街の規模も決して大きくはないから、街コンが開かれるといっても、一目でそうとわかるほど、そこがにぎわうわけでもない。参加証となる、昔流行ったミサンガのようなリストバンドをつけた二人組をちらほら見かけるので、知っていれば気づく、という程度だ。それでも二百人近くが参加しているというから、片見里にしてはがんばっているほうだろう。

街コンには、同性同士のペアで参加する。それは前にも言ったとおりで、どこもその仕組みは変わらないらしい。もちろん、片見里もだ。

おれと丈章がペアを組むとなると、肝心の大浦兼雄があぶれてしまう。

ということで、大浦は一時とペアを組むことになった。

おれがそうすすめた。と、丈章にもそう話した。家に泊めるくらいなのだから、コンパの数合わせ要員として一時を引っぱるのは、別におかしなことでもない。丈章も警戒することはないはずだ。少なくとも、ペアの片方の大浦が日報の記者であることは確かなのだし。つまり、誰とも何の利害関係もない第三者であることは確かなのだし。

そしてその第三者であることこそが、おれらにとっては重要なのだ。人前で、可能なら新聞記者である大浦兼雄の前で、僧侶である村岡徳弥を市議選立候補予定者である堀川丈章に殴らせる、が目標なので。

おれが無理なら、一時でもいい。とにかく殴らせる。それを第三者に見せる。丈章は人に危害を加えるやつなのだと伝える。そして市政をまかせてはいけない人間なのだと知らせる。

街コンには、多美も参加することになっていた。徳弥くんが取材を受けるのを見てみたい。表向きの理由はそれだ。

その多美のペア相手選びは、かなり難航した。

二人で飲みましょうとの誘いを丈章が断っているので、原百香は難しい。

一時は、前回同様、関根敏代の起用を提案した。丈章の知り合いだから無理だろ、とおれは言ったが、知り合いだからいいんだよ、と一時は言った。考えてみた。確かにそうかもしれない。その場に敏代が現れたら、丈章は動揺するだろう。動揺し、混乱するだろう。でも危険は危険だ。そこまでやると、もう完全に敏代を巻きこむことにもなる。

そこで、おれは中野乙恵を推した。同窓会の翌日、一時と二人で駅前のバーに飲みに行った、あの乙恵だ。

その席で、自分が今でもまだ地元民ではない感じがする、というようなことを、乙恵は言ったらしい。おれ自身、それがずっと気になっていた。もっと早くにあれこれ声をかけてやればよかった。でもまだ遅くない。街コンなら地域のイベントとして申し分ないだろう。幸い、乙恵は美和に好感を抱いてもいる。

ならばということで、一時に声をかけさせた。倉内さんの妹の多美さんと組んで、街コンに参加しない？　と。誘いの電話には、おせっかい坊主として、おれも口を挟んだ。ぜひ来いよ。多美も、姉ちゃんの友だちは大歓迎だから。

行く、と乙恵は言ってくれた。

片見里駅前商店会主催街コン、略称『片コン』は、午後二時に始まった。

何とも中途半端な時刻だが、その時間帯に来てくれるお客さんは少ないから、店にとっても悪くはない話なのだ。と、大浦はそう説明した。

ほかの参加者のプライバシーなんかのこともあるので、取材といっても、写真をバシバシ撮りまくるようなことはなかった。撮るのは、大浦が事前に許可を得ていた数軒においてのみ、しかもカメラマンは大浦自身だった。そのあたりが地方紙だ。二つの意味で、シブい。

でもそんなだから、取材を受ける側も気楽ではあった。決められた時間に決められた店に行くことを除けば、あとは自由にしていいと言われた。

おれと丈章、そして大浦と一時は、必然的に行動をともにすることになったが、多美と乙恵は別だった。

初めの三十分は主催者が指定した店にいなければならないとのことで、おれと丈章は、多美、乙恵組だけでなく、大浦、一時組とも分かれることになった。

そこでは、空いていた腹にとりあえずピザ一切れを入れ、ビールを少し飲んだ。

親父譲りのかりゆしウェアにデニムにニット帽のおれに対して、丈章は、カジュアルなライトグレーのズボンに紺のジャケットにニットタイ。悪者といい者に見えそうだな、と思った。でも合コンの組み合わせとしては悪くない。似た者同士の組み合わせというのは、メリットもある反面、デメリットも多いのだ。メリットは、そのカラーを好む女子たちを確実に吸い寄せられること。デメリットは、そのカラーを好む女子たちしか吸い寄せられないこと。そのカラーを好む女子がゼロだった場合、悲惨なことになる。

まあ、今日に限っては、そんなことはどうでもいい。今日のおれは、合コンマスターとしてここにいるわけではない。

話に聞いていたとおり、街コンの雰囲気はゆるかった。何が何でも相手を見つけてやんぞ、というような切迫感は、男女のどちらにもない。そのゆるさこそが、この手のイベントが広まった理由なのだろう。単なる出会い探しではない。同時に食べ歩きができたりもする。だから参加したのだ、と周りや自分に言い訳もできる。

向かいの席に座った二十代前半とおぼしき女子二人組と、おれらは和やかに話をした。様子見ということで、お互い、特に名乗ることもなかった。丈章だけが、堀川です、と明かしてそれとなく市議選に出ることをアピールし、おれを寺の坊さんだと勝手に紹介した。

「えーっ。ほんとですか？」「じゃあ、その帽子の下ってツルツルですか？」

選挙より食いつきはよかった。それはいつもどおりだ。とっかかりの話題づくりには便利。便利だが、あとはつまらない質問が続く。

「お坊さんてお酒とか飲むんですか？」「焼肉とか食べるんですか？」「朝四時とかに起きるんですか？」「滝とかに打たれるんですか？」「腕時計とかロレックスですか？」「街コンとか来ていいんですか？」

「お酒とか飲みます」「焼肉とか食べます」「用がなければ朝四時には起きないです」「なかには打たれる人もいるでしょうがおれは打たれないです」「ロレックスじゃないです」「いいも何も、もう来ちゃってます」

例によってつまらない答を返しているうちに、三十分が過ぎた。

そこからはもう自由に店を移動していいとのことだったので、おれらはあいさつをして席を立った。女子たちも負けじと席を立ったのが、何だかおかしかった。あんたたちはハズレだからね、と突きつけられたような気分だ。

あいつら選挙には来ねえな、と丈章が言った。初詣には来そうだけどな、とおれは言った。もちろん、行くなら善徳寺ではなく、もっとメジャーな神社仏閣に行くだろうけど。

今日、この片コンに参加している飲食店は、全部で十四軒だった。そこへは自由に出入りできるし、飲食もできる。にしても、一人五千円超は高いと思うが、まあ、しかたない。それで少しでも片見里が潤うなら、悪いことではないだろう。

一軒めと代わり映えしない二軒めの洋風居酒屋で、大浦、一時組と合流した。

大浦が、目星をつけたペアに、今取材中であることを素早く伝える。そして許可を得たうえで、その女子たちと相席した。こんな場所での取材なんてと疎ましがられそうなもんだが、意外にもあっさりことは運んだ。得体の知れない雑誌などでなく、一応は名の通った地元新聞であることが、二人に安心感を与えたのかもしれない。さすが日報。地元では強い。

そこでのおれらは、普通の合コンのように飲み食いし、話をした。参加者の気を散らさないようにするためか、大浦も大っぴらにメモをとったりはしなかった。当然、会話を録音したりもしない。時おり手帳に走り書きするくらいだ。

今度の相手は、さっきよりは少し上、二十代半ばと思われる女子たちだった。服装も態度も、さっきの二人よりは落ちついている。初詣には行きそうだが、選挙にも行きそうだ。

とはいえ、まずは一軒めのときと同じような話がくり返された。寺と坊主の話だ。

その途中で、多美と乙恵がやってきた。おれらは十二人掛けの大きなテーブル席にいたので、二人はその空いていたところに座った。失礼します、と多美が全体に声をかけて、話に加わった。前からいた女子二人の邪魔にはならないよう、控えめにだ。

二十分もすると、そこへ、さらに男のペアが加わった。

何と、後藤房直だった。もう一人は、よく見れば、これが那須憲児だ。

かなり驚いた。驚き、たぶん、青ざめた。その驚きを隠すことも、たぶん、できなかった。

後藤房直と那須憲児。こんなことが、偶然であるわけがない。

「おう、来たか」と丈章が二人に言った。女子たちにはこう説明する。「中学のときの同級生です。選挙のあれこれを手伝ってくれてます」

「選挙？」と、女子二人の声がきれいにそろう。

ちょうど坊主の話が一段落していたので、そこからは市議選の話になった。

今度の二人は、選挙への食いつきもよかった。政治家の妻の座、というニンジンが突如として目の前にぶら下がったからかもしれない。親父さんは警察署長で人望もあるからまちがいなく当選しますよ、とおれが勝手に太鼓判を捺《お》したせいでも、あったかもしれない。

渋谷とか六本木のことはテレビで見て知ってるのに、ぼくらは意外と地元のことを知らないんですよね。だから、こういうイベントはいいですよ。自分たちの足もとを見つめるいいきっかけになるし。何よりもまず、楽しいですよ。地元の人たちとこうしておしゃべりをする機会って、ありそうで、実はないから。それに、ちょっと下司《げす》な話、商店街にお金も落ちるから、活性化にもつながる。いわゆるウィン・ウィンの関係ですよね。誰もが勝者で敗者はいないっていう。こんなイベントを考えだした人は頭がいいと思いますよ。とにかく、地域おこしは大賛成。当選させてもらって市議になれたとしても、この片コンには積極的に参加するつもりですよ。結婚してからも参加したいな。まあ、奥さんが許してくれればですけど。

と、まあ、そんなようなことを、丈章は話した。決して演説のようにではない。間をとるときはとり、挟まれた質問には丁寧に答える。なかなかうまいもんだった。裏のダークな部分を知らなければ、おれだって一票を入れたくなるとこだ。

その後も丈章があれこれ話しているあいだ、おれはビールをチビチビ飲みながら、矢継ぎ早にいろいろなことを考えた。

まずは後藤のこと。

多美のペアの相手を関根敏代にしなくてよかった。心からそう思った。

あのとき、敏代は『お嬢』に変装していた。うんこ色のロン毛ウィッグを着けていたし、大きなレンズのサングラスをかけていた。メイクは派手派手にしていたし、服装も同じく派手派手にしていた。それでも、姿はさらしている。声も聞かれている。まじまじと見られたら、気づかれたかもしれない。

たぶん、後藤は、素性の知れない筋者に脅されたことを丈章に話してはいない。怯えた後藤の姿をこの目で見ているから、そこは自信がある。後藤は丈章を信用してない。話したところで丈章が自分のために動いてくれるとは考えないだろう。丈章からも同じく脅されるだけだと、そう考えるにちがいない。でもこの席で敏代を見て、あのお嬢であることに気づいてしまったら。その先どうなっていたかはわからない。

後藤に続いては、那須のこと。

那須憲児。通称、ナスケン。こないだの同窓会には顔を見せなかったが、元クラスメイトだ。このナスケンは、別にいやなやつではない。昔はよく一緒に遊んだし、今も会えばしゃべる。

ただ。一時が金を盗んだとされたその相手が、このナスケンなのだ。

実際に金を盗んだのは後藤だった。そのことを、ナスケンは知らないだろう。今ここにいる者で知ってるのは、後藤自身と丈章のほかには、組長と運転手。つまり、おれと一時だけだ。

その後藤とナスケンがペアを組んで、『片コン』に参加。不自然ではない。が、自然でもない。やはり丈章の誘導があったと見るべきだろう。おれが一時を連れてくることへの対抗策、みたいなものか。あとは、えーと、何だ。ほかに何か、あるか？

丈章はまだ、盗難事件の真相がおれらにバレていることを知らない。二十九歳の今でも、やつならこんなことをやりそうだ。口では片見里の未来を語り、目では政治家の妻にふさわしい女を探し、心では一時をあざ笑う。加害者一時の視界に入れるためにわざわざ被害者ナスケンを連れてくる。おれは知ってる。そんな器用なことを簡単にこなしてしまうのが、この丈章だ。

「市議会議員になったら」と、女子たちの一人が言う。「その次は、県議会議員になったり、国会議員になったりするんですか？」

「いえ、まだそこまでは。まずは地元のために尽くしたいと思ってます。例えば企業を誘致するとかして」

模範解答だ。でも否定はしなかった。出馬するからには、市議で終わるつもりはないのだろう。チャンスがくれば、周りのみなさんからの要請があったので、などと言って、あっけなく、県政、国政へとくら替えするにちがいない。市議選に出るのは地盤を固めるため、というくらいにしか思ってないはずだ。そうでないなら、やつはまちがいなくそこをアピールする。この片見里に骨を埋めるつもりです、一生尽くすつもりです、とはっきり言う。やつがそれをしないのは、初めからそんな気がないからだ。

丈章を中心に、おれら十人は談笑した。これぞまさにの談笑だった。節度を保った大人の合コン、などと大浦が日報に書いてしまいそうな感じだ。

若き住職と若き市議選立候補予定者、ともに片見里の未来に想いを馳せる二人が地元の仲間たちと語り合う秋の午後。なんて書かれたら、いやだなぁ。そんなら、合コン坊主、インチキ候補に圧されて本領発揮ならず！　のほうがまだいい。

結局、うすら寒くも友好的な談笑は、一時間にも及んだ。

女子二人とは、メールアドレスのみを交換した。弱ったなぁ、これは書かないでくださいよ、と丈章が笑顔で言い、大浦も女子たちも笑った。後藤もナスケンも笑った。多美も乙恵もおれも笑った。一時までもが、はっきりと笑った。はっきりと。そう。一時なりの愛想笑いだ。

この片コンについての感想コメントまで出してくれることになった健気な女子たちと大浦を残して、おれらは洋風居酒屋を出た。その際、大浦とは、商店街の端に位置するタイ料理屋で二十分後に落ち合う約束をした。

おれと丈章と一時、そして多美と乙恵、さらには後藤とナスケンという、実に不穏な一団を形成し、おれらは片見里駅前商店街をぞろぞろと歩いた。

一歩進むごとに、緊張が高まる。何が邪魔って、後藤とナスケンが邪魔だった。そのうえ、大浦はいない。動きようがなかった。

代わりに、動く者がいた。

一時ではない。丈章だ。

「村岡」と、背後からやつに呼ばれた。

「ん?」と振り向き、立ち止まる。

「ちょっと」

そう言って、丈章がわき道を示す。指でではなく、あごで。

わき道といっても、どこかへの抜け道ではない。袋小路だ。中坊《ちゅうぼう》が獲物を追いこんで、カツアゲをするような場所。

「何だよ」

「いいから」

丈章がさっさとそこへ入ってくので、しかたなくあとを追った。一時も続く。

多美と乙恵の二人は、「内輪の話だから、そっちで待ってて」と後藤に遮られた。

そして後藤は、袋小路に蓋《ふた》をするかのような位置に、ナスケンと二人で立った。

丈章が、親分らしい動きで、ゆっくりそちらへとまわる。おれと一時は奥へと押しこまれた格好だ。

「どしたんだよ」とおれが言う。

丈章は答えない。目つきが変わっている。おれが知る丈章に戻っている。ケードロで無駄に警察を走りまわらせて喜ぶ泥棒の丈章に。

「早く飲み食いしようぜ。取材もまだ途中だし」

「自分からのこのこ出てきてくれたから、手間が省けてちょうどいいや」と丈章が言う。そして一時に目を据える。「お前は、いったい何しにここへ来たんだよ」

「言ったろ？」と、それにもおれが応える。「イチは、親父さんの遺骨を引きとりに来たんだ。ウチの寺で預かってたから」

「だったら、引きとって、とっとと帰ればいいじゃねえか。街コンなんかに顔出してねえでよ」

まあ、その言い分は正しい。そこだけ切りとられると、確かに正しいように聞こえる。

「お前、変わってねえんだな」と丈章は一時に言う。「何年経っても、泥棒はやっぱ泥棒だ」

「おい、何だよ」と言ったのも一時ではない。おれだ。

「ウチに泥棒が入ったって言ったろ？　入ったの、こいつなんだよ」

あせんな。動揺すんな。と、自分に言い聞かせる。言葉を慎重に選び、言い返す。

「何でイチがそんなことすんだよ」

「知らねえよ。村岡んとこを追い出されたら、やっていけねえからだろ」

言葉を省くことで、質問を代える。

「何でイチなんだよ」

「こいつのくつ跡が、ウチの庭に残されたくつ跡と同じだったんだよ。ご丁寧に花壇のわきのやわらかい土を踏みこんで跳んでくれたんで、きれいに足跡が残ってた。それがこいつのくつの裏の線と一致したんだよ」

「イチのくつって」とそこまで言い、おれは言葉に詰まった。

何とも楽しそうに、丈章が引き継ぐ。

「そう。村岡んとこに行ったとき、ケータイで写真を撮らせてもらったんだ。帰りがけに、玄関で」

だから丈章は、イチが今もいるかと訊いたのか。だから、見送りはいいなんて言ったのか。おれと母ちゃんに、玄関までついてきてほしくなかったのだ。

参った。気づくべきだった。こいつはそんな謙虚なやつじゃないんだから。

「警察が、調べたのか？　くつ跡」と尋ねてみる。

「まあ、技術は借りたよな。そのくらいはいいだろ。実際、泥棒に入られてるんだから。そこの泥棒さんも泥棒さんだ。逃げきれると思ったのかよ。今はDNA鑑定の時代だぞ。なのに何だよ、くつ跡って。警察を甘く見んな。逮捕されてないことを、ありがたいと思えよ」

おれたちは睨み合った。おれは丈章を睨み、丈章は一時を睨んだ。一時は。どうしてたかわからない。自分が丈章を睨むのに忙しかったから。

背後にいる後藤を見やって、丈章が言う。

「後藤が思いだしてくれたよ。中学んときに村岡がバカみてえに川に落ちて流されたのは、そもそも谷田がやってたのをまねたからだって。それで、確信したんだ。あぁ、そうか、こいつかって」

睨み合いは続いた。今度は一時を見る。一時は丈章を見ていた。睨んでいるというよりは、ただ見ているという感じ。感情を完全に隠した者の目だ。小六のときも、一時はこんな目をしてたのかもしれない。どこへ転校していっても、そんな目をしてたのかもしれない。

「棒高跳び」と、丈章が一時とおれの両方を見て言う。「アホかよ」

一時が、ふっと息を吐いた。その口から、ギブアップ宣言ともとれる言葉が出る。

「もう、いいでしょ」

「いいって何だよ」とおれが言う。

「おいおい、仲間割れかよ」と丈章が笑う。

文字どおり、楽しそうに笑う。本当に、楽しいんだろう。楽しくてしかたがないんだろう。こういうことを、心の底から楽しめるやつなんだ、こいつは。

でも一つまちがえてる。一時は、流しの空巣ではない。

「僕のことも、追いこむ？」と、その一時が抑揚のない声で言う。

「あ？」と丈章。

「いつ死んでもいいと僕は思ってるけどね、でも、君のためには死なないよ」

「何言ってんだ、こいつ」

「わかんねえかな」と言ったのはおれだ。「お前が人さまの命を奪ったことを、おれらは知ってますよ。そう言ってんだよ」

丈章が黙った。音なき音。黙るその音が、はっきりと聞こえるみたいだった。

後藤が不安そうにこちらを見る。

ナスケンは不思議そうにこちらを見る。

「そうか、そういうことか」と、丈章が苦々しげな顔で言う。「初めから絡んでやがったのか、てめえも」

「初めも初め。ここで生まれたときから絡んでんだよ。でもって、同じくここで生まれた大切な仲間を亡くしたとあっちゃ、なお絡まないわけにはいかねえんだよ」

「大した腐れ坊主だな、てめえは。クズ女を家に引き入れた親父と同じだよ」

クズ女。おれの母ちゃんのことだろう。今こいつはそう言った。おれの母ちゃんをクズ女と呼んだ。オーケー。落ちつけ。まだだぞ、おれ。まだ早いぞ、おれ。

「それはお互いさまだろ。さすがは腐れ署長の息子だよ、お前も」

そしてうれしい誤算が起きた。マジで？　と跳びはねて喜びたくなるような、大誤算だった。二十分どころか、まだ十分も経ってない。なのに、丈章と後藤の後方に大浦の姿が見えたのだ。その横で、多美がこちらを指さしている。危険を察知した多美が、さっきの店まで大浦を呼びに走ってくれたらしい。ナイス、多美。グッジョブ、多美。

おれは頭からニット帽をとって丈章に近づき、やつだけに聞こえる大きさの声で言う。

「腐れ息子に忠告だ。お前さ、市議選には出ないほうがいいんじゃないかな。代わりに誰か弱いやつを出せよ。中学んときみたいに」

仲間の前で自分が脅されたのだということに気づいたらしい。目を見開き、丈章がいきなり殴りかかってきた。まさに中学のときみたいに。

そこはおれも人間、反射的によけかけたが、どうにか踏みとどまった。両手を前に構えるようなこともせず、あえて無防備な状態をつくった。

丈章の右の拳に、きれいに左の頬を打たれる。

視界で光のようなものがはじけ、後ろへと倒れこんだ。やはり人間なので、その際の受身は自然にとった。

遠のきかけた意識は、遠のかなかった。

すぐに横を見る。今の殴打シーンを撮影したであろう一時が、ケータイをズボンのポケットにしまうところだった。

「お前、何を」と、丈章が一時に詰め寄る。

「坊さんを殴っちゃマズい」

そう言いながら、大浦が丈章を羽交い締めにした。丈章は振りほどこうとしたが、大浦も必死だった。それはそうだろう。新聞記者とはいえ、自らが依頼した取材の現場で事件を起こされてはたまらない。

「放せよ！」

「やめろって！」

「このクソ坊主！」と丈章が吠える。

口からつばを飛ばし、目を血走らせる。本当に狂犬に見える。

「選挙に出るんだろ！　よせ！」と大浦がなだめる。

どうにか丈章を押さえてはいるが、こわがってもいる。動転した飼い主に見える。

殴られた頬に左手を当て、おれはゆっくりと立ち上がる。一時が、横から体を支えてくれた。

口のなかがヌラヌラする。頬の内側が切れて、血が出ているのだろう。この先三日は痛みそうだ。丈章のやつ、思いっきり殴りやがって。こいつ、このままじゃ、そのうちほんとに人を殺すぞ。

中学のときもそうだった。丈章は、加減を知らないのだ。殴ったことはあっても、殴られたことがないから。署長の親父さんも、ただ護身術を教えるだけで、実際に殴ったりはしなかったのだろう。殴られる痛みまでは、教えなかったのだろう。

あぁ、よかった。おれはその痛みを知ってる。

「なあ、ちょっと」大浦がようやく丈章を放し、誰にというでもなく、言った。「何でこんなことになったんだ。さっきまで、あんなに和やかだったのに。出る、んだろ？　選挙」

多美がこちらへ駆け寄ってくる。

「徳弥くん、だいじょうぶ？　血が出てるよ」

一時が、横目でちらっとおれを見て、多美と入れ代わるように大浦のところへ行く。そして状況説明にかかり、それとなく大浦に通りのほうを向かせる。

おれはその意図に気づく。いつか殴り返してやりたいけどもうその機会はねえだろうとおれが言ったことを、一時は覚えていてくれたのだ。ナイス、イチ。グッジョブ、イチ。

いまだおれを睨んでいる丈章を見て、多美を見る。次いで、ダランと下げていた両手を素早く動かし、渾身の力で多美のスカートをめくる。

ファサ～。

突然のことに、丈章が固まる。目はなかに釘付けになる。思いっきりではなく、七分の力で。でもそこを、おれが殴る。殴られたのと同じ左頬を。

魂は込めて。

無防備になっていた丈章は、ついさっきのおれのように、後ろへと倒れこむ。当たり前に受身はとる。そこは心配してない。初めてきちんと役に立つだろう。親父さんに教わった護身術が。

スカートめくりは、要するに目くらまし。丈章に油断をさせたわけだ。だってね、こいつ、強《つえ》えんだよ。

振り向いた大浦が、あわててこちらへやってきた。

「おい、こら。もうやめろ」

言いながら、手を貸して、丈章を立ち上がらせる。

痛みに顔を歪める丈章に、おれは言う。

「人は御仏のようにはできてない。誰にだって、感情ってもんがあるんだ。お前にさえ、あるみたいにな。おれら、もう三十だろ。そのくらいのことは知れよ。頼むから、知ってくれよ」

次いで、多美に言う。

「何か、言うことがあるか？」

「ない」

「ないのかよ」

「じゃあ、せっかくだから、一つだけ」そして多美は言う。「この先どこで何度選挙に出ても、わたしは堀川丈章には投票しない」

丈章の表情は変わらない。頰の痛みに、せめて少しは心の痛みが混ざったのかどうか、そこまでは読みとれない。

おれが言おうと思ったことを、一時が言う。さっき大浦が口にした言葉を借りて。

「お坊さんを殴ってる写真は、マズいよね」

丈章の顔が、少しだけ引きつる。

大浦が、丈章をそのまま通りへと連れ出す。

賢明な判断だ。その場での和解など不要。もめている者たちは一刻も早く引き離すべし。

そして六人が残った。おれと一時と多美と乙恵、それに後藤とナスケン。まだまだ微妙な六人だ。ナスケンはともかく、後藤は大浦と丈章についていくかと思ったが、そんなことはなかった。

「ちょっと。何？」と多美が言う。頰を紅く染め、両手でスカートを押さえて。

して いた。

「好きな人のスカートはめくるんだよ」と、おれは答にならない返事をする。丈章や後藤に誘われて片コンに参加しただけなのであろうナスケンが、一人、きょとんとしていた。

考えてみれば、いい機会だ。

おれはナスケンに言った。

「小六んとき、お前、学校に持ってきたお年玉を盗られたろ？」

「え？　あぁ。そんなことが、あったな」

「あれ、やったの、イチじゃねえよ」

「イチ？」

「谷田じゃねえよ」

ナスケンはおれを見て、一時を見た。それからもう一度、おれを見る。

「じゃあ、誰？」

言おうか言うまいか迷い、こう言った。

「まあ、誰でもいい。とにかくイチ、というか谷田はやってない。それが事実だ。信じろよ。おれは腐っても坊主だ。そんなことでうそはつかない」

発言はそこまでにした。不用意なことを言うつもりはなかった。別に後藤をかばったわけでもない。あのときの組長がおれであることを、後藤が気づかないようにしただけだ。謎は謎のままにしておかなければならない。

「さあ、これでおしまいだ」と、おれは五人全員に言う。「戻ろうぜ」

「戻るって、どこに？」と一時。

「店に。片コンにだよ」

「血、出てるけど」

「だから？　こんなの何ともない。お前、合コンマスターをなめんなよ」

「徳弥はよくても、女子が引くよ」

笑った。おれだけでなく、ほかの四人も。わずかにだが、後藤も。

何だろう。気分がいい。口はムチャクチャ痛いけど。

☽　　☽

結局、街コンには戻らなかった。

戻っても混乱をきたすだけ。僕がそう進言し、徳弥がそれを受け入れた。

わけわからんことになってごめんな。また今度、別に飲み会を開くから、ぜひ来てくれよ。

徳弥がそう言うと、中野乙恵はこう言った。うん。楽しみに待ってる。そしてバスで自宅へと帰っていった。

徳弥と多美と僕。三人で乾杯した。片見里駅前商店街からは少し離れたところにあるコンビニの駐車場で。そのコンビニで買った缶ビールで。

「ビールがしみるしみる。口んなか、痛《いて》ぇ」と徳弥が上機嫌で言う。「親父に殴られたあとに飲んだコーラを思いだすよ。懐かしい」

「もう出られないよね？　選挙」と、これは多美。

「出ないだろ、さすがに」

僕らの作戦は終わった。

行き当たりばったり。綱渡りも綱渡り。だがやったという実感はあった。強く、あった。

徳弥に言われるまでもなく、僕に人は殺せない。それどころか、おそらく、僕は人を殴ることすらできない。人と接触することを、徹底的に避けてきたからだ。人を殴る。それは接触の最たるものだ。そのことがよくわかった。殴られた徳弥や、殴った徳弥を見て。そして今、僕は、軽やかにそれができる徳弥を、少しだけうらやましく思う。

痛《いて》ぇ痛《いて》ぇ言いながらも缶ビールを飲んで、その徳弥が言う。

「おもしれえよな。丈章は、おれのことは疑わなかった。無意識に信用してたんだ。イチにくらべれば、おれは身内だから」

「身内って、同級生ってことじゃなく？」と多美。

「同級生というよりは、片見里の人間てことだな。あいつ、片見里を軽く見ながらも、やっぱそこから完全には離れられねえんだよ。よその人間よりは、ここの人間を信用しちゃうんだ。まあ、その意味では、政治家向きかもな」

「あとでいろいろと都合の悪いことが出てきたら、そのときは全部僕のせいにしていいよ」

「は？　しねえよ、そんなこと」

「していいんだよ。この話を持ちかけたのは僕なんだから」

「じゃあ、するよ」とあっけなく徳弥が言う。

「すんのかよ」と、ふざけて多美。

「ああ。しちゃうね。あれもこれもイチのせいにする。ウチの寺がもうかんないのも、おれと親父の血がつながってないのも、全部」

それを聞いても、多美は驚かない。徳弥がすでに話していたからだ。

時間のせいか立地のせいか、コンビニは空いていた。外から見る限り、店内には雑誌を立ち読みする者が二人いるだけ。この広い駐車場にも、車は一台しかない。

僕らはそれぞれに缶ビールを飲んだ。徳弥はグビグビと。多美と僕はチビチビと。

「何というか、終わったな」と徳弥が言い、

「終わったね」と多美が言う。

「イチさ」

「何?」

「もうほかに仕返しをする相手はいねえだろうな」

「ここにはいないよ。だって、四ヵ月しか住んでないし。そもそも僕は、そんなに敵をつくるタイプでもない」

「ここにはいないってことは、よそにはいんのか?」

「いや、いないよ。もしかしたら、思いだせないだけかもしれないけど」

「またどこかで同窓会に引っぱり出されたら、思いだしたりしてな」

「あぁ。そうなるかも」

「そうなったら、呼べよ。手伝いに行ってやっから。黒ベンツから睨みを利かせる組長の役くらいは、できっから」

「うん。そのときは、頼むよ」

「なあ」

「ん？」

「親父さんの遺骨は置いてけよ。まだしばらくは、預かっといてやる。暮らしが落ちついたら取りに来いよ。それと、もう一つ。おれは前に、人を殺しちゃいけないのは誰にでも死ぬ権利があるからだって言ったけど、あれは別に、だから自殺していいってことじゃないからな。勘ちがいはすんなよ。絶対に、すんなよ」

初めのすんなよは、勘ちがいをすんなよ、で、二つめのすんなよは、自殺をすんなよ。そんなふうに、聞こえた。

グビグビと缶ビールを飲んで、自分から徳弥に言う。

「ねぇ」

「ん？」

「一応、聞いておこうかな」

「何を？」

「母親のこと」

「あぁ」徳弥はポケットからケータイを取りだし、それを操作しながら言う。「お前の母ちゃんは、もう谷田じゃない」

「え?」

「再婚して、カザマって名字になってる。カゼにアイダで、風間。だから、風間篤乃《あつの》さん、だな」

「そうか。じゃあ、普通に暮らしてはいるんだ」

「まあな。で」

「で?」

「お前には弟がいる」

「弟? ダンナさんの連れ子ってこと?」

「じゃない。ちゃんと篤乃さんが産んでる。ちゃんとってのも、何だけど。その弟は、今、七歳。篤乃さんが四十三歳のときの子だな。高齢出産ではあるけど、今どきそう珍しい話でもない。バカ息子の行方が知れないから、もう一人ほしくなったたってことかもな」

またビールをグビッ。缶が少しずつ軽くなっていく。

「名前は、漢数字の一に人と書く。かずひとじゃない。いちひとと読む。親父さんにじゃなく、兄貴のほうにそろえたわけだ。亡くなった親父さんにじゃなく、どこかで生きてるはずの兄貴のほうに。今は三人で松山に住んでる。四国。愛媛の松山だ。これが住所」

そして僕のケータイの着信音が鳴る。メールがきたのだ。目の前の徳弥から。

弟。一人。いちひと。七歳。二十二コ下。

「何であれ、血のつながった兄弟がいてうらやましいよ。おれの母ちゃんもそうしてくれりゃよかったのにな。さて、祝杯もあげたし、そろそろ帰るか。イチはもう来ないだろ？　荷物はこっちにあるし、遺骨はウチで預かるんだから」

　徳弥が言うとおり、リュックはこっちにある。どんな結末になるかわからなかったので、街コンが始まる前に駅のコインロッカーに入れておいたのだ。善徳寺に戻れないような結末もあり得ると思っていたから。

「ということで、お別れだ。ひと仕事終えたんだから、休暇がてら行ってこいよ。イチらしく一人で、イチヒト見学ツアーでもしてこい。で、いつか気が向いたら、帰ってこい。ここには丈章みてえな敵もいるけど、お前の味方だっているから」

　最後にグビグビとビールを飲み干す。空き缶をクシャッとやり、ごみ箱に捨てた。

「いろいろありがとう。じゃ、もう行くよ」

「一時くん、こっちこそありがとうね」と多美が言い、

「じゃあな」と徳弥が言った。

　二人をコンビニの駐車場に残し、片見里駅へと向かう。

　そこへは、十分足らずで着いた。

コインロッカーからリュックを出し、とりあえず一番安い切符を買う。

先に来たのは、下り電車だった。四国へも行ける、下り電車だ。

堀川家に不法侵入することで、僕は罪を犯した。どんな理由があろうと、許されることではない。言うなれば僕は、あの横山誠太こと磯部洋輔と同じ種類の人間になったのだ。それは否定しない。受け入れて、生きていくしかない。

探偵にでもなってみようかな。

ふとそんなことを、思う。

☀

☀

今日も経を読む。

おれでさえ、何千回何万回読んできたかわからない。でもこれからも読んでいく。自分が仏になるその日まで、読める限りは読んでいく。

親父もそうだった。亡くなる日の朝も、今のおれと同じこの場所に座って読んでいた。だからおれも、読んでいく。

　こないだ、ついに三十歳になった。

〈三十路《みそじ》坊主おめでとう〉

　そんなメールがきた。

〈多美もあと三年。あっという間だから覚悟しろ〉

　そう返信した。

　あれからは一月が過ぎた。

　あれ。あの、街コンの日。

　片コンは月イチペースで開かれているから、また今日も開かれる。さすがにもう参加はしないけど。

　結局、堀川丈章は市議選への出馬を断念した。準備期間が足りなかったとか、そんないかにもな理由でだ。早々と県庁をやめていたのに、それでもまだ足りなかったらしい。

　本堂での午前のお勤めを終えると、母ちゃんと昼メシを食った。母ちゃんが戸棚の奥にしまってそのままうっかり忘れていたという、そうめんだ。夏に門徒さんから大量にもらっていた、それ。

「めんつゆをお湯で薄めればまだまだいけるわね」と母ちゃんが言い、

「でも十一月が限度だろ」とおれが言う。

「一時くんがいてくれればたすかるんだけど」

「そうめん消費要員かよ」

「あの子、今、何してんの？」

「さあ。元気には、してるみたいだよ」

「一時くんこそ、僧侶になればいいのにね」

「『こそ』って何だよ」

「あんたよりは、向いてるでしょ」

「失敬な」

「トクだってなれるんだから、あの子なら余裕でなれるのにねぇ。またウチに呼んで、得度させれば？」

「簡単に言うなって」

「あ、でもあれか。トクを師にするっていうのは、抵抗があるか」

笑うしかなかった。母ちゃん、ほんとにおれと、血、つながってる？　と訊いてみたくなる。

で。

一時は母親や弟のことをきちんと聞いたんだから、おれもきちんと聞いとこう。そう思った。

「ねぇ、あのさ」

「ん？」

「聞いとこうかな、父親の名前」

「ツカモトミノル」

「え？　いや、あの、何だよ」

「何だよって何よ」

「そんな、いきなり言っちゃうなよ」

「あんたが訊いたんじゃない」

「訊いたけど。ちょっとタメるとか、そういうの、あるだろうよ。そういう、配慮みたいなもんが」

「おそうめんを食べながら訊いといて、配慮も何もないでしょうよ」

まあ、そうか。

ということで、あらためて、聞いた。

塚本実。それが、本当の父親の名前だった。元理系大学院生、だ。

塚本。塚本徳弥。何かしっくりこない。その塚本だからではない。西園寺《さいおんじ》でも山田でも、真行寺《しんぎょうじ》でも鈴木でも、やはりしっくりはこないだろう。おれの名字は村岡以外にない。母ちゃんの旧姓である安斎《あんざい》でもダメだ。

つまるところ、おれは徳弥だ。僧徳親の息子、徳弥だ。おれの父親は、徳親以外にはあり得ない。

午後は、自らインプレッサを運転して、二軒の法要にまわった。

それらをすませて寺に戻ると、シバの散歩に出た。

もう十一月だから、陽が沈みかけただけで、気温もぐっと下がってくる。

土曜で仕事は休みということもあり、途中からは多美が合流した。

もちろん、偶然ではない。そんな偶然は、ない。おれがメールを出したのだ。〈ただいまシバの散歩中〉と。

ここ二週ほど、土日はそうすることが多い。多美も、出てきてくれることが多い。

おれと多美は、あれこれ話をする。あの日のことを、冷静に振り返れるようになってもいる。

例えば今日、おれは言う。

「多美、怒ってないか？」

「何を？」

「乙恵にまで、美和の秘密を知られちゃったことを」

「怒ってないよ。中野さんが誰かに話すわけないもん。お姉ちゃんの友だちだし」

「ならいいけど」

乙恵には、あのあと、事情をすべて明かした。おれがではない。多美が。

「わたしが怒ってるとすればね、それは、人前でスカートをめくられたから」

「あぁ。あれは、ごめん」

「わたし、二十六だよ。普通、されないでしょ。スカートめくり」

「まあ、人前ではな」

「出た。エロ坊主」と多美が笑う。

つい一月前までは、多美がおれを坊主呼ばわりすることなどなかった。でも今は、坊主呼ばわりされることが、ちょっと心地いい。エロい意味じゃなくて。

そんなことを思い、おれ自身、つい笑った。そしてその笑いをゆっくり収めると、今度はいくらか神妙に言う。

「倉内家の人たちを、おれは、傷つけなかったか？」

「まさか。傷ついてないよ、誰も。あの画像のことを知ってるのはわたしだけ。お父さんとお母さんは知らない。それで充分。お姉ちゃんも、傷ついてないと思う。『多美まで一緒になってひどいことして！』って、ちょっと怒ってるくらいで」

強い西日に照らされた川原を、おれは多美とシバと歩く。一時が跳び、美和が声をかけた川原だ。もっと先に行くと、流されたおれが引きあげられ、親父にぶん殴られた川原になる。

「なあ」と多美に言う。「おれら、付き合ってみてもいいんじゃねえかな」

「どうして？」

「おれはもう三十になったし、そろそろ合コンもキツいからさ」

「そんな理由？」

やっぱダメか。まあ、そうだよなぁ。おれは所詮、エロティック坊主。ロマンティック坊主にはなれねえもんなぁ。今だって、シバの糞が入ったビニール袋を提げてるし。

「理由なんていいか」と、多美が独り言のように言う。

「何？」

「人前でスカートをめくったんだから、責任はとってもらいます。逃げてもらっては困ります」

そして多美は、おれの、ビニール袋を提げているのではないほうの手をとった。二人でシバのリードをつかむみたいに。

驚いて、顔を見る。

笑顔だ。姉の美和に似ている。でも多美オリジナルの笑顔だ。

ちょっとはいい坊主になりてえなぁ、と思う。善徳寺の僧徳親の息子として。血のつながりのない、実の息子として。

「決めたよ」とおれは言う。というか、宣言する。「昔は、一番好きな女子のスカートだけはめくれなかった。けど今後は、一番好きな女のスカートだけを、陰でめくることにする。だって、もう大人だから」

この物語はフィクションです。
登場人物、団体等は実在のものとは一切関係ありません。

※

執筆にあたり、覚永寺の喜代多隼様にお話を聞かせていただきました。
ありがとうございます。

小野寺史宜

この作品は二〇一四年九月小社より刊行された
『片見里なまぐさグッジョブ』を改題したものです。

片見里《かたみざと》、二代目坊主《にだいめぼうず》と
草食男子《そうしょくだんし》の不器用《ぶきよう》リベンジ

小野寺史宜《おのでらふみのり》

平成28年6月10日　初版発行
令和5年10月20日　2版発行

発行人――石原正康
編集人――高部真人
発行所――株式会社幻冬舎
〒151-0051東京都渋谷区千駄ヶ谷4-9-7
電話　03(5411)6222(営業)
　　　03(5411)6211(編集)
公式HP　https://www.gentosha.co.jp/
印刷・製本―中央精版印刷株式会社
装丁者――高橋雅之



幻冬舎文庫

ISBN978-4-344-42475-3　C0193　お-48-1